ÉTONNANTS · CLASSIQUES

ALAIN-FOURNIER
Le Grand Meaulnes

Présentation, notes et dossier par
CHRISTIAN KEIME

GF Flammarion

Création maquette intérieure :
Sarbacane Design.

Composition : In Folio.

Dépôt légal : février 2010

Numéro d'édition : L.01EHRN000263.N001

Imprimé en Espagne par Novoprint (Barcelone)

SOMMAIRE

Le Grand Meaulnes

■ Henri Alban Fournier (qui prendra le nom d'Alain-Fournier), durant l'été 1902, devant l'école d'Épineuil-le-Fleuriel, de retour du lycée naval de Brest qu'il quittera brusquement au mois de décembre.

La sœur d'Alain-Fournier, Isabelle, fait référence à cette photographie dans son livre *Images d'Alain-Fournier*, Fayard, 1989 : « Ce fut bien pour faire plaisir à maman, après d'interminables instances, et sans doute pour ne pas être obligé d'avouer dès alors ses reculs, qu'au début des vacances, à la séance solennelle de la distribution des prix d'Épineuil, Henri en bel uniforme du lycée de Brest au col brodé d'ancres d'or [...] chanta l'*Angélus de la Mer* et *L'Hymne de guerre de l'infanterie de marine*... Il y a de lui une photographie datant de ces jours – qui étaient, sans que personne le sût encore, les derniers qu'il devait jamais passer dans l'école d'Épineuil » (cité par Patrick Martinat sous ce cliché dans son ouvrage très documenté *Alain-Fournier, Destins inachevés*, Éditions CCB Royer, 1994, p. 53).

Vie d'Alain-Fournier

Un enfant du Berry

Henri Alban Fournier, qui prendra pour ses lecteurs le nom d'Alain-Fournier, est né le 3 octobre 1886 à La Chapelle-d'Angillon*[1], une petite commune du Cher, dans la maison basse de ses grands-parents maternels, où le soleil pénètre par une fenêtre unique et d'où l'on chasse les poules dans une petite cour fleurie.

Son père, Augustin Fournier, fils d'un sabotier et d'une lingère, est maître d'école. Sous l'impulsion de Jules Ferry, l'enseignement primaire est devenu gratuit et obligatoire, et l'instituteur – appelé « hussard noir » de la république, en référence à son habit sévère – est une figure éminente du village, chargé d'apprendre à lire, à écrire et à compter à tous les enfants, même aux fils des plus humbles paysans, que les travaux des champs tenaient jusque-là éloignés de l'instruction. Quand naît Henri, son père enseigne encore à Marçais*, dans le sud du département ; il est ensuite muté, non loin de là, à Épineuil-le-Fleuriel*, une commune de mille quatre cents habitants. Alors qu'il prépare les grands élèves au certificat d'études et au brevet d'instituteur, son épouse Albanie, la mère d'Henri, également institutrice, est chargée de la petite classe.

---

1. Les noms marqués d'un astérisque figurent sur la carte p. 36.

La vie à Épineuil : une enfance rêvée

L'enfance qu'il passe dans le village d'Épineuil – de cinq à douze ans – fournit à Henri les meilleurs souvenirs de sa vie. « C'était, dira plus tard sa sœur, un monde à nous, caché, docile à nos rêves[1] », un univers simple fait de plaisirs minuscules, mais où, pour l'imagination féconde des enfants, tout est prétexte aux voyages les plus extravagants. Les Fournier vivent dans l'école, à l'entrée du village[2]. Derrière ce long bâtiment, qui abrite également la mairie, s'étend un jardin où, l'été, on cueille des fruits en famille jusqu'à la tombée de la nuit. Fantasque, le père élabore des projets chimériques d'évasion en Algérie, que sa femme, d'un naturel anxieux, réprime bien vite, par crainte des maladies et des scorpions rencontrés sous la tente. Au fond du jardin, un ruisseau enceint une île miniature qui, pour les enfants, est le but d'explorations périlleuses dignes des romans de Stevenson. Au-delà s'étendent des champs, à perte de vue, qu'Henri peut contempler en se hissant à la lucarne de sa chambre. À l'horizon se dessine une colline où l'on devine la chapelle de Sainte-Agathe* – un pays « où l'on ne peut jamais aller et où l'on voudrait habiter[3] ». Sur le parvis de l'école, du côté du bourg se trouve une cour, immense aux yeux de l'enfant qui y joue avec les garçons du village. À la tête d'une petite bande, Henri pousse les expéditions, les parties de cache-cache et les guets-apens jusqu'à un entrelacs de ruelles situé derrière l'église et appelé « les petits coins ».

L'excitation des enfants atteint son comble lors des fêtes du village (la Fête-Dieu et le 14 juillet, avec ses fusées de feu d'artifice), ou encore aux jours de spectacle, quand gronde le tambour

---

1. Isabelle Rivière, *Images d'Alain-Fournier*, Fayard, 1989.
2. Pour l'ensemble de ce paragraphe, voir le plan d'Épineuil-le-Fleuriel, p. 120.
3. Brouillons du *Grand Meaulnes*, dans *Le Grand Meaulnes. Miracles*, Garnier, 1986, p. 442.

annonçant la présence du cirque installé place de l'église, avec ses animaux savants et ses exercices d'équilibriste.

À de rares occasions, on s'éloigne de cet univers familier pour aller, avec M. Fournier et ses élèves, se baigner dans le Cher. Au détour des chemins, Henri aperçoit les tourelles de châteaux qui le font rêver : l'ancienne abbaye de Loroy*, ou le château de Cornançay* dont le seigneur – le vicomte de Fadate – organisa un jour pour le baptême de sa fille une fête restée dans toutes les mémoires. Henri ne figurait pas parmi les deux cents invités mais les fermiers et les villageois qui y furent conviés, mêlés à des hôtes plus distingués, lui racontèrent les danses, les jeux, le parc illuminé et les lampions de couleurs décorant les fenêtres. Ces échos de la fête alimenteront l'imaginaire de l'auteur du *Grand Meaulnes*, quand il décrira le domaine des Sablonnières et la réception étrange qui s'y déroule.

Les vacances se passent à Nançay*, dans la famille paternelle, aux portes du pays sauvage de la Sologne. L'oncle Florent y tient un bazar de village – une véritable caverne d'Ali Baba où l'on trouve de tout et dont la cuisine, très grande, résonne des conversations des chasseurs, des braconniers et des voyageurs de passage.

Quatre jours avant Noël, les Fournier quittent encore Épineuil, en empruntant la voiture du père Martin, pour aller chercher au train de « 4 h 2 », à la gare voisine de Vallon*, les grands-parents maternels, papa et maman Barthe. L'été, Henri les rejoint à La Chapelle-d'Angillon ; dans sa maison natale, il retrouve la saveur des tartes aux poires que sa grand-mère paysanne réserve au chaud sous l'édredon et l'atmosphère surannée des histoires et des chansons qu'elle entonne en cousant inlassablement à la fenêtre : couplets achetés à des colporteurs, contes populaires de la Sologne et chansons d'amour. Elle raconte aussi sa propre histoire, celle d'une jeune fille fiancée à un aristocrate anglais que rossèrent, par jalousie, des garçons du village amoureux d'elle ; elle s'appelait alors Adeline Blondeau. C'est également là qu'Henri cultive son goût pour la lecture, en lisant à sa grand-mère les feuilletons du *Petit Journal* dont elle raffole et qui ne parlent que de crimes, de femmes fatales et de jeunes filles séquestrées.

Dès l'âge de trois ans, avec sa mère, il déchiffre les contes d'Alphonse Daudet et verse des larmes sur la mort de la chèvre de M. Seguin. Très vite, pour cet esprit sensible et imaginatif, la lecture devient une source d'évasion plus intense que les jeux guerriers ou les expéditions champêtres. Les livres de la maigre bibliothèque de l'école-mairie sont lus et relus, en attendant l'arrivage fabuleux des « livres de prix », quatre-vingts ouvrages rangés dans une malle au grenier, que reçoit M. Fournier au mois de juillet, deux ou trois semaines avant leur distribution aux élèves méritants. En cachette de sa mère – car, pense-t-on alors, l'excès de lecture nuit à la santé ! – il se hâte de dévorer ces contes pour enfants et ces récits d'aventures dans des volumes rutilants, rouges et dorés, qui sentent encore la colle et l'encre.

Ces explorations, avant tout littéraires, Henri les partage avec sa sœur Isabelle qui lui voue un véritable culte. De trois ans sa cadette, Isabelle souffre d'une coxalgie, une malformation des hanches qui l'empêche de se rendre à l'école des filles située de l'autre côté du village. Les deux enfants suivent ensemble la classe de leurs parents et, à en croire son père, est le meilleur élève qu'il ait jamais eu.

Premier en classe, premier dans la cour, frère adulé et fils chéri, il est soudainement arraché à la douceur d'une enfance choyée lorsque, à l'âge de douze ans, ses résultats scolaires lui valent d'être envoyé à Paris pour poursuivre sa scolarité dans un bon lycée. Dès lors, dans son souvenir, son enfance dans la campagne berrichonne prend la dimension mythique d'un paradis perdu.

L'écolier en exil

Entré en classe de sixième au lycée Voltaire, à Paris, l'élève est toujours aussi brillant mais souffre d'une grande solitude et vit dans un quartier sordide. Lorsqu'il rejoint Épineuil ou La Chapelle-d'Angillon pour les vacances, il rapporte une collection de livres de prix qui font la fierté de sa famille. Mais, à la fin de l'été, quand vient l'heure de reprendre le train pour Paris, il ne peut retenir ses larmes.

Nourri par la lecture de *Robinson Crusoé*, animé par des rêves de voyages et d'océan, le jeune garçon, à l'issue de son année de quatrième, décide de partir au lycée naval de Brest pour devenir officier de marine. À son grand dam, il y trouve un établissement encore plus austère que le précédent, dans une ville triste où il pleut tous les jours.

Aussi, après un peu plus d'un an passé à Brest, quelques jours avant Noël, Henri part brusquement retrouver ses parents. C'est pour l'adolescent un moment de désillusion d'autant plus cruel qu'il ne rejoint pas sa famille dans le village de son enfance mais à Menetou-Râtel", dans le Sancerrois, où M. et Mme Fournier ont été mutés. Le rêve de devenir marin et officier s'envole en même temps que toute la féerie d'Épineuil.

Les études, les amis et les vers

Il entreprend alors des études de lettres et décide de préparer le concours d'entrée à l'École normale supérieure, un établissement prestigieux de formation des professeurs. Mais ce choix n'est qu'un pis-aller auquel il se résigne pour complaire à ses parents. Bientôt, il ne croit plus au personnage de brillant fils d'instituteur qu'il est devenu et travaille sans conviction. Le temps des premiers prix est révolu, il passe son bac sans éclat à Bourges et, pendant ses classes préparatoires qu'il effectue aux lycées Lakanal et Louis-le-Grand à Paris, il n'obtient de bons résultats qu'en gymnastique. «Je ne travaille plus, écrit-il alors. Ma vie à moi n'est pas de travailler à l'agrégation, jusqu'à épuisement cérébral. Je cherche ma vie[1].»

Qu'est-ce que vivre pour Henri? C'est, quand il échappe aux contraintes scolaires et aux punitions qui le consignent au lycée, découvrir le foisonnement de la vie artistique parisienne. Couché à cinq heures, levé à sept, il fréquente les concerts, admire *Pelléas et Mélisande*[2], le nouvel opéra de Claude Debussy, découvre la peinture de Van Gogh, Gauguin, Cézanne ou Maurice Denis, et rencontre dans les cafés des figures en vue de la vie littéraire de l'époque. Au lycée Lakanal, grâce à son professeur de français, il découvre également la poésie d'Henri de Régnier. Quelques vers lus en classe éveillent ses premiers émois proprement littéraires et lui révèlent la force du pouvoir évocateur des mots:

J'ai cru voir ma Tristesse – dit-il – et je l'ai vue
Dit-il plus bas –
Elle était nue,
Assise dans la grotte la plus silencieuse
De mes plus intérieures pensées...

Les grands vents venus d'outre-mer
Passent par la Ville, l'hiver,
Comme des étrangers amers...

Pauvre âme,
Ombre de la tour morne aux murs d'obsidiane[3]!

---

1. Lettre à Isabelle, 7 février 1906.
2. *Pelléas et Mélisande*: opéra de Claude Debussy (1862-1918) composé à partir du drame du poète symboliste Maeterlinck. L'argument est proche de l'histoire de Tristan et Yseult.
3. Henri de Régnier, «Tel qu'en songe», 1892.

Liberté du vers, atmosphère onirique, beauté évanescente et quelque peu sophistiquée d'images qui ne renvoient à aucune réalité tangible mais suggèrent, comme autant de symboles, le paysage intérieur d'une âme en proie à la mélancolie : tout, dans cette poésie nouvelle que l'on appelle « symboliste », parle au cœur du jeune garçon. Pour la première fois, il entend une voix qui semble s'adresser directement à sa sensibilité d'adolescent, et non plus cette parole d'adulte, universelle et intimidante des « classiques » étudiés à l'école, de Racine à Flaubert.

Un camarade partage avec Henri l'émotion de cette découverte : Jacques Rivière, avec lequel il noue un dialogue qui perdurera toute leur vie. Avant de devenir son beau-frère en épousant sa sœur Isabelle, Jacques Rivière est le plus intime de ses amis. Bientôt séparés par les études, les deux jeunes gens entament une correspondance immense, une sorte de passe d'armes amicale où se donnent à lire deux caractères très différents. Jacques Rivière est un élève appliqué qui se fait la voix de la raison et de l'analyse. Face à cet esprit abstrait pour lequel les mots doivent évoquer les idées, Henri se fait l'apôtre du sentiment et de la sensibilité, refuse de séparer l'art et la vie et, par les mots, veut « faire vivre les choses et les instants et peut-être les gens[1] ». À ses yeux, rien n'a autant de prix que le paysage de son passé, retrouvé lors de ses trop courtes vacances : chasser en Sologne*, parcourir la campagne du Berry* à bicyclette, s'arrêter dans les fermes pour boire du lait, marcher pieds nus sur les bancs de sable du Cher... « [...] odeur de placard, grincement de porte, petit mur avec des pots de fleurs, voix de paysans[2] » – ces sensations ont pour lui bien plus de saveur et de poids que tous les raffinements de la pensée abstraite.

Dans ce dénigrement de l'intelligence entre sans doute une part de snobisme et de narcissisme : peut-être s'agit-il, chez cet

---

1. Lettre à sa famille, 11 juin 1908.
2. Lettre à Jacques Rivière, 13 août 1905.

étudiant qui n'est plus le premier de la classe, d'une stratégie pour se distinguer de ses pairs : en dénigrant le regard analytique de son ami, il se préserve de la peur d'être compris, c'est-à-dire classé parmi le commun des mortels. Au demeurant, il affirme très tôt, et sans vergogne, sa conviction d'être un individu absolument unique – sinon exceptionnel – qui échappe aux catégories de jugement applicables aux autres personnes.

L'aventure capitale

Mais toutes ces découvertes – la peinture, la musique, la littérature et l'amitié – ne sont rien au regard de ce qui va devenir la préoccupation essentielle de sa vie : son amour pour une jeune personne aperçue à Paris en 1905, descendant les marches du Petit-Palais, au sortir d'une exposition. Il suit cette femme, la plus belle qu'il ait jamais vue, le long de la Seine, sur le Cours-la-Reine, puis sur le bateau-mouche qu'elle emprunte, échangeant avec elle quelques regards, jusqu'à un immeuble du boulevard Saint-Germain dans lequel elle disparaît. Les jours suivants, il fait le guet sous ses fenêtres jusqu'à ce que, un soir, sous une pluie battante, il entrevoie la jeune fille dans son appartement, lui souriant, vêtue de noir et tenant un livre à la main. Le lendemain, il suit l'inconnue sur le chemin de l'église et lui souffle « Vous êtes belle » mais n'essuie qu'une réponse dédaigneuse. Il assiste à la messe, la contemple priant, à genoux, dans une chapelle de l'église Saint-Germain-des-Prés puis, à la sortie, l'aborde à nouveau. « Alors commence la grande, belle, étrange, et mystérieuse conversation », le long des quais de la Seine. Quand elle lui dit son nom, Yvonne de Quiévrecourt, il lui répond, dépité : « Le nom que je vous donnais était plus beau » – il pensait à *Mélisande*, son égérie, l'héroïne de l'opéra de Debussy ; quand il lui parle de son amour, et – qui sait ? – de leur union future, elle répond : « Mais... à quoi bon ? [...] Je pars demain... Je ne suis pas de Paris. »

La mémoire d'Henri fixera tous les détails de cette rencontre : ce « à quoi bon ? » prononcé sur un ton et avec une pose qui lui donnèrent envie de se « mordre les mains », cette tête blonde légèrement inclinée sur celle d'une vieille dame à qui elle donnait le bras, ce « regard tout bleu et désespérant » ou encore le paysage de cette aventure – les arbres bordant la Seine et le « bruit calme de machine et d'eau » du bateau-mouche qui semblait les transporter « au cœur de la campagne, sur un lac solitaire[1] ».

Cette rencontre, qui déterminera autant son avenir d'écrivain que sa façon d'aimer les autres femmes, a pourtant tout l'air d'une aventure sans lendemain : Henri perd aussitôt toute trace de son amour et, revenant rôder boulevard Saint-Germain, il trouve les fenêtres de l'appartement closes et les rideaux baissés.

L'amour de loin

Alain-Fournier a-t-il vraiment désiré retrouver et épouser Yvonne de Quiévrecourt pour faire d'elle sa femme ? Rencontrée un jeudi de l'Ascension, abordée un dimanche de Pentecôte, admirée pendant sa prière dans une chapelle, celle auprès de qui « on ne pensait pas à son corps[2] » est l'objet d'une adoration quasi religieuse : c'est une idole trop belle et trop vénérable pour être étreinte. Jusqu'à la fin de sa vie, à chaque jour de Pentecôte, il célébrera ce tragique anniversaire sentimental et, lorsque, un an après la première apparition, en 1906, il revient attendre Yvonne devant les marches du Petit-Palais, il semble brûler moins de l'espoir d'un amant que de la ferveur du pèlerin retournant sur les lieux d'un miracle pour en commémorer le souvenir.

---

1. Isabelle Rivière, *Images*, « La belle histoire », *op.cit.*, et *Alain-Fournier*, Fayard, 1989.
2. Isabelle Rivière, *Images*, « La belle histoire », *op.cit.*

« Elle n'est pas venue. [...] D'ailleurs fût-elle venue, qu'elle n'aurait pas été la même[1] », confie-t-il à Jacques. S'il cherchera à retrouver cette femme toute sa vie durant, c'est avec la conscience qu'il ne la chérira jamais autant que lors de ces deux premières rencontres.

Un mythe personnel, un livre à écrire

Aussi, dans ses fantasmes d'amant, cet épisode prend-il place à côté des souvenirs nostalgiques de l'enfance, des grandes plaines du Cher, des fêtes du village et des livres de prix : c'est un paradis à jamais perdu auquel seuls les mots de la littérature permettront de redonner vie.

Préserver le souvenir de cette aventure, le prolonger par l'imagination et rendre hommage à la beauté d'Yvonne sont dès lors sa préoccupation principale. En outre, en devenant écrivain, il espère acquérir cette célébrité qui, doublée du prestige social de son entrée à l'École normale supérieure, ne manquera pas de séduire la jeune femme partie sans laisser d'adresse mais à laquelle il a eu le temps de dire son nom.

L'amant courtois

Ce projet d'hommage rappelle la geste des amants courtois du Moyen Âge qui, dans leurs tournois s'ils étaient chevaliers, ou dans leurs vers s'ils étaient troubadours, célébraient les couleurs ou le nom de leur dame pour mériter sa main. Fortement séduit par cette esthétique médiévale et chevaleresque que les poètes symbolistes ont remise au goût du jour, l'étudiant parle de ses sentiments pour Yvonne en songeant à Tristan et Yseult ou à Pelléas et Mélisande : exigence de pureté, amour dévorant

---

1. Lettre à Jacques Rivière, 27 mai 1906.

et malheureux pour une dame d'un milieu social supérieur, passion tragique car vécue de loin pour un être loin de qui la vie est impossible. Dès lors, l'amant peut-il souhaiter autre chose que la mort, seul lieu où il puisse retrouver sa dame ? Qu'Alain-Fournier parle toujours de son plus grand amour avec des accents funèbres, décrivant Yvonne comme une mourante ou une défunte, est sans doute significatif.

L'écrivain en caserne

Jamais la vision tragique de son destin ne s'impose à lui avec autant de violence que lorsqu'il échoue pour la seconde fois au concours de l'École normale supérieure, en 1907. Le même jour, il retourne boulevard Saint-Germain et apprend par le gardien de l'immeuble qu'Yvonne est mariée, qu'elle était déjà fiancée au moment de leur rencontre ; c'était donc le sens de son : « À quoi bon ? » Dans cette double épreuve, il songe à partir très loin, en Chine, pour y travailler dans les douanes. Mais ces projets d'évasion avortent à leur tour ; Henri a vingt et un ans et il est appelé pour faire deux ans de service militaire.

Dans une vie de promiscuité et de privations rythmée par des besognes imbéciles, il est d'abord en proie à un immense abattement physique et moral. Les manœuvres éreintantes effectuées dans les banlieues misérables de Paris lui valent de passer des nuits sans sommeil, dévoré par la vermine qui infeste la paille pourrie de bergeries abandonnées. Côtoyant la misère humaine, le soldat finit par se résigner avec fatalisme à son destin d'éternel recalé et, bientôt, se réjouit presque de cette circonstance. Ayant reçu une formation d'officier de réserve, le voilà à la tête d'un petit bataillon avec lequel il traverse la France à pied : il s'agit d'hommes du peuple, de gars noirs et pouilleux, qui entonnent des chants de route et lui rappellent les manières graves des paysans de son enfance qu'il n'a jamais cessé de célébrer. Parmi eux, quelques repris de justice, dont il parvient assez vite à se faire respecter, retrouvant ainsi, non sans quelque vanité, le rôle de chef de bande qui était le sien, quand il jouait, autrefois, dans la cour d'Épineuil.

Plus clairvoyant sur lui-même, Henri parvient à l'âge d'homme en faisant l'épreuve d'une solitude nouvelle. À l'occasion du mariage de sa sœur avec Jacques Rivière en 1909, il se sent mis à l'écart par ceux qui, jusque-là, étaient ses plus intimes confidents. Il pressent qu'il ne pourra pas, lui, connaître cet apaisant bonheur conjugal, et confie à sa mère : « Il y a en moi trop d'orgueil, d'insatisfaction que rien ne peut réduire et peut-être que mon âme tient trop de place pour jamais endurer auprès d'elle une compagne[1]. »

L'amour sans Yvonne

En effet, comme l'amitié, l'amour semble s'éloigner de lui irrémédiablement : à la fin de son service, il apprend par une agence de détectives privés engagée pour retrouver la trace d'Yvonne, que celle-ci a un enfant. Tout espoir de revoir immaculée la belle jeune fille du Cours-la-Reine s'évanouit. Profondément abattu, et à la faveur d'un pèlerinage à Lourdes, de la lecture de la Bible et de celle de Dostoïevski, il traverse une crise mystique alors qu'il se trouve en garnison dans le Sud-Ouest, à Mirande. En outre, délivré des liens exclusifs qui l'enchaînaient au souvenir d'Yvonne, il connaît là sa première expérience érotique. Jeune homme élégant et séduisant, il n'a guère de mal à multiplier les conquêtes mais, obsédé par le souvenir d'une beauté pure et désincarnée, il exige de ses maîtresses qu'elles se conforment à son idéal et les accable à la moindre faute. Jeanne Bruneau, une couturière parisienne franche et libérée avec laquelle il entretiendra bientôt une longue

---

1. Lettre à sa mère, 3 septembre 1909.

et orageuse liaison, souffrira particulièrement de cette intransi-
geance.

Écrivain, chroniqueur mondain et secrétaire particulier

Après son service militaire, Henri, dont la vocation d'écrivain est désormais affermie, trouve un emploi de chroniqueur lit-téraire dans une revue culturelle : *Paris Journal*. Ce travail sans gloire et besogneux, qui l'oblige à écrire jusqu'à cent cinquante lignes par jour, l'éloigne de la création mais lui apprend la conci-sion et lui permet d'affiner ses propres exigences en matière d'écriture.

D'un point de vue social, il revit : son travail lui permet d'étof-fer son carnet d'adresses et il fréquente peintres et écrivains, qu'il parvient même à enrôler dans une équipe de footballeurs ama-teurs. C'est également le moment où sa passion pour la vitesse – découverte dans l'automobile de Jacques Rivière – s'épanouit véritablement à l'occasion de son premier baptême de l'air.

La dernière femme

Après avoir perdu son emploi à *Paris Journal*, il devient, en 1912, secrétaire particulier de Claude Casimir-Perier, le fils d'un ancien président de la République. Très vite, il gagne son amitié et plus encore celle de son épouse, l'actrice Pauline Benda – Simone, de son nom de scène. Cette femme de neuf ans son aînée est alors au sommet de sa carrière ; mais elle est délaissée par son mari ; elle partage avec Henri des espérances déçues et des rêves défaits. Elle lit avec admiration le manuscrit du *Grand Meaulnes*, qu'il vient d'achever ; Henri l'attend dans sa loge et une liaison ardente s'engage bientôt entre eux.

Au même moment, sa passion d'adolescent le rattrape : Jacques Rivière l'informe que son frère a rencontré Yvonne de Quiévrecourt à Rochefort et se propose de lui ménager une entrevue avec elle. Huit ans après l'avoir perdue, il retrouve alors celle à qui il n'a cessé de penser.

Accompagnée de ses deux jeunes enfants, elle le rencontre quatre jours de suite et, après quelques échanges formels, tous deux s'abandonnent peu à peu aux confidences et à l'évocation du passé. Henri lui apprend qu'il a écrit un roman sur elle et la supplie de ne pas l'abandonner une nouvelle fois.

Émue, elle lui avoue qu'elle a songé à lui écrire à plusieurs reprises, que, s'il était venu trois ans plus tôt, pendant les premières années de son mariage, tout était encore possible. « J'étais malheureuse. J'ai beaucoup pensé à vous. Je vous aurais écrit si j'avais pu [1] », lui dit-elle. Mais, à présent que sa vie conjugale s'est apaisée, elle ne peut lui offrir que son amitié. Lorsque Henri lui fait parvenir une lettre ardente écrite sur le chemin du retour, la jeune femme lui renvoie aussitôt la missive.

Henri renonce alors définitivement à Yvonne, pour se jeter à cœur perdu dans sa relation amoureuse avec Simone. Oubliant ses cruelles et chimériques exigences, il n'est plus que l'amant d'une seule femme, aime Simone pour ce qu'elle est et lui écrit des lettres sensuelles où, dans le souvenir de leurs nuits d'amour, il oublie la grande pudeur qui lui est coutumière. Vivre et fonder une famille avec cette femme est devenu son seul désir.

La mort au combat

Mais, pour cela, il devra attendre de revenir d'une guerre qui commence à peine et dont personne ne pressent la longueur et l'atrocité. Fier de retrouver ses anciens compagnons d'infortune

---

1. Isabelle Rivière, *Alain-Fournier, op. cit.*

et de combattre pour une cause qu'il approuve, il intègre sa compagnie à Mirande, non sans avoir auparavant échangé avec Simone des serments devant l'autel de la cathédrale de Bayonne : les deux amants se promettent de se marier après la guerre. Il rejoint ensuite, au Nord, la zone des combats. Envoyé en mission de reconnaissance près de la ligne de front, à la tête d'une compagnie de cent cinquante hommes, il est pris en embuscade par un contingent allemand ; les soldats doivent reculer, mais les premiers à s'être avancés – parmi lesquels figure Henri – essuient le feu ennemi.

Henri Fournier aurait été aperçu une dernière fois par ses hommes, affalé contre un arbre, blessé, et suppliant, comme il avait déjà supplié Yvonne, qu'on ne l'abandonne pas.

Quelque temps plus tard, sa mère et Simone, qui ont continué à lui envoyer des lettres inquiètes, reçoivent, de la part du colonel de son régiment, un télégramme laconique : « Lieutenant Fournier disparu le 22 septembre. » Pendant plus de soixante-dix ans, l'énigme de cette disparition restera entière. Ce n'est qu'en 1989, après quatorze ans de recherches archéologiques menées sur le lieu des combats – le bois de Saint-Rémy, en Haute-Meuse –, que les restes de son corps seront retrouvés, ainsi que ceux de ses compagnons d'armes, jetés tête-bêche dans une fosse commune.

Genèse du roman

Le projet initial

L'idée du *Grand Meaulnes* germe dans l'esprit d'Alain-Fournier aussitôt après sa rencontre avec Yvonne de Quiévrecourt : « Je rêve d'un long roman qui tournerait autour d'elle, dans une campagne qui serait celle d'Épineuil et de Nançay, d'elle trouvée, perdue, retrouvée... Cela s'appellerait *Le Jour des noces*... Le jeune homme, peut-être, s'enfuirait le soir du mariage, par effroi devant cette chose trop belle qui lui est donnée, parce qu'il a compris que le paradis n'est pas de ce monde[1]. » Il s'agit alors d'évoquer un double paradis perdu – celui de l'enfance; celui de la rencontre avec la femme aimée – et de restituer l'émotion que ce souvenir fait palpiter en lui : un émerveillement mêlé de nostalgie.

Miracles : le détour poétique

Dès lors, ce projet d'écriture ne cessera de préoccuper le jeune homme, mais, pour l'heure, il est retardé par ses études puis par le service militaire. Néanmoins, entre 1905 et 1909, Henri écrit déjà un ensemble de textes – ils seront publiés après sa mort sous le titre *Miracles* : des poèmes, en vers ou en prose, et quelques essais, dont certains sont déjà des ébauches du roman projeté, et qu'il baptise tantôt « Le Jour des noces », tantôt « Les Gens de la ferme », « Les Gens du Domaine », ou encore « Le Pays sans nom ». Il signe bientôt ces textes du demi-pseudonyme *Alain-Fournier* pour éviter, semble-t-il, la confusion avec un célèbre coureur cycliste de l'époque dénommé Henri Fournier.

Cependant, aucune de ces ébauches ne sera retenue dans le roman final : l'écrivain, dont l'imaginaire est encore sous le charme puissant de la poésie symboliste, cherche sa voie. Il veut concevoir un roman paradoxal, à la manière des poètes qu'il admire – notamment Jules Laforgue –, non pas une histoire ancrée dans la réalité, mais une sorte de création pure qui rendrait compte de ses états d'âme au moyen d'images suggestives, et s'adresserait directement à l'émotion du lecteur.

---

1. Isabelle Rivière, *Images*, « La belle histoire », *op.cit.*

Cette exigence esthétique l'empêche de trouver une unité d'ensemble à son projet, car il s'interdit la création d'une intrigue romanesque. Par ailleurs, elle le condamne à une forme d'expression – la poésie – pour laquelle il n'est pas spontanément doué. N'ayant pas, comme Rimbaud, le génie de transfigurer le monde par le concours d'une langue totalement inouïe, Alain-Fournier est un écrivain qui reste à hauteur de la réalité et de la vie, ni au-dessous, ni au-dessus, sensible à l'immédiate poésie qu'elles recèlent.

Le choix du roman

Il faut attendre le début de l'année 1910 pour qu'il parvienne à abandonner la forme poétique au profit de la forme romanesque. Cette révélation est liée à sa rencontre avec deux auteurs dans lesquels il découvre ses véritables modèles : Charles Péguy, écrivain catholique dont il admire l'art d'exprimer, avec une simplicité quasi évangélique, la dimension merveilleuse du réel, et Marguerite Audoux, ancienne bergère devenue écrivain avec laquelle il partage son attachement pour le Berry et son amour du monde paysan.

À la même époque, il se passionne pour les romans d'aventures de Stevenson, parmi lesquels, au premier chef, *L'Île au trésor*. Par ailleurs, son ami Jacques Rivière, charmé par les descriptions de la vie de régiment qu'il lui fait dans ses lettres, l'encourage à approfondir cette veine réaliste. Enfin, l'écrivain André Gide, fondateur et chef de file de *La Nouvelle Revue Française*, refuse de publier un de ses textes, alléguant que le temps des poèmes en prose est révolu. Cette sanction salutaire met Alain-Fournier sur la voie de son véritable talent et le décide à abandonner les images trop allusives de la poésie symboliste pour incarner ses souvenirs dans l'intrigue et les personnages d'un roman.

Dès lors, il se met au travail, sans plus d'hésitations : « Je me suis mis à écrire simplement, directement comme une de mes lettres, par petits paragraphes serrés et voluptueux, une histoire assez simple qui pourrait être la mienne... Depuis, ça marche tout seul[1]. » Achevé début 1913, son roman paraît la même année en feuilleton dans *La Nouvelle Revue Française*, avant d'être publié en librairie. La critique est partagée et il manque de peu le prix Goncourt. Mais le succès auprès du public est immédiat et *Le Grand Meaulnes* demeure aujourd'hui l'un des romans les plus lus, en France comme à l'étranger. Sa notoriété est d'autant plus frappante qu'il s'agit du seul livre publié par l'auteur : après *Le Grand Meaulnes,* il entreprit un autre roman (*Colombe Blanchet*) et une pièce de théâtre (*La Maison dans la forêt*), mais sa mort prématurée laissa ces deux œuvres à l'état d'ébauche.

Le Grand Meaulnes

Un roman mémorial

Longue remémoration par un narrateur adulte de ses souvenirs d'enfance, *Le Grand Meaulnes* est un roman tout entier habité par la mémoire. Le narrateur relate une courte période, fertile en émotions : celle où un certain Augustin Meaulnes vint habiter sous le même toit que lui et devint rapidement pour ses compagnons de jeu le « grand Meaulnes ». Après avoir vécu une aventure fabuleuse – la rencontre d'une jeune fille belle comme le jour au cours d'une fête étrange – Meaulnes s'emploie, avec l'aide du narrateur, à retrouver la piste de cette apparition et du mystérieux domaine qui lui servit de cadre.

---

1. Lettre à Isabelle, 20 septembre 1910.

Récit d'une vie, portait d'une âme

Ce roman d'aventures nostalgique est nourri des souvenirs personnels d'Alain-Fournier. Dès lors, il est aussi le portrait d'une âme, car, plus que la jeunesse même d'Alain-Fournier, il restitue le regard qu'il portait sur toutes choses. À la fois merveilleux récit d'évasion et roman des illusions perdues, cette œuvre est ambivalente, à l'image du tempérament de son auteur : une indépendance d'esprit fantasque et enjoué doublée d'une âme profondément mélancolique, toujours en proie au sentiment d'exil. Parce qu'il aspire à être pleinement heureux, Alain-Fournier n'a jamais cessé de regretter le paradis de l'enfance et les moments de pur bonheur amoureux vécus auprès d'Yvonne, se sentant ainsi éternellement prisonnier : de la famille, du lycée comme de la caserne.

Un conte merveilleux

Récit d'évasion, *Le Grand Meaulnes* est le produit d'une imagination nourrie dès le plus jeune âge par les contes de fées découverts dans les livres de prix. Dans son roman, Alain-Fournier n'a pas recours aux ingrédients traditionnels de ces récits : forêt enchantée, bottes de sept lieues ou baguette magique. Ses personnages vivent des aventures vraisemblables dans le cadre réaliste de la France contemporaine de la fin du XIXe siècle. Et pourtant, toute l'œuvre est baignée d'une atmosphère irréelle, car la féerie provient du regard que les enfants portent sur les aventures qu'ils racontent ou *content* ; c'est cette faculté d'imagination inaltérée propre à l'enfance qui illumine les lieux, les objets, les personnes et transfigure les expériences de la vie quotidienne. Rien n'est véritablement magique dans cette histoire, mais le génie propre du narrateur consiste à suggérer au lecteur qu'il se trouve dans un monde aussi enchanteur que la forêt de Merlin ou le château de la Belle au bois dormant.

Une fête sans lendemain

Cependant, toujours prête à affleurer, la réalité menace de dissiper cet enchantement que la perspective enfantine confère aux choses. Tous les événements et tous les personnages sont alternativement présentés sous un jour merveilleux puis réaliste, le charme de leur apparence disparaissant soudain sous le regard désillusionné de l'enfant trop vieux ou de l'adulte qui se souvient. Le roman laisse ainsi comprendre que le pouvoir d'enchanter le monde est un don précaire et fragile, qui n'appartient qu'à l'enfance et qui dépend de circonstances très particulières. La magie de l'aventure tient à un « charme » qui, comme dans les contes de fées, peut s'évanouir à la moindre faute ou au moindre doute. Comme les créatures de Perrault ou des frères Grimm, Augustin Meaulnes, pour avoir trahi la femme aimée, ou simplement douté de son existence, risque de perdre à tout jamais le Domaine étrange et la princesse qui l'habite. À son ami qui lui offre concrètement de retrouver ce bonheur, Meaulnes rétorque : « j'étais à une hauteur, à un degré de perfection et de pureté que je n'atteindrai jamais plus. Dans la mort seulement, comme je te l'écrivais un jour, je retrouverai peut-être la beauté de ce temps-là » (p. 195).

Victimes d'une impression objective ou d'un mécanisme d'idéalisation rétrospective de la mémoire, tous les personnages du roman conçoivent leur passé comme un paradis perdu, une époque merveilleuse que sa perfection même réduit à demeurer à jamais révolue. Impuissante et cruelle, la conscience aiguë du temps passé condamne celui qui se souvient à un attachement presque fanatique à l'enfance, qui lui fait dire systématiquement : « jamais plus ce ne sera pareil ».

Dans ce roman placé tout entier sous le signe de la nostalgie et de la fragilité, ce qui est regretté, c'est peut-être moins le passé lui-même que le regard que l'enfant, illuminé par la grâce, posait sur l'expérience.

Comme une photographie jaunie par le temps, *Le Grand Meaulnes* projette une lumière triste sur ces temps révolus. Dans un même mouvement, l'esprit qui se souvient – celui de l'auteur, du narrateur et de tous les personnages qui évoquent leur passé – retrouve l'enfance merveilleuse et constate sa ruine, sa dévastation.

L'enfance et la mémoire

La profession de foi esthétique d'Alain-Fournier tient en un mot : « Mon *credo* en art : l'enfance. Arriver à la rendre sans aucune puérilité [...], avec sa profondeur qui touche les mystères[1]. »

Le regard rétrospectif qui permet de restituer le monde de l'enfance n'est pas seulement celui attribué au narrateur devenu adulte au moment où il relate ces événements ; tous les protagonistes du roman adoptent cette vision : encore adolescents à l'époque de cette aventure, ils en parlent, à l'âge adulte, comme des vieillards parleraient du bon vieux temps.

À travers ces personnages dont l'indépendance d'esprit et le désir d'agir sont engourdis par la nostalgie, c'est toute une réflexion sur la difficulté de vieillir que développe Alain-Fournier. Au-delà de cette dimension existentielle, l'auteur formule également une interrogation littéraire et artistique : est-il possible pour l'homme de lettres de faire revivre le passé ? La question que pose Meaulnes – « Mais le passé peut-il renaître ? » – hante les textes de ses contemporains : elle est à l'origine de l'œuvre immense de Marcel Proust, *À la recherche du temps perdu*, dont le premier volume paraît la même année que *Le Grand Meaulnes*.

---

1. Lettre à Jacques Rivière du 22 août 1906.

■ Château de Cornançay.

■ Abbaye de Loroy.

CHRONOLOGIE

1886 1914
1886 1914

- Repères historiques et culturels
- Vie et œuvre de l'auteur

Repères historiques et culturels

1881- Lois Ferry sur l'instruction primaire gratuite, laïque
1882 et obligatoire.

1886 Jean Moréas, «Manifeste du Symbolisme».
Arthur Rimbaud, *Les Illuminations*.

1888 Gabriel Fauré, *Requiem*.

1889 Exposition universelle; inauguration de la tour Eiffel.

1890 Mort de Vincent Van Gogh.
Maurice Denis, *Manifeste des Nabis*.

1891 Mort d'Arthur Rimbaud.
1er mai sanglant de Fourmies : la troupe tire sur les grévistes.

1892 Début des attentats anarchistes. Scandale de Panama.

1893 Mort de Guy de Maupassant.
Émile Zola, *Le Docteur Pascal*, dernier tome des *Rougon-Macquart*.

1894 Assassinat de Sadi Carnot : Jean Casimir-Perier président.

1896 Alfred Jarry, *Ubu roi*.
Début de l'affaire Dreyfus.

1898 Émile Zola, «J'accuse».

1899 Stéphane Mallarmé, *Poésies*.
Claude Monet peint ses premiers *Nymphéas*.

1900 Exposition universelle.
Sigmund Freud, *La Science des rêves*.

1902 André Gide, *L'Immoraliste*.
Claude Debussy, *Pelléas et Mélisande*.
Mort d'Émile Zola.

Vie et œuvre de l'auteur

1886   3 octobre : naissance d'Henri Alban Fournier
à La Chapelle-d'Angillon.

1889   Naissance de sa sœur Isabelle.

1891   La famille Fournier s'installe à Épineuil-le-Fleuriel*.

1896   Fête au château de Cornançay*.

1898   Henri entre en sixième au lycée Voltaire, à Paris.

1901   Il entre en seconde au lycée naval de Brest.

1902   Ses parents sont nommés à Menetou-Râtel* (octobre) ; il
quitte le lycée de Brest (décembre).

Repères historiques et culturels

1903   Premier Tour de France cycliste.

1904-
1905   Guerre russo-japonaise.

1905   Séparation de l'Église et de l'État.
             Albert Einstein, théorie de la relativité.
             Jean Jaurès fonde la SFIO.

1906   Georges Clemenceau président du Conseil.
             Catastrophe dans les mines de Courrières et répression
             sanglante de la grève.

1907   Triple Entente entre la France, le Royaume-Uni et la Russie.

1908   Fondation de *L'Action française*, quotidien d'extrême droite.

1909   Louis Blériot effectue la première traversée de la Manche en
             avion.

1910   Charles Péguy, *Notre Jeunesse*.
             Inondation de Paris.

1911   François Mauriac, *L'Adieu à l'adolescence*.
             Saint-John Perse, *Les Éloges*.

1912   Paul Claudel, *L'Annonce faite à Marie*.
             Naufrage du Titanic.

Vie et œuvre de l'auteur

1903   Lycée à Bourges, baccalauréat et entrée en classe de lettres supérieures au lycée Lakanal à Paris ; rencontre avec Jacques Rivière et première liaison amoureuse, avec une jeune fille de Bourg-la-Reine.

1904   Il assiste à une représentation de *Pelléas et Mélisande*, opéra de Claude Debussy ; premier poème, «Tristesse d'été».

1905   Rencontre avec Yvonne de Quiévrecourt et séjour en Angleterre ; début de la correspondance avec Jacques Rivière.

1906   Échec au concours d'entrée à l'École normale supérieure. Entrée au lycée Louis-le-Grand.

1907   Nouvel échec au concours de l'École normale supérieure ; il apprend qu'Yvonne est mariée (juillet) ; début du service militaire (octobre) ; premier texte publié en revue («Le corps de la femme»).

1908   Ses parents sont nommés à Paris ; il reçoit une formation d'officier de réserve.

1909   Sous-lieutenant à Mirande, dans le Gers. Mariage d'Isabelle Fournier et Jacques Rivière à Paris (août). Henri est libéré du service militaire (septembre).

1910   Chroniqueur littéraire à *Paris Journal* ; début de sa liaison avec Jeanne Bruneau ; rencontre avec Marguerite Audoux et Charles Péguy ; début de la rédaction du *Grand Meaulnes*.

1912   Secrétaire particulier de Claude Casimir-Perier ; rencontre avec Pauline Benda (Mme Simone).

Repères historiques et culturels

1913   Marcel Proust, *Du côté de chez Swann*, première partie
de *À la recherche du temps perdu*.

1914   28 juin, attentat de Sarajevo.
3 août, l'Allemagne déclare la guerre à la France.

Vie et œuvre de l'auteur

1913   Rencontre avec Yvonne et ses deux enfants à Rochefort ;
début de sa liaison avec Simone ; parution du *Grand
Meaulnes* dans *La Nouvelle Revue Française* (juillet-octobre) ;
parution du roman en librairie chez l'éditeur Émile-Paul
(octobre) ; échec au prix Goncourt (décembre).

1914   Il travaille à *Colombe Blanchet* (roman) et *La Maison dans la
forêt* (théâtre).
Enceinte d'Henri, Simone se fait avorter.
Mobilisation générale (3 août) ; Henri est tué dans un combat
en Haute-Meuse, dans les bois de Saint-Rémy-la-Calonne
(22 septembre).

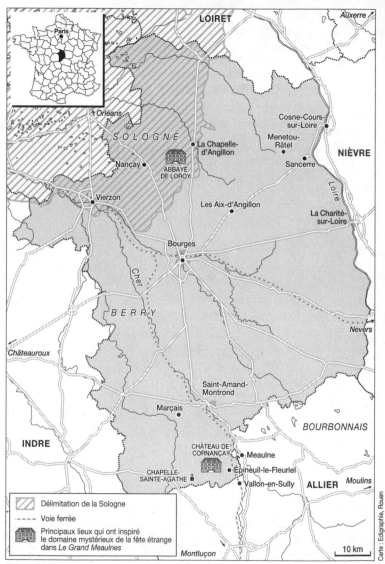

■ Le département du Cher.

Carte : Edigraphie, Rouen

Le Grand Meaulnes

À ma sœur Isabelle[1].

---

1. Il s'agit d'Isabelle Fournier, la sœur de l'auteur, née en 1889, de trois ans sa cadette. Alain-Fournier comptait initialement dédier son roman à Yvonne de Quiévrecourt, inspiratrice du personnage d'Yvonne de Galais. Voir présentation, p. 14-15.

■ École d'Épineuil-le-Fleuriel où la famille Fournier arrive en 1891.

PREMIÈRE PARTIE

Chapitre premier

Le pensionnaire

Il arriva chez nous un dimanche de novembre 189...[1]. Je continue à dire «chez nous», bien que la maison ne nous appartienne plus. Nous avons quitté le pays[2] depuis bientôt quinze ans et nous n'y reviendrons certainement jamais.

5   Nous habitions les bâtiments du Cours supérieur de Sainte-Agathe[3]. Mon père, que j'appelais M. Seurel, comme les autres élèves, y dirigeait à la fois le Cours supérieur[4], où l'on préparait le brevet d'instituteur, et le Cours moyen[5]. Ma mère faisait la petite classe[6].

---

1. 189... : dans une ébauche du roman, Alain-Fournier avait noté 1891 ; c'est à cette date que sa famille s'installa à Épineuil-le-Fleuriel.

2. Pays : village.

3. L'ensemble des descriptions de Sainte-Agathe renvoie sans ambiguïté au village d'Épineuil-le-Fleuriel, où l'auteur passa son enfance, de cinq à douze ans. Le nom donné à ce village est celui d'une chapelle perchée sur une colline, à 15 kilomètres d'Épineuil, et visible depuis les fenêtres du grenier de l'école. Voir carte, p. 36, et plan, p. 120.

4. Cours supérieur : cours destiné aux élèves les plus doués, poursuivant leurs études après l'obtention du certificat d'études, c'est-à-dire au-delà de la période de la scolarité obligatoire, qui s'étend de six à douze ans.

5. Cours moyen : cours destiné aux élèves de neuf à douze ans, après le Cours élémentaire.

6. Petite classe : cours préparatoire (l'actuel CP) et élémentaire, pour les élèves de six à neuf ans.

■ Salle de classe de M. Fournier (école d'Épineuil), reconstituée comme en 1891.

10   Une longue maison rouge, avec cinq portes vitrées, sous des
vignes vierges, à l'extrémité du bourg; une cour immense avec
préaux et buanderie, qui ouvrait en avant sur le village par un
grand portail; sur le côté nord, la route où donnait une petite
grille et qui menait vers la gare, à trois kilomètres; au sud et
15   par-derrière, des champs, des jardins et des prés qui rejoignaient
les faubourgs... tel est le plan sommaire de cette demeure où
s'écoulèrent les jours les plus tourmentés et les plus chers de ma
vie – demeure d'où partirent et où revinrent se briser, comme des
vagues sur un rocher désert, nos aventures.
20   Le hasard des «changements», une décision d'inspecteur ou
de préfet nous avaient conduits là. Vers la fin des vacances, il y
a bien longtemps, une voiture[1] de paysan, qui précédait notre
ménage[2], nous avait déposés, ma mère et moi, devant la petite
grille rouillée. Des gamins qui volaient des pêches dans le jardin
25   s'étaient enfuis silencieusement par les trous de la haie... Ma
mère, que nous appelions Millie, et qui était bien la ménagère
la plus méthodique que j'aie jamais connue, était entrée aussitôt
dans les pièces remplies de paille poussiéreuse, et tout de suite elle
avait constaté avec désespoir, comme à chaque «déplacement»[3],
30   que nos meubles ne tiendraient jamais dans une maison si mal
construite... Elle était sortie pour me confier sa détresse. Tout en
me parlant, elle avait essuyé doucement avec son mouchoir ma
figure d'enfant noircie par le voyage. Puis elle était rentrée faire
le compte de toutes les ouvertures qu'il allait falloir condamner
35   pour rendre le logement habitable... Quant à moi, coiffé d'un
grand chapeau de paille à rubans, j'étais resté là, sur le gravier
de cette cour étrangère, à attendre, à fureter petitement autour du
puits et sous le hangar.

---

1. *Voiture* : ici, charrette à cheval.
2. *Ménage* : ici, mobilier déménagé.
3. Instituteurs, les parents du narrateur sont régulièrement appelés à déména-
ger, au gré des mutations décidées par l'administration.

C'est ainsi, du moins, que j'imagine aujourd'hui notre arrivée.
40 Car aussitôt que je veux retrouver le lointain souvenir de cette
première soirée d'attente dans notre cour de Sainte-Agathe, déjà
ce sont d'autres attentes que je me rappelle ; déjà, les deux mains
appuyées aux barreaux du portail, je me vois épiant avec anxiété
quelqu'un qui va descendre la grand'rue. Et si j'essaie d'imaginer
45 la première nuit que je dus passer dans ma mansarde[1], au milieu
des greniers du premier étage, déjà ce sont d'autres nuits que je
me rappelle ; je ne suis plus seul dans cette chambre ; une grande
ombre inquiète et amie passe le long des murs et se promène.
Tout ce paysage paisible – l'école, le champ du père Martin, avec
50 ses trois noyers, le jardin dès quatre heures envahi chaque jour
par des femmes en visite – est à jamais, dans ma mémoire, agité,
transformé par la présence de celui qui bouleversa toute notre
adolescence et dont la fuite même ne nous a pas laissé de repos.

Nous étions pourtant depuis dix ans dans ce pays lorsque
55 Meaulnes arriva.

J'avais quinze ans. C'était un froid dimanche de novembre, le
premier jour d'automne qui fît songer à l'hiver. Toute la journée,
Millie avait attendu une voiture de la gare qui devait lui apporter
un chapeau pour la mauvaise saison. Le matin, elle avait manqué
60 la messe ; et jusqu'au sermon, assis dans le chœur avec les autres
enfants, j'avais regardé anxieusement du côté des cloches, pour
la voir entrer avec son chapeau neuf.

Après midi, je dus partir seul à vêpres[2].

« D'ailleurs, me dit-elle, pour me consoler, en brossant de sa main
65 mon costume d'enfant, même s'il était arrivé, ce chapeau, il aurait
bien fallu, sans doute, que je passe mon dimanche à le refaire. »

Souvent nos dimanches d'hiver se passaient ainsi. Dès le matin,
mon père s'en allait au loin, sur le bord de quelque étang couvert

---

1. *Mansarde* : pièce aménagée sous les toits.
2. *À vêpres* : à la messe du soir.

de brume, pêcher le brochet dans une barque ; et ma mère, retirée
70 jusqu'à la nuit dans sa chambre obscure, rafistolait d'humbles
toilettes. Elle s'enfermait ainsi de crainte qu'une dame de ses amies,
aussi pauvre qu'elle mais aussi fière, vînt la surprendre. Et moi, les
vêpres finies, j'attendais, en lisant dans la froide salle à manger,
qu'elle ouvrît la porte pour me montrer comment ça lui allait.

75 Ce dimanche-là, quelque animation devant l'église me retint
dehors après vêpres. Un baptême, sous le porche, avait attroupé
des gamins. Sur la place, plusieurs hommes du bourg avaient
revêtu leurs vareuses[1] de pompiers ; et, les faisceaux[2] formés,
transis[3] et battant la semelle[4], ils écoutaient Boujardon, le briga-
80 dier, s'embrouiller dans la théorie…

Le carillon du baptême s'arrêta soudain, comme une sonnerie
de fête, qui se serait trompée de jour et d'endroit ; Boujardon et
ses hommes, l'arme en bandoulière, emmenèrent la pompe[5] au
petit trot ; et je les vis disparaître au premier tournant, suivis de
85 quatre gamins silencieux, écrasant de leurs grosses semelles les
brindilles de la route givrée où je n'osais pas les suivre.

Dans le bourg, il n'y eut plus alors de vivant que le café
Daniel, où j'entendais sourdement monter puis s'apaiser les
discussions des buveurs. Et, frôlant le mur bas de la grande cour
90 qui isolait notre maison du village, j'arrivai, un peu anxieux de
mon retard, à la petite grille.

Elle était entrouverte et je vis aussitôt qu'il se passait quelque
chose d'insolite.

En effet, à la porte de la salle à manger[6] – la plus rapprochée
95 des cinq portes vitrées qui donnaient sur la cour –, une femme

---

1. *Vareuses* : courtes vestes.
2. *Faisceaux* : sortes de pyramide formée par les fusils que les soldats
posaient sur le sol pendant des haltes.
3. *Transis* : saisis par le froid.
4. *Battant la semelle* : tapant des pieds, pour se réchauffer.
5. *Pompe* : pompe à eau, tirée par des hommes.
6. Pour la description de la maison, voir le plan de l'école-mairie d'Épineuil,
p. 44.

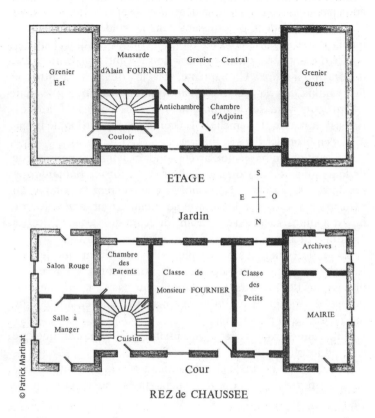

ETAGE

Jardin

REZ de CHAUSSEE

■ Plan de l'école d'Épineuil-le-Fleuriel, vers 1890 (établi par Henri Lullier et reproduit par Patrick Martinat dans son édition *Alain-Fournier, Destins inachevés*, Éditions CCB Royer, 1994, p. 302).

aux cheveux gris, penchée, cherchait à voir au travers des rideaux. Elle était petite, coiffée d'une capote[1] de velours noir à l'ancienne mode. Elle avait un visage maigre et fin, mais ravagé par l'inquiétude ; et je ne sais quelle appréhension, à sa vue, m'arrêta sur la première marche, devant la grille.

« Où est-il passé ? mon Dieu ! disait-elle à mi-voix. Il était avec moi tout à l'heure. Il a déjà fait le tour de la maison. Il s'est peut-être sauvé… »

Et, entre chaque phrase, elle frappait au carreau trois petits coups à peine perceptibles.

Personne ne venait ouvrir à la visiteuse inconnue. Millie, sans doute, avait reçu le chapeau de la gare, et sans rien entendre, au fond de la chambre rouge, devant un lit semé de vieux rubans et de plumes défrisées, elle cousait, décousait, rebâtissait sa médiocre coiffure… En effet, lorsque j'eus pénétré dans la salle à manger, immédiatement suivi de la visiteuse, ma mère apparut tenant à deux mains sur sa tête des fils de laiton, des rubans et des plumes, qui n'étaient pas encore parfaitement équilibrés… Elle me sourit, de ses yeux bleus fatigués d'avoir travaillé à la chute du jour, et s'écria :

« Regarde ! Je t'attendais pour te montrer… »

Mais, apercevant cette femme assise dans le grand fauteuil, au fond de la salle, elle s'arrêta, déconcertée. Bien vite, elle enleva sa coiffure, et, durant toute la scène qui suivit, elle la tint contre sa poitrine, renversée comme un nid dans son bras droit replié.

La femme à la capote, qui gardait, entre ses genoux, un parapluie et un sac de cuir, avait commencé de s'expliquer, en balançant légèrement la tête et en faisant claquer sa langue comme une femme en visite. Elle avait repris tout son aplomb. Elle eut même, dès qu'elle parla de son fils, un air supérieur et mystérieux qui nous intrigua.

---

1. *Capote* : manteau à capuchon.

Ils étaient venus tous les deux, en voiture, de La Ferté-d'Angillon[1], à quatorze kilomètres de Sainte-Agathe. Veuve – et fort riche, à ce qu'elle nous fit comprendre – elle avait perdu le cadet

130 de ses deux enfants, Antoine, qui était mort un soir au retour de l'école, pour s'être baigné avec son frère dans un étang malsain. Elle avait décidé de mettre l'aîné, Augustin, en pension chez nous pour qu'il pût suivre le Cours supérieur.

Et aussitôt elle fit l'éloge de ce pensionnaire qu'elle nous

135 amenait. Je ne reconnaissais plus la femme aux cheveux gris, que j'avais vue courbée devant la porte, une minute auparavant, avec cet air suppliant et hagard[2] de poule qui aurait perdu l'oiseau sauvage de sa couvée.

Ce qu'elle contait de son fils avec admiration était fort surpre-

140 nant : il aimait à lui faire plaisir, et parfois il suivait le bord de la rivière, jambes nues, pendant des kilomètres, pour lui rapporter des œufs de poules d'eau, de canards sauvages, perdus dans les ajoncs[3]... Il tendait aussi des nasses[4]... L'autre nuit, il avait découvert dans le bois une faisane prise au collet...

145 Moi qui n'osais plus rentrer à la maison quand j'avais un accroc à ma blouse, je regardais Millie avec étonnement.

Mais ma mère n'écoutait plus. Elle fit même signe à la dame de se taire ; et déposant avec précaution son «nid» sur la table, elle se leva silencieusement comme pour aller surprendre

150 quelqu'un...

Au-dessus de nous, en effet, dans un réduit où s'entassaient les pièces d'artifice[5] noircies du dernier 14 juillet, un pas inconnu,

---

1. *La Ferté-d'Angillon* : nom inventé, qui rappelle La Chapelle-d'Angillon, où l'auteur est né, et où habitaient ses grands-parents maternels. Voir carte p. 36.

2. *Hagard* : qui a une expression égarée et farouche.

3. *Ajoncs* : arbustes épineux à fleurs jaunes.

4. *Nasses* : casiers en osier ou en métal servant à capturer les poissons et les écrevisses.

5. *Pièces d'artifice* : fusées de feux d'artifice.

assuré, allait et venait, ébranlant le plafond, traversait les immenses greniers ténébreux du premier étage, et se perdait enfin vers
155 les chambres d'adjoints[1] abandonnées où l'on mettait sécher le tilleul et mûrir les pommes.

«Déjà, tout à l'heure, j'avais entendu ce bruit dans les chambres du bas, dit Millie à mi-voix, et je croyais que c'était toi, François, qui étais rentré...»

160 Personne ne répondit. Nous étions debout tous les trois, le cœur battant, lorsque la porte des greniers qui donnait sur l'escalier de la cuisine s'ouvrit; quelqu'un descendit les marches, traversa la cuisine, et se présenta dans l'entrée obscure de la salle à manger.

«C'est toi, Augustin?» dit la dame.

165 C'était un grand garçon de dix-sept ans environ. Je ne vis d'abord de lui, dans la nuit tombante, que son chapeau de feutre paysan coiffé en arrière et sa blouse noire sanglée d'une ceinture comme en portent les écoliers. Je pus distinguer aussi qu'il souriait...

Il m'aperçut, et, avant que personne eût pu lui demander
170 aucune explication :

«Viens-tu dans la cour?» dit-il.

J'hésitai une seconde. Puis, comme Millie ne me retenait pas, je pris ma casquette et j'allai vers lui. Nous sortîmes par la porte de la cuisine et nous allâmes au préau, que l'obscurité envahissait
175 déjà. À la lueur de la fin du jour, je regardais, en marchant, sa face anguleuse au nez droit, à la lèvre duvetée.

«Tiens, dit-il, j'ai trouvé ça dans ton grenier. Tu n'y avais donc jamais regardé?»

Il tenait à la main une petite roue en bois noirci; un cordon
180 de fusées déchiquetées courait tout autour; ç'avait dû être le soleil ou la lune au feu d'artifice du 14 juillet.

«Il y en a deux qui ne sont pas parties : nous allons toujours les allumer», dit-il d'un ton tranquille et de l'air de quelqu'un qui espère bien trouver mieux par la suite.

---

1. *Adjoints* : auxiliaires du maître d'école.

185 Il jeta son chapeau par terre et je vis qu'il avait les cheveux complètement ras comme un paysan. Il me montra les deux fusées avec leurs bouts de mèche en papier que la flamme avait coupés, noircis, puis abandonnés. Il planta dans le sable le moyeu de la roue, tira de sa poche – à mon grand étonnement, car cela nous 190 était formellement interdit – une boîte d'allumettes. Se baissant avec précaution, il mit le feu à la mèche. Puis, me prenant par la main, il m'entraîna vivement en arrière.

Un instant après, ma mère qui sortait sur le pas de la porte, avec la mère de Meaulnes, après avoir débattu et fixé le prix de 195 pension, vit jaillir sous le préau, avec un bruit de soufflet, deux gerbes d'étoiles rouges et blanches; et elle put m'apercevoir, l'espace d'une seconde, dressé dans la lueur magique, tenant par la main le grand gars nouveau venu et ne bronchant pas...

Cette fois encore, elle n'osa rien dire.

200 Et le soir, au dîner, il y eut, à la table de famille, un compagnon silencieux, qui mangeait, la tête basse, sans se soucier de nos trois regards fixés sur lui.

Chapitre II

Après quatre heures

Je n'avais guère été, jusqu'alors, courir dans les rues avec les gamins du bourg. Une coxalgie[1], dont j'ai souffert jusque vers cette année 189..., m'avait rendu craintif et malheureux. Je me vois encore poursuivant les écoliers alertes dans les ruelles 5 qui entouraient la maison, en sautillant misérablement sur une jambe...

Aussi ne me laissait-on guère sortir. Et je me rappelle que Millie, qui était très fière de moi, me ramena plus d'une fois à la

---

1. *Coxalgie* : maladie articulatoire de la hanche, provoquant une boiterie.

maison, avec force taloches, pour m'avoir ainsi rencontré, sautant
10 à cloche-pied, avec les garnements du village.

L'arrivée d'Augustin Meaulnes, qui coïncida avec ma guéri-
son, fut le commencement d'une vie nouvelle.

Avant sa venue, lorsque le cours était fini, à quatre heures,
une longue soirée de solitude commençait pour moi. Mon père
15 transportait le feu du poêle[1] de la classe dans la cheminée de
notre salle à manger ; et peu à peu les derniers gamins attardés
abandonnaient l'école refroidie où roulaient des tourbillons de
fumée. Il y avait encore quelques jeux, des galopades, dans la
cour ; puis la nuit venait ; les deux élèves qui avaient balayé la
20 classe cherchaient sous le hangar leurs capuchons et leurs pèlerines[2], et ils partaient bien vite, leur panier au bras, en laissant le
grand portail ouvert...

Alors, tant qu'il y avait une lueur de jour, je restais au fond de
la mairie, enfermé dans le cabinet des Archives[3] plein de mouches
25 mortes, d'affiches battant au vent, et je lisais assis sur une vieille
bascule[4], auprès d'une fenêtre qui donnait sur le jardin.

Lorsqu'il faisait noir, que les chiens de la ferme voisine
commençaient à hurler et que le carreau de notre petite cuisine
s'illuminait, je rentrais enfin. Ma mère avait commencé de prépa-
30 rer le repas. Je montais trois marches de l'escalier du grenier ; je
m'asseyais sans rien dire et, la tête appuyée aux barreaux froids
de la rampe, je la regardais allumer son feu dans l'étroite cuisine
où vacillait la flamme d'une bougie...

Mais quelqu'un est venu qui m'a enlevé à tous ces plaisirs
35 d'enfant paisible. Quelqu'un a soufflé la bougie qui éclairait
pour moi le doux visage maternel penché sur le repas du soir.
Quelqu'un a éteint la lampe autour de laquelle nous étions une

---

1. *Poêle* : appareil de chauffage, en métal ou en faïence.

2. *Pèlerines* : manteaux à capuches.

3. *Cabinet des Archives* : pièce où étaient conservées les archives de la
mairie ; voir plan, p. 44.

4. *Bascule* : balance à bascule, appareil de pesage.

famille heureuse, à la nuit, lorsque mon père avait accroché les volets de bois aux portes vitrées. Et celui-là, ce fut Augustin Meaulnes, que les autres élèves appelèrent bientôt le grand Meaulnes.

Dès qu'il fut pensionnaire chez nous, c'est-à-dire dès les premiers jours de décembre, l'école cessa d'être désertée le soir, après quatre heures. Malgré le froid de la porte battante, les cris des balayeurs et leurs seaux d'eau, il y avait toujours, après le cours, dans la classe, une vingtaine de grands élèves, tant de la campagne que du bourg, serrés autour de Meaulnes. Et c'étaient de longues discussions, des disputes interminables, au milieu desquelles je me glissais avec inquiétude et plaisir.

Meaulnes ne disait rien; mais c'était pour lui qu'à chaque instant l'un des plus bavards s'avançait au milieu du groupe, et, prenant à témoin tour à tour chacun de ses compagnons, qui l'approuvaient bruyamment, racontait quelque longue histoire de maraude[1], que tous les autres suivaient, le bec ouvert, en riant silencieusement.

Assis sur un pupitre, en balançant les jambes, Meaulnes réfléchissait. Aux bons moments, il riait aussi, mais doucement, comme s'il eût réservé ses éclats de rire pour quelque meilleure histoire, connue de lui seul. Puis, à la nuit tombante, lorsque la lueur des carreaux de la classe n'éclairait plus le groupe confus des jeunes gens, Meaulnes se levait soudain et, traversant le cercle pressé :

«Allons, en route!» criait-il.

Alors tous le suivaient et l'on entendait leurs cris jusqu'à la nuit noire, dans le haut du bourg...

Il m'arrivait maintenant de les accompagner. Avec Meaulnes, j'allais à la porte des écuries des faubourgs, à l'heure où l'on trait les vaches... Nous entrions dans les boutiques, et, du fond de

---

1. *Maraude* : vol d'aliments, commis dans les fermes ou dans les champs.

l'obscurité, entre deux craquements de son métier, le tisserand
70 disait :

«Voilà les étudiants!»

Généralement, à l'heure du dîner, nous nous trouvions
tout près du Cours, chez Desnoues, le charron[1], qui était aussi
maréchal[2]. Sa boutique était une ancienne auberge, avec de
75 grandes portes à deux battants qu'on laissait ouvertes. De la rue
on entendait grincer le soufflet de la forge et l'on apercevait à
la lueur du brasier, dans ce lieu obscur et tintant, parfois des
gens de campagne qui avaient arrêté leur voiture pour causer un
instant, parfois un écolier comme nous, adossé à une porte, qui
80 regardait sans rien dire.

Et c'est là que tout commença, environ huit jours avant Noël.

Chapitre III

«Je fréquentais la boutique d'un vannier[3]»

La pluie était tombée tout le jour, pour ne cesser qu'au soir.
La journée avait été mortellement ennuyeuse. Aux récréations,
personne ne sortait. Et l'on entendait mon père, M. Seurel, crier
à chaque minute, dans la classe :
5 «Ne sabotez donc pas[4] comme ça, les gamins!»

Après la dernière récréation de la journée, ou comme nous
disions, après le dernier «quart d'heure», M. Seurel, qui depuis

---

1. *Charron* : constructeur et réparateur de véhicules à roues tirés par des
animaux (charrettes, chariots).
2. *Maréchal* : artisan chargé de façonner le fer.
3. *«Je fréquentais la boutique d'un vannier»* : citation de *Robinson
Crusoé*, roman de l'Anglais Daniel Defoe, publié en 1719 et racontant l'histoire d'un aventurier naufragé sur une île déserte; un *vannier* est un fabricant
de corbeilles et de petits meubles en fibres végétales (osier, rotin…).
4. *Ne sabotez […] pas* : cessez de faire du bruit avec vos sabots.

un instant marchait de long en large pensivement, s'arrêta, frappa
un grand coup de règle sur la table, pour faire cesser le bourdon-
10 nement confus des fins de classe où l'on s'ennuie, et, dans le
silence attentif, demanda :

«Qui est-ce qui ira demain en voiture à la gare avec François,
pour chercher M. et Mme Charpentier?»

C'étaient mes grands-parents : grand-père Charpentier,
15 l'homme au grand burnous[1] de laine grise, le vieux garde fores-
tier en retraite, avec son bonnet de poil de lapin qu'il appelait son
képi… Les petits gamins le connaissaient bien. Les matins, pour
se débarbouiller, il tirait un seau d'eau, dans lequel il barbotait, à
la façon des vieux soldats, en se frottant vaguement la barbiche.
20 Un cercle d'enfants, les mains derrière le dos, l'observaient avec
une curiosité respectueuse… Et ils connaissaient aussi grand-mère
Charpentier, la petite paysanne, avec sa capote tricotée, parce que
Millie l'amenait, au moins une fois, dans la classe des plus petits.

Tous les ans, nous allions les chercher, quelques jours avant
25 Noël, à la gare, au train de 4h2. Ils avaient, pour nous voir,
traversé tout le département, chargés de ballots de châtaignes
et de victuailles pour Noël enveloppées dans des serviettes. Dès
qu'ils avaient passé, tous les deux, emmitouflés, souriants et un
peu interdits[2], le seuil de la maison, nous fermions sur eux toutes
30 les portes, et c'était une grande semaine de plaisir qui commençait…

Il fallait, pour conduire avec moi la voiture qui devait les
ramener, il fallait quelqu'un de sérieux qui ne nous versât pas[3] dans
un fossé, et d'assez débonnaire[4] aussi, car le grand-père Charpen-
35 tier jurait facilement et la grand-mère était un peu bavarde.

À la question de M. Seurel, une dizaine de voix répondirent,
criant ensemble :

---

1. *Burnous* : grand manteau à capuche.
2. *Interdits* : troublés, déconcertés.
3. *Qui ne nous versât pas* : qui ne reversât pas notre voiture.
4. *Débonnaire* : facile à vivre, tolérant.

«Le grand Meaulnes ! le grand Meaulnes ! »

Mais M. Seurel fit semblant de ne pas entendre.

40 Alors il crièrent :

«Fromentin ! »

D'autres :

«Jasmin Delouche ! »

Le plus jeune des Roy, qui allait aux champs monté sur sa truie
45 lancée au triple galop, criait : «Moi ! Moi ! », d'une voix perçante.

Dutremblay et Mouchebœuf se contentaient de lever timidement la main.

J'aurais voulu que ce fût Meaulnes. Ce petit voyage en voiture
à âne serait devenu un événement plus important. Il le désirait
50 aussi, mais il affectait[1] de se taire dédaigneusement. Tous les
grands élèves s'étaient assis comme lui sur la table, à revers, les
pieds sur le banc, ainsi que nous faisions dans les moments de
grand répit et de réjouissance. Coffin, sa blouse relevée et roulée
autour de la ceinture, embrassait la colonne de fer qui soutenait
55 la poutre de la classe et commençait de grimper en signe d'allé-
gresse. Mais M. Seurel refroidit tout le monde en disant :

«Allons ! Ce sera Mouchebœuf.»

Et chacun regagna sa place en silence.

À quatre heures, dans la grande cour glacée, ravinée[2] par
60 la pluie, je me trouvai seul avec Meaulnes. Tous deux, sans rien
dire, nous regardions le bourg luisant que séchait la bourrasque. Bientôt, le petit Coffin, en capuchon, un morceau de pain
à la main, sortit de chez lui et, rasant les murs, se présenta en
sifflant à la porte du charron. Meaulnes ouvrit le portail, le héla
65 et, tous les trois, un instant après, nous étions installés au fond
de la boutique rouge et chaude, brusquement traversée par de
glacials coups de vent : Coffin et moi, assis auprès de la forge,

---

1. *Affectait* : faisait mine.

2. *Ravinée* : creusée de sillons.

nos pieds boueux dans les copeaux blancs ; Meaulnes, les mains aux poches, silencieux, adossé au battant de la porte d'entrée. De temps à autre, dans la rue, passait une dame du village, la tête baissée à cause du vent, qui revenait de chez le boucher, et nous levions le nez pour regarder qui c'était.

Personne ne disait rien. Le maréchal et son ouvrier, l'un soufflant la forge, l'autre battant le fer, jetaient sur le mur de grandes ombres brusques… Je me rappelle ce soir-là comme un des grands soirs de mon adolescence. C'était en moi un mélange de plaisir et d'anxiété : je craignais que mon compagnon ne m'enlevât cette pauvre joie d'aller à la gare en voiture ; et pourtant j'attendais de lui, sans oser me l'avouer, quelque entreprise extra-ordinaire qui vînt tout bouleverser.

De temps à autre, le travail paisible et régulier de la boutique s'interrompait pour un instant. Le maréchal laissait à petits coups pesants et clairs retomber son marteau sur l'enclume. Il regardait, en l'approchant de son tablier de cuir, le morceau de fer qu'il avait travaillé. Et, redressant la tête, il nous disait, histoire de souffler un peu :

«Eh bien, ça va, la jeunesse ?»

L'ouvrier restait la main en l'air à la chaîne du soufflet[1], mettait son poing gauche sur la hanche et nous regardait en riant.

Puis le travail sourd et bruyant reprenait.

Durant une de ces pauses, on aperçut, par la porte battante, Millie dans le grand vent, serrée dans un fichu, qui passait chargée de petits paquets.

Le maréchal demanda :

«C'est-il que M. Charpentier va bientôt venir ?

– Demain, répondis-je, avec ma grand-mère, j'irai les chercher en voiture au train de 4 h 2.

– Dans la voiture à Fromentin, peut-être ?»

Je répondis bien vite :

---

1. *Soufflet* : soufflet de forge, actionné par une chaîne.

100 «Non, dans celle du père Martin.

– Oh! alors, vous n'êtes pas revenus.»

Et tous les deux, son ouvrier et lui, se prirent à rire.

L'ouvrier fit remarquer, lentement, pour dire quelque chose :

«Avec la jument de Fromentin on aurait pu aller les chercher
105 à Vierzon*. Il y a une heure d'arrêt. C'est à quinze kilomètres. On
aurait été de retour avant même que l'âne à Martin fût attelé.

– Ça, dit l'autre, c'est une jument qui marche!...

Et je crois bien que Fromentin la prêterait facilement.»

La conversation finit là. De nouveau la boutique fut un endroit
110 plein d'étincelles et de bruit, où chacun ne pensa que pour soi.

Mais lorsque l'heure fut venue de partir et que je me levai pour
faire signe au grand Meaulnes, il ne m'aperçut pas d'abord. Adossé
à la porte et la tête penchée, il semblait profondément absorbé
par ce qui venait d'être dit. En le voyant ainsi, perdu dans ses
115 réflexions, regardant, comme à travers des lieues[1] de brouillard,
ces gens paisibles qui travaillaient, je pensai soudain à cette image
de Robinson Crusoé, où l'on voit l'adolescent anglais, avant son
grand départ, «fréquentant la boutique d'un vannier»...

Et j'y ai souvent repensé depuis.

Chapitre IV

L'évasion

À une heure de l'après-midi, le lendemain, la classe du Cours
supérieur est claire, au milieu du paysage gelé, comme une barque
sur l'océan. On n'y sent pas la saumure[2] ni le cambouis[3], comme
sur un bateau de pêche, mais les harengs grillés sur le poêle et la

---

1. La *lieue* est une ancienne unité de mesure de distance équivalant à environ
4 kilomètres.

2. *Saumure* : liquide fortement salé servant à conserver les poissons.

3. *Cambouis* : graisse.

5 laine roussie de ceux qui, en rentrant, se sont chauffés trop près.

On a distribué, car la fin de l'année approche, les cahiers de compositions. Et, pendant que M. Seurel écrit au tableau l'énoncé des problèmes, un silence imparfait s'établit, mêlé de conversations à voix basse, coupé de petits cris étouffés et de phrases dont
10 on ne dit que les premiers mots pour effrayer son voisin :

«Monsieur! Un tel me...»

M. Seurel, en copiant ses problèmes, pense à autre chose. Il se retourne de temps à autre, en regardant tout le monde d'un air à la fois sévère et absent. Et ce remue-ménage sournois cesse
15 complètement, une seconde, pour reprendre ensuite, tout doucement d'abord, comme un ronronnement.

Seul, au milieu de cette agitation, je me tais. Assis au bout d'une des tables de la division des plus jeunes, près des grandes vitres, je n'ai qu'à me redresser un peu pour apercevoir le jardin,
20 le ruisseau dans le bas, puis les champs.

De temps à autre, je me soulève sur la pointe des pieds et je regarde anxieusement du côté de la ferme de la Belle-Étoile. Dès le début de la classe, je me suis aperçu que Meaulnes n'était pas rentré après la récréation de midi. Son voisin de table a bien
25 dû s'en apercevoir aussi. Il n'a rien dit encore, préoccupé par sa composition. Mais, dès qu'il aura levé la tête, la nouvelle courra par toute la classe, et quelqu'un, comme c'est l'usage, ne manquera pas de crier à haute voix les premiers mots de la phrase :

«Monsieur! Meaulnes...»

30 Je sais que Meaulnes est parti. Plus exactement, je le soupçonne de s'être échappé. Sitôt le déjeuner terminé, il a dû sauter le petit mur et filer à travers champs, en passant le ruisseau à la vieille-planche, jusqu'à la Belle-Étoile. Il aura demandé la jument pour aller chercher M. et Mme Charpentier. Il fait atteler en ce
35 moment.

La Belle-Étoile est, là-bas, de l'autre côté du ruisseau, sur le versant de la côte, une grande ferme, que les ormes, les chênes de la cour et les haies vives cachent en été. Elle est placée sur un

petit chemin qui rejoint d'un côté la route de la gare, de l'autre
40 un faubourg du pays. Entourée de hauts murs soutenus par des
contreforts dont le pied baigne dans le fumier, la grande bâtisse
féodale est au mois de juin enfouie sous les feuilles, et, de l'école,
on entend seulement, à la tombée de la nuit, le roulement des
charrois[1] et les cris des vachers. Mais aujourd'hui, j'aperçois par
45 la vitre, entre les arbres dépouillés, le haut mur grisâtre de la cour,
la porte d'entrée, puis, entre les tronçons de haie, une bande du
chemin blanchi de givre, parallèle au ruisseau, qui mène à la
route de la gare.

Rien ne bouge encore dans ce clair paysage d'hiver. Rien
50 n'est changé encore.

Ici, M. Seurel achève de copier le deuxième problème. Il en
donne trois d'habitude. Si aujourd'hui, par hasard, il n'en donnait
que deux… Il remonterait aussitôt dans sa chaire[2] et s'apercevrait de l'absence de Meaulnes. Il enverrait pour le chercher à
55 travers le bourg deux gamins qui parviendraient certainement a
le découvrir avant que la jument ne soit attelée…

M. Seurel, le deuxième problème copié, laisse un instant
retomber son bras fatigué… Puis, à mon grand soulagement, il
va à la ligne et recommence à écrire en disant :
60 « Ceci, maintenant, n'est plus qu'un jeu d'enfant ! »

… Deux petits traits noirs, qui dépassaient le mur de la Belle-
Étoile et qui devaient être les deux brancards[3] dressés d'une
voiture, ont disparu. Je suis sûr maintenant qu'on fait là-bas les
préparatifs du départ de Meaulnes. Voici la jument qui passe la
65 tête et le poitrail entre les deux pilastres[4] de l'entrée, puis s'arrête
tandis qu'on fixe sans doute, à l'arrière de la voiture, un second
siège pour les voyageurs que Meaulnes prétend ramener. Enfin

---

1. **Charrois** : chariots.
2. **Chaire** : siège surélevé, ici par une estrade.
3. **Brancards** : barres de bois permettant d'atteler un cheval à une voiture.
4. **Pilastres** : colonnes encastrées dans un mur.

tout l'équipage[1] sort lentement de la cour, disparaît un instant
derrière la haie, et repasse avec la même lenteur sur le bout de
70 chemin blanc qu'on aperçoit entre deux tronçons de la clôture.
Je reconnais alors, dans cette forme noire qui tient les guides[2],
un coude nonchalamment appuyé sur le côté de la voiture, à la
façon paysanne, mon compagnon Augustin Meaulnes.

Un instant encore tout disparaît derrière la haie. Deux
75 hommes qui sont restés au portail de la Belle-Étoile, à regarder
partir la voiture, se concertent[3] maintenant avec une animation
croissante. L'un d'eux se décide enfin à mettre sa main en porte-
voix près de sa bouche et à appeler Meaulnes, puis à courir
quelques pas, dans sa direction, sur le chemin… Mais alors, dans
80 la voiture qui est lentement arrivée sur la route de la gare et que
du petit chemin on ne doit plus apercevoir, Meaulnes change
soudain d'attitude. Un pied sur le devant, dressé comme un
conducteur de char romain, secouant à deux mains les guides, il
lance sa bête à fond de train et disparaît en un instant de l'autre
85 côté de la montée. Sur le chemin, l'homme qui appelait s'est
repris à courir ; l'autre s'est lancé au galop à travers champs et
semble venir vers nous.

En quelques minutes, et au moment même où M. Seurel,
quittant le tableau, se frotte les mains pour en enlever la craie, au
90 moment où trois voix à la fois crient du fond de la classe :

« Monsieur ! Le grand Meaulnes est parti ! »

L'homme en blouse bleue est à la porte, qu'il ouvre soudain
toute grande, et, levant son chapeau, il demande sur le seuil :

« Excusez-moi, monsieur, c'est-il vous qui avez autorisé cet
95 élève à demander la voiture pour aller à Vierzon chercher vos
parents ? Il nous est venu des soupçons…

– Mais pas du tout ! » répond M. Seurel.

---

1. *Équipage* : voiture avec son attelage et son cocher.
2. *Guides* : longues lanières servant à conduire une bête de trait.
3. *Se concertent* : s'entendent pour prendre une décision en commun.

Et aussitôt c'est dans la classe un désarroi[1] effroyable. Les trois premiers, près de la sortie, ordinairement chargés de pourchasser à coups de pierres les chèvres ou les porcs qui viennent brouter dans la cour les corbeilles d'argent[2], se sont précipités à la porte. Au violent piétinement de leurs sabots ferrés[3] sur les dalles de l'école a succédé, dehors, le bruit étouffé de leurs pas précipités qui mâchent le sable de la cour et dérapent au virage de la petite grille ouverte sur la route. Tout le reste de la classe s'entasse aux fenêtres du jardin. Certains ont grimpé sur les tables pour mieux voir…

Mais il est trop tard. Le grand Meaulnes s'est évadé.

« Tu iras tout de même à la gare avec Mouchebœuf, me dit M. Seurel. Meaulnes ne connaît pas le chemin de Vierzon. Il se perdra aux carrefours. Il ne sera pas au train pour trois heures. »

Sur le seuil de la petite classe, Millie tend le cou pour demander :

« Mais qu'y a-t-il donc ? »

Dans la rue du bourg, les gens commencent à s'attrouper. Le paysan est toujours là, immobile, entêté, son chapeau à la main, comme quelqu'un qui demande justice.

Chapitre v

La voiture qui revient

Lorsque j'eus ramené de la gare les grands-parents, lorsque après le dîner, assis devant la haute cheminée, ils commencèrent à raconter par le menu détail tout ce qui leur était arrivé depuis les dernières vacances, je m'aperçus bientôt que je ne les écoutais pas.

La petite grille de la cour était tout près de la porte de la salle à manger. Elle grinçait en s'ouvrant. D'ordinaire, au début de

---

1. *Désarroi* : affolement.
2. *Corbeilles d'argent* : fleurs blanches.
3. Une plaque de métal protégeait la semelle en bois des sabots.

la nuit, pendant nos veillées de campagne, j'attendais secrète-
ment ce grincement de la grille. Il était suivi d'un bruit de sabots
claquant ou s'essuyant sur le seuil, parfois d'un chuchotement
10 comme de personnes qui se concertent avant d'entrer. Et l'on
frappait. C'était un voisin, les institutrices... quelqu'un enfin qui
venait nous distraire de la longue veillée.

Or, ce soir-là, je n'avais plus rien à espérer du dehors, puisque
tous ceux que j'aimais étaient réunis dans notre maison ; et
15 pourtant je ne cessais d'épier tous les bruits de la nuit et d'attendre qu'on ouvrît notre porte.

Le vieux grand-père, avec son air broussailleux de grand
berger gascon[1], ses deux pieds lourdement posés devant lui, son
bâton entre les jambes, inclinant l'épaule pour cogner sa pipe
20 contre son soulier, était là. Il approuvait de ses yeux mouillés et
bons ce que disait la grand-mère, de son voyage et de ses poules
et de ses voisins et des paysans qui n'avaient pas encore payé leur
fermage[2]. Mais je n'étais plus avec eux.

J'imaginais le roulement de voiture qui s'arrêterait soudain
25 devant la porte. Meaulnes sauterait de la carriole et entrerait
comme si rien ne s'était passé... Ou peut-être irait-il d'abord
reconduire la jument à la Belle-Étoile ; et j'entendrais bientôt son
pas sonner sur la route et la grille s'ouvrir...

Mais rien. Le grand-père regardait fixement devant lui et ses
30 paupières en battant s'arrêtaient longuement sur ses yeux comme
à l'approche du sommeil. La grand-mère répétait avec embarras
sa dernière phrase, que personne n'écoutait.

«C'est de ce garçon que vous êtes en peine ?» dit-elle enfin.

À la gare, en effet, je l'avais questionnée vainement. Elle n'avait
35 vu personne, à l'arrêt de Vierzon, qui ressemblât au grand Meaulnes. Mon compagnon avait dû s'attarder en chemin. Sa tentative

---

1. *Gascon* : originaire de Gascogne, région du sud-ouest de la France.
2. *Fermage* : loyer versé par les paysans pour l'exploitation d'une terre qui
ne leur appartient pas.

était manquée. Pendant le retour, en voiture, j'avais ruminé ma déception, tandis que ma grand-mère causait avec Mouchebœuf. Sur la route blanchie de givre, les petits oiseaux tourbillonnaient
40 autour des pieds de l'âne trottinant. De temps à autre, sur le grand calme de l'après-midi gelé, montait l'appel lointain d'une bergère ou d'un gamin hélant son compagnon d'un bosquet de sapins à l'autre. Et chaque fois, ce long cri sur les coteaux déserts me faisait tressaillir, comme si c'eût été la voix de Meaulnes me
45 conviant à le suivre au loin…

Tandis que je repassais tout cela dans mon esprit, l'heure arriva de se coucher. Déjà le grand-père était entré dans la chambre rouge, la chambre-salon, tout humide et glacée d'être close depuis l'autre hiver. On avait enlevé, pour qu'il s'y installât,
50 les têtières[1] en dentelle des fauteuils, relevé[2] les tapis et mis de côté les objets fragiles. Il avait posé son bâton sur une chaise, ses gros souliers sous un fauteuil ; il venait de souffler sa bougie, et nous étions debout, nous disant bonsoir, prêts à nous séparer pour la nuit, lorsqu'un bruit de voitures nous fit taire.
55 On eût dit deux équipages se suivant lentement au très petit trot. Cela ralentit le pas et finalement vint s'arrêter sous la fenêtre de la salle à manger qui donnait sur la route, mais qui était condamnée.

Mon père avait pris la lampe et, sans attendre, il ouvrait la porte qu'on avait déjà fermée à clef. Puis, poussant la grille,
60 s'avançant sur le bord des marches, il leva la lumière au-dessus de sa tête pour voir ce qui se passait.

C'étaient bien deux voitures arrêtées, le cheval de l'une attaché derrière l'autre. Un homme avait sauté à terre et hésitait…

«C'est ici la mairie ? dit-il en s'approchant. Pourriez-vous
65 m'indiquer M. Fromentin, métayer[3] à la Belle-Étoile ? J'ai trouvé

---

1. *Têtières* : pièces de tissu ornant le haut des dossiers.
2. *Relevé* : roulé et rangé.
3. *Métayer* : agriculteur qui n'est pas propriétaire de son exploitation.

sa voiture et sa jument qui s'en allaient sans conducteur, le long d'un chemin près de la route de Saint-Loup-des-Bois. Avec mon falot[1], j'ai pu voir son nom et son adresse sur la plaque. Comme c'était sur mon chemin, j'ai ramené son attelage par ici, afin d'évi-
70 ter des accidents, mais ça m'a rudement retardé quand même.»

Nous étions là, stupéfaits. Mon père s'approcha. Il éclaira la carriole avec sa lampe.

«Il n'y a aucune trace de voyageur, poursuivit l'homme. Pas même une couverture. La bête est fatiguée; elle boitille un peu.»

75 Je m'étais approché jusqu'au premier rang et je regardais avec les autres cet attelage perdu qui nous revenait, telle une épave qu'eût ramenée la haute mer – la première épave et la dernière, peut-être, de l'aventure de Meaulnes.

«Si c'est trop loin, chez Fromentin, dit l'homme, je vais vous
80 laisser la voiture. J'ai déjà perdu beaucoup de temps et l'on doit s'inquiéter, chez moi.»

Mon père accepta. De cette façon nous pourrions dès ce soir reconduire l'attelage à la Belle-Étoile sans dire ce qui s'était passé. Ensuite, on déciderait de ce qu'il faudrait raconter aux gens du
85 pays et écrire à la mère de Meaulnes… Et l'homme fouetta sa bête, en refusant le verre de vin que nous lui offrions.

Du fond de sa chambre où il avait rallumé la bougie, tandis que nous rentrions sans rien dire et que mon père conduisait la voiture à la ferme, mon grand-père appelait :

90 «Alors ? Est-il rentré, ce voyageur ?»

Les femmes se concertèrent du regard, une seconde :

«Mais oui, il a été chez sa mère. Allons, dors. Ne t'inquiète pas !

– Eh bien, tant mieux. C'est bien ce que je pensais», dit-il.

Et, satisfait, il éteignit sa lumière et se tourna dans son lit
95 pour dormir.

Ce fut la même explication que nous donnâmes aux gens du bourg. Quant à la mère du fugitif; il fut décidé qu'on attendrait

---

1. *Mon falot* : ma lanterne.

pour lui écrire. Et nous gardâmes pour nous seuls notre inquiétude qui dura trois grands jours. Je vois encore mon père rentrant
de la ferme vers 11 heures, sa moustache mouillée par la nuit,
discutant avec Millie d'une voix très basse, angoissée et colère…

Chapitre VI

On frappe au carreau

Le quatrième jour fut un des plus froids de cet hiver-là. De
grand matin, les premiers arrivés dans la cour se réchauffaient en
glissant autour du puits. Ils attendaient que le poêle fût allumé
dans l'école pour s'y précipiter.

Derrière le portail, nous étions plusieurs à guetter la venue
des gars de la campagne. Ils arrivaient tout éblouis encore d'avoir
traversé des paysages de givre, d'avoir vu les étangs glacés, les
taillis[1] où les lièvres détalent… Il y avait dans leurs blouses un
goût de foin et d'écurie qui alourdissait l'air de la classe, quand
ils se pressaient autour du poêle rouge. Et, ce matin-là, l'un d'eux
avait apporté dans un panier un écureuil gelé qu'il avait découvert
en route. Il essayait, je me souviens, d'accrocher par ses griffes,
au poteau du préau, la longue bête raidie…

Puis la pesante classe d'hiver commença…

Un coup brusque au carreau nous fit lever la tête. Dressé
contre la porte, nous aperçûmes le grand Meaulnes secouant avant
d'entrer le givre de sa blouse, la tête haute et comme ébloui !

Les deux élèves du banc le plus rapproché de la porte se préci-
pitèrent pour l'ouvrir : il y eut à l'entrée comme un vague conciliabule[2], que nous n'entendîmes pas, et le fugitif se décida enfin
à pénétrer dans l'école.

---

1. Taillis : petits bois, fourrés.
2. Conciliabule : conversation secrète.

Cette bouffée d'air frais venue de la cour déserte, les brindilles de paille qu'on voyait accrochées aux habits du grand Meaulnes, et surtout son air de voyageur fatigué, affamé, mais émerveillé, 25 tout cela fit passer en nous un étrange sentiment de plaisir et de curiosité.

M. Seurel était descendu du petit bureau à deux marches où il était en train de nous faire la dictée, et Meaulnes marchait vers lui d'un air agressif. Je me rappelle combien je le trouvai beau, à cet 30 instant, le grand compagnon, malgré son air épuisé et ses yeux rougis par les nuits passées au-dehors, sans doute.

Il s'avança jusqu'à la chaire et dit, du ton très assuré de quelqu'un qui rapporte un renseignement :

«Je suis rentré, monsieur.

35 – Je le vois bien, répondit M. Seurel, en le considérant avec curiosité… Allez vous asseoir à votre place.»

Le gars se retourna vers nous, le dos un peu courbé, souriant d'un air moqueur, comme font les grands élèves indisciplinés lorsqu'ils sont punis, et, saisissant d'une main le bout de la table, 40 il se laissa glisser sur son banc.

«Vous allez prendre un livre que je vais vous indiquer, dit le maître – toutes les têtes étaient alors tournées vers Meaulnes – pendant que vos camarades finiront la dictée.»

Et la classe reprit comme auparavant. De temps à autre le 45 grand Meaulnes se tournait de mon côté, puis il regardait par les fenêtres, d'où l'on apercevait le jardin blanc, cotonneux, immobile, et les champs déserts, où parfois descendait un corbeau. Dans la classe, la chaleur était lourde, auprès du poêle rougi[1]. Mon camarade, la tête dans les mains, s'accouda pour 50 lire : à deux reprises je vis ses paupières se fermer et je crus qu'il allait s'endormir.

«Je voudrais aller me coucher, monsieur, dit-il enfin, en levant le bras à demi. Voici trois nuits que je ne dors pas.

---

1. **Rougi** : rougi par la chaleur.

– Allez ! » dit M. Seurel, désireux surtout d'éviter un incident.

55 Toutes les têtes levées, toutes les plumes[1] en l'air, à regret nous le regardâmes partir, avec sa blouse fripée dans le dos et ses souliers terreux.

Que la matinée fut lente à traverser ! Aux approches de midi, nous entendîmes là-haut, dans la mansarde, le voyageur s'apprê-
60 ter pour descendre. Au déjeuner, je le retrouvai assis devant le feu, près des grands-parents interdits, pendant qu'aux douze coups de l'horloge, les grands élèves et les gamins éparpillés dans la cour neigeuse filaient comme des ombres devant la porte de la salle à manger.

65 De ce déjeuner je ne me rappelle qu'un grand silence et une grande gêne. Tout était glacé : la toile cirée sans nappe, le vin froid dans les verres, le carreau rougi sur lequel nous posions les pieds... On avait décidé, pour ne pas le pousser à la révolte, de ne rien demander au fugitif. Et il profita de cette trêve[2] pour ne
70 pas dire un mot.

Enfin, le dessert terminé, nous pûmes tous les deux bondir dans la cour. Cour d'école, après midi, où les sabots avaient enlevé la neige... cour noircie où le dégel faisait dégoutter les toits du préau... cour pleine de jeux et de cris perçants ! Meaulnes
75 et moi, nous longeâmes en courant les bâtiments. Déjà deux ou trois de nos amis du bourg laissaient la partie et accouraient vers nous en criant de joie, faisant gicler la boue sous leurs sabots, les mains aux poches, le cache-nez déroulé. Mais mon compagnon se précipita dans la grande classe, où je le suivis, et referma la
80 porte vitrée juste à temps pour supporter l'assaut de ceux qui nous poursuivaient. Il y eut un fracas clair et violent de vitres secouées, de sabots claquant sur le seuil ; une poussée qui fit plier la tige de fer maintenant les deux battants de la porte ; mais déjà

---

1. Plumes : instruments d'écriture munis d'une pointe en métal, que l'on trempait dans l'encre.
2. Trêve : paix.

Meaulnes, au risque de se blesser à son anneau brisé, avait tourné
85 la petite clef qui fermait la serrure.

Nous avions accoutumé de juger très vexante une pareille
conduite. En été, ceux qu'on laissait ainsi à la porte couraient
au galop dans le jardin et parvenaient souvent à grimper par une
fenêtre avant qu'on eût pu les fermer toutes. Mais nous étions
90 en décembre et tout était clos. Un instant on fit au-dehors des
pesées[1] sur la porte ; on nous cria des injures ; puis, un à un, ils
tournèrent le dos et s'en allèrent, la tête basse, en rajustant leurs
cache-nez.

Dans la classe qui sentait les châtaignes et la piquette[2], il n'y
95 avait que deux balayeurs, qui déplaçaient les tables. Je m'approchai du poêle pour m'y chauffer paresseusement en attendant la
rentrée, tandis qu'Augustin Meaulnes cherchait dans le bureau
du maître et dans les pupitres. Il découvrit bientôt un petit atlas,
qu'il se mit à étudier avec passion, debout sur l'estrade, les coudes
100 sur le bureau, la tête entre les mains.

Je me disposais à aller près de lui ; je lui aurais mis la main sur
l'épaule et nous aurions sans doute suivi ensemble sur la carte
le trajet qu'il avait fait, lorsque soudain la porte de communica-
tion avec la petite classe s'ouvrit toute battante sous une violente
105 poussée, et Jasmin Delouche, suivi d'un gars du bourg et de trois
autres de la campagne, surgit avec un cri de triomphe. Une des
fenêtres de la petite classe était sans doute mal fermée, ils avaient
dû la pousser et sauter par là.

Jasmin Delouche, encore qu'assez petit, était l'un des plus
110 âgés du Cours supérieur. Il était fort jaloux du grand Meaulnes,
bien qu'il se donnât comme son ami. Avant l'arrivée de notre
pensionnaire, c'était lui, Jasmin, le coq de la classe. Il avait une
figure pâle, assez fade, et les cheveux pommadés. Fils unique de
la veuve Delouche, aubergiste, il faisait l'homme ; il répétait avec

---

1. *Pesées* : poussées, pressions.
2. *Piquette* : vin peu alcoolisé, de médiocre qualité.

115 vanité ce qu'il entendait dire aux joueurs de billard, aux buveurs de vermouth[1].

À son entrée, Meaulnes leva la tête et, les sourcils froncés, cria aux gars qui se précipitaient sur le poêle, en se bousculant :

«On ne peut donc pas être tranquille une minute, ici !

120 – Si tu n'es pas content, il fallait rester où tu étais», répondit, sans lever la tête, Jasmin Delouche qui se sentait appuyé par ses compagnons.

Je pense qu'Augustin était dans cet état de fatigue où la colère monte et vous surprend sans qu'on puisse la contenir.

125 «Toi, dit-il, en se redressant et en fermant son livre, un peu pâle, tu vas commencer par sortir d'ici !» L'autre ricana :

«Oh ! cria-t-il. Parce que tu es resté trois jours échappé, tu crois que tu vas être le maître maintenant ?»

Et, associant les autres à sa querelle :

130 «Ce n'est pas toi qui nous feras sortir, tu sais !»

Mais déjà Meaulnes était sur lui. Il y eut d'abord une bousculade ; les manches des blouses craquèrent et se décousirent. Seul, Martin, un des gars de la campagne entrés avec Jasmin, s'interposa :

135 «Tu vas le laisser !» dit-il, les narines gonflées, secouant la tête comme un bélier.

D'une poussée violente, Meaulnes le jeta, titubant, les bras ouverts, au milieu de la classe ; puis, saisissant d'une main Delouche par le cou, de l'autre ouvrant la porte, il tenta de le 140 jeter dehors. Jasmin s'agrippait aux tables et traînait les pieds sur les dalles, faisant crisser ses souliers ferrés, tandis que Martin, ayant repris son équilibre, revenait à pas comptés, la tête en avant, furieux. Meaulnes lâcha Delouche pour se colleter[2] avec cet imbécile, et il allait peut-être se trouver en mauvaise posture, 145 lorsque la porte des appartements s'ouvrit à demi. M. Seurel

---

1. *Vermouth* : alcool fort à base de vin blanc.
2. *Se colleter* : se battre.

parut la tête tournée vers la cuisine, terminant, avant d'entrer, une conversation avec quelqu'un…

Aussitôt la bataille s'arrêta. Les uns se rangèrent autour du poêle, la tête basse, ayant évité jusqu'au bout de prendre parti.
150 Meaulnes, s'assit à sa place, le haut de ses manches décousu et défroncé[1]. Quant à Jasmin, tout congestionné[2], on l'entendit crier durant les quelques secondes qui précédèrent le coup de règle du début de la classe :

«Il ne peut plus rien supporter maintenant. Il fait le malin. Il
155 s'imagine peut-être qu'on ne sait pas où il a été !

– Imbécile ! Je ne le sais pas moi-même», répondit Meaulnes, dans le silence déjà grand.

Puis, haussant les épaules, la tête dans les mains, il se mit à apprendre ses leçons.

Chapitre VII

Le gilet de soie

Notre chambre était, comme je l'ai dit, une grande mansarde. À moitié mansarde, à moitié chambre. Il y avait des fenêtres aux autres logis d'adjoints ; on ne sait pas pourquoi celui-ci était éclairé par une lucarne. Il était impossible de fermer complètement la
5 porte, qui frottait sur le plancher. Lorsque nous y montions, le soir, abritant de la main notre bougie que menaçaient tous les courants d'air de la grande demeure, chaque fois nous essayions de fermer cette porte, chaque fois nous étions obligés d'y renoncer. Et, toute la nuit, nous sentions autour de nous, pénétrant
10 jusque dans notre chambre, le silence des trois greniers.

C'est là que nous nous retrouvâmes, Augustin et moi, le soir de ce même jour d'hiver.

---

1. *Défroncé* : distendu.
2. *Congestionné* : enflé.

Tandis qu'en un tour de main j'avais quitté tous mes vêtements et les avais jetés en tas sur une chaise au chevet[1] de mon lit, mon
15 compagnon, sans rien dire, commençait lentement à se déshabiller. Du lit de fer aux rideaux de cretonne[2] décorés de pampres[3], où j'étais monté déjà, je le regardais faire. Tantôt il s'asseyait sur son lit bas et sans rideaux. Tantôt il se levait et marchait de long en large, tout en se dévêtant. La bougie, qu'il avait posée sur une
20 petite table d'osier tressée par des bohémiens, jetait sur le mur son ombre errante et gigantesque.

Tout au contraire de moi, il pliait et rangeait, d'un air distrait et amer, mais avec soin, ses habits d'écolier. Je le revois plaquant sur une chaise sa lourde ceinture ; pliant sur le dossier sa blouse
25 noire extraordinairement fripée et salie ; retirant une espèce de paletot[4] gros bleu[5] qu'il avait sous sa blouse, et se penchant en me tournant le dos, pour l'étaler sur le pied de son lit... Mais lorsqu'il se redressa et se retourna vers moi, je vis qu'il portait, au lieu du petit gilet à boutons de cuivre, qui était d'uniforme sous
30 le paletot, un étrange gilet de soie, très ouvert, que fermait dans le bas un rang serré de petits boutons de nacre.

C'était un vêtement d'une fantaisie charmante, comme devaient en porter les jeunes gens qui dansaient avec nos grands-mères, dans les bals de 1830.

35 Je me rappelle, en cet instant, le grand écolier paysan, nu-tête, car il avait soigneusement posé sa casquette sur ses autres habits – visage si jeune, si vaillant et si durci déjà. Il avait repris sa marche à travers la chambre lorsqu'il se mit à déboutonner cette pièce mystérieuse d'un costume qui n'était pas le sien. Et il était étrange
40 de le voir, en bras de chemise[6], avec son pantalon trop court, ses souliers boueux, mettant la main sur ce gilet de marquis.

---

1. *Au chevet* : à la tête du lit.
2. *Cretonne* : toile robuste.
3. *Pampres* : branches de vigne.
4. *Paletot* : veste courte.
5. *Gros bleu* : bleu foncé.
6. *En bras de chemise* : les manches de chemise retroussées.

Dès qu'il l'eut touché, sortant brusquement de sa rêverie, il tourna la tête vers moi et me regarda d'un œil inquiet. J'avais un peu envie de rire. Il sourit en même temps que moi et son visage
45 s'éclaira.

«Oh! dis-moi ce que c'est, fis-je, enhardi, à voix basse. Où l'as-tu pris?»

Mais son sourire s'éteignit aussitôt. Il passa deux fois sur ses cheveux ras sa main lourde, et tout soudain, comme quelqu'un
50 qui ne peut plus résister à son désir, il réendossa sur le fin jabot[1] sa vareuse qu'il boutonna solidement et sa blouse fripée; puis il hésita un instant, en me regardant de côté… Finalement, il s'assit sur le bord de son lit, quitta ses souliers qui tombèrent bruyamment sur le plancher; et, tout habillé comme un soldat au canton-
55 nement d'alerte[2], il s'étendit sur son lit et souffla la bougie.

Vers le milieu de la nuit je m'éveillai soudain. Meaulnes était au milieu de la chambre, debout, sa casquette sur la tête, et il cherchait au portemanteau quelque chose – une pèlerine qu'il se mit sur le dos… La chambre était très obscure. Pas même la clarté
60 que donne parfois le reflet de la neige. Un vent noir et glacé soufflait dans le jardin mort et sur le toit.

Je me dressai un peu et je lui criai tout bas :

«Meaulnes! tu repars?»

Il ne répondit pas. Alors, tout à fait affolé, je dis :
65 «Eh bien, je pars avec toi. Il faut que tu m'emmènes.»

Et je sautai à bas.

Il s'approcha, me saisit par le bras, me forçant à m'asseoir sur le rebord du lit, et il me dit :

«Je ne puis pas t'emmener, François. Si je connaissais bien
70 mon chemin, tu m'accompagnerais. Mais il faut d'abord que je le retrouve sur le plan, et je n'y parviens pas.

---

1. *Jabot* : ornement de dentelle ou de mousseline, attaché à la base du col d'une chemise et s'étalant sur la poitrine. On le fait ressortir sur un vêtement de dessus.
2. *Au cantonnement d'alerte* : prêt à partir au combat dès l'alerte donnée.

– Alors, tu ne peux pas repartir non plus ?

– C'est vrai, c'est bien inutile… fit-il avec découragement. Allons, recouche-toi. Je te promets de ne pas repartir sans toi. »

Et il reprit sa promenade de long en large dans la chambre. Je n'osais plus rien lui dire. Il marchait, s'arrêtait, repartait plus vite, comme quelqu'un qui, dans sa tête, recherche ou repasse des souvenirs, les confronte, les compare, calcule, et soudain pense avoir trouvé ; puis de nouveau lâche le fil et recommence à chercher.

Ce ne fut pas la seule nuit où, réveillé par le bruit de ses pas, je le trouvai ainsi, vers une heure du matin, déambulant à travers la chambre et les greniers – comme ces marins qui n'ont pu se déshabituer de faire le quart[1] et qui, au fond de leurs propriétés bretonnes, se lèvent et s'habillent à l'heure réglementaire pour surveiller la nuit terrienne.

À deux ou trois reprises, durant le mois de janvier et la première quinzaine de février, je fus ainsi tiré de mon sommeil. Le grand Meaulnes était là, dressé, tout équipé, sa pèlerine sur le dos, prêt à partir, et chaque fois, au bord de ce pays mystérieux, où une fois déjà il s'était évadé, il s'arrêtait, hésitait. Au moment de lever le loquet de la porte de l'escalier et de filer par la porte de la cuisine qu'il eût facilement ouverte sans que personne l'entendît, il reculait une fois encore… Puis, durant les longues heures du milieu de la nuit, fiévreusement, il arpentait, en réfléchissant, les greniers abandonnés.

Enfin une nuit, vers le 15 février, ce fut lui-même qui m'éveilla en me posant doucement la main sur l'épaule.

La journée avait été fort agitée. Meaulnes, qui délaissait complètement tous les jeux de ses anciens camarades, était resté, durant la dernière récréation du soir, assis sur son banc, tout occupé à établir un mystérieux petit plan, en suivant du doigt, et

---

1. De faire le quart : d'être de veille ; se dit d'un marin en service sur un navire.

en calculant longuement, sur l'atlas du Cher. Un va-et-vient inces-
sant se produisait entre la cour et la salle de classe. Les sabots
105 claquaient. On se pourchassait de table en table, franchissant
les bancs et l'estrade d'un saut… On savait qu'il ne faisait pas
bon s'approcher de Meaulnes lorsqu'il travaillait ainsi ; cependant, comme la récréation se prolongeait, deux ou trois gamins
du bourg, par manière de jeu, s'approchèrent à pas de loup et
110 regardèrent par-dessus son épaule. L'un d'eux s'enhardit jusqu'à
pousser les autres sur Meaulnes… Il ferma brusquement son
atlas, cacha sa feuille et empoigna le dernier des trois gars, tandis
que les deux autres avaient pu s'échapper.

… C'était ce hargneux Giraudat, qui prit un ton pleurard,
115 essaya de donner des coups de pied, et, en fin de compte, fut mis
dehors par le grand Meaulnes, à qui il cria rageusement :

« Grand lâche ! ça ne m'étonne pas qu'ils sont tous contre
toi, qu'ils veulent te faire la guerre !… » et une foule d'injures,
auxquelles nous répondîmes, sans avoir bien compris ce qu'il
120 avait voulu dire. C'est moi qui criais le plus fort, car j'avais pris
le parti du grand Meaulnes. Il y avait maintenant comme un
pacte entre nous. La promesse qu'il m'avait faite de m'emmener avec lui, sans me dire, comme tout le monde, « que je ne
pourrais pas marcher », m'avait lié à lui pour toujours. Et je ne
125 cessais de penser à son mystérieux voyage. Je m'étais persuadé
qu'il avait dû rencontrer une jeune fille. Elle était sans doute
infiniment plus belle que toutes celles du pays, plus belle que
Jeanne, qu'on apercevait dans le jardin des religieuses par le trou
de la serrure ; et que Madeleine, la fille du boulanger, toute rose
130 et toute blonde ; et que Jenny, la fille de la châtelaine, qui était
admirable, mais folle et toujours enfermée. C'est à une jeune fille
certainement qu'il pensait la nuit, comme un héros de roman. Et
j'avais décidé de lui en parler, bravement, la première fois qu'il
m'éveillerait…

135 Le soir de cette nouvelle bataille, après 4 heures, nous étions
tous les deux occupés à rentrer des outils du jardin, des pics et des

pelles qui avaient servi à creuser des trous, lorsque nous entendîmes des cris sur la route. C'était une bande de jeunes gens et
de gamins, en colonne par quatre, au pas gymnastique, évoluant
140 comme une compagnie[1] parfaitement organisée, conduits par
Delouche, Daniel, Giraudat, et un autre que nous ne connûmes
point. Ils nous avaient aperçus et ils nous huaient de la belle
façon. Ainsi tout le bourg était contre nous, et l'on préparait je
ne sais quel jeu guerrier dont nous étions exclus.

145   Meaulnes, sans mot dire, remisa sous le hangar la bêche et la
pioche qu'il avait sur l'épaule... Mais, à minuit, je sentais sa main
sur mon bras, et je m'éveillais en sursaut.

«Lève-toi, dit-il, nous partons.

– Connais-tu maintenant le chemin jusqu'au bout?

150 – J'en connais une bonne partie. Et il faudra bien que nous
trouvions le reste! répondit-il, les dents serrées.

– Écoute, Meaulnes, fis-je en me mettant sur mon séant.
Écoute-moi : nous n'avons qu'une chose à faire ; c'est de chercher
tous les deux en plein jour, en nous servant de ton plan, la partie
155 du chemin qui nous manque.

– Mais cette portion-là est très loin d'ici.

– Eh bien, nous irons en voiture, cet été, dès que les journées
seront longues.»

Il y eut un silence prolongé qui voulait dire qu'il acceptait.

160   «Puisque nous tâcherons ensemble de retrouver la jeune fille
que tu aimes, Meaulnes, ajoutai-je enfin, dis-moi qui elle est,
parle-moi d'elle.»

Il s'assit sur le pied de mon lit. Je voyais dans l'ombre sa tête
penchée, ses bras croisés et ses genoux. Puis il aspira l'air forte-
165 ment, comme quelqu'un qui a eu gros cœur longtemps et qui va
enfin confier son secret...

---

1. *Une compagnie* : un groupe de soldats, une unité d'infanterie.

Chapitre VIII

L'aventure

Mon compagnon ne me conta pas cette nuit-là tout ce qui lui était arrivé sur la route. Et même lorsqu'il se fut décidé à me tout confier, durant des jours de détresse dont je reparlerai, ce resta longtemps le grand secret de nos adolescences. Mais aujourd'hui
5 que tout est fini, maintenant qu'il ne reste plus que poussière

de tant de mal, de tant de bien[1],

je puis raconter son étrange aventure.

. . . .

À une heure et demie de l'après-midi, sur la route de Vierzon, par ce temps glacial, Meaulnes fit marcher sa bête bon train, car
10 il savait n'être pas en avance. Il ne songea d'abord, pour s'en amuser, qu'à notre surprise à tous, lorsqu'il ramènerait dans la carriole, à 4 heures, le grand-père et la grand-mère Charpentier. Car, à ce moment-là, certes, il n'avait pas d'autre intention.

Peu à peu, le froid le pénétrant, il s'enveloppa les jambes dans
15 une couverture qu'il avait d'abord refusée et que les gens de la Belle-Étoile avaient mise de force dans la voiture.

À 2 heures, il traversa le bourg de La Motte. Il n'était jamais passé dans un petit pays aux heures de classe et s'amusa de voir celui-là aussi désert, aussi endormi. C'est à peine si, de loin en loin,
20 un rideau se leva, montrant une tête curieuse de bonne femme.

À la sortie de La Motte, aussitôt après la maison d'école, il hésita entre deux routes et crut se rappeler qu'il fallait tourner à

---

1. Citation de Marceline Desbordes-Valmore (1786-1859), poétesse romantique qui décida, avec son amant, de mettre le feu à leur correspondance : «Les voilà, ces feuilles brûlantes/ Qu'échangèrent nos mains tremblantes…/ De tant de mal, de tant de bien,/ Il ne restera plus rien» («Dernière entrevue»).

gauche pour aller à Vierzon. Personne n'était là pour le renseigner. Il remit sa jument au trot sur la route désormais plus étroite et mal
25 empierrée. Il longea quelque temps un bois de sapins et rencontra enfin un roulier[1] à qui il demanda, mettant sa main en porte-voix, s'il était bien là sur la route de Vierzon. La jument, tirant sur les guides, continuait à trotter ; l'homme ne dut pas comprendre ce qu'on lui demandait ; il cria quelque chose en faisant un geste
30 vague, et, à tout hasard, Meaulnes poursuivit sa route.

De nouveau ce fut la vaste campagne gelée, sans accident ni distraction aucune ; parfois seulement une pie s'envolait, effrayée par la voiture, pour aller se percher plus loin sur un orme sans tête. Le voyageur avait enroulé autour de ses épaules, comme une
35 cape, sa grande couverture. Les jambes allongées, accoudé sur un côté de la carriole, il dut somnoler un assez long moment…

… Lorsque, grâce au froid, qui traversait maintenant la couverture, Meaulnes eut repris ses esprits, il s'aperçut que le paysage avait changé. Ce n'était plus ces horizons lointains, ce grand ciel blanc
40 où se perdait le regard, mais de petits prés encore verts avec de hautes clôtures. À droite et à gauche, l'eau des fossés coulait sous la glace. Tout faisait pressentir l'approche d'une rivière. Et, entre les hautes haies, la route n'était plus qu'un étroit chemin défoncé.

La jument, depuis un instant, avait cessé de trotter. D'un coup
45 de fouet, Meaulnes voulut lui faire reprendre sa vive allure, mais elle continua à marcher au pas avec une extrême lenteur, et le grand écolier, regardant de côté, les mains appuyées sur le devant de la voiture, s'aperçut qu'elle boitait d'une jambe de derrière. Aussitôt il sauta par terre, très inquiet.

50 « Jamais nous n'arriverons à Vierzon pour le train », dit-il à mi-voix.

Et il n'osait pas s'avouer sa pensée la plus inquiétante, à savoir que peut-être il s'était trompé de chemin et qu'il n'était plus là sur la route de Vierzon.

---

1. **Roulier** : cocher d'une charrette transportant des marchandises.

55 Il examina longuement le pied de la bête et n'y découvrit aucune trace de blessure. Très craintive, la jument levait la patte dès que Meaulnes voulait la toucher et grattait le sol de son sabot lourd et maladroit. Il comprit enfin qu'elle avait tout simplement un caillou dans le sabot. En gars expert au maniement du bétail,
60 il s'accroupit, tenta de lui saisir le pied droit avec sa main gauche et de le placer entre ses genoux, mais il fut gêné par la voiture. À deux reprises, la jument se déroba et avança de quelques mètres. Le marchepied[1] vint le frapper à la tête et la roue le blessa au genou. Il s'obstina et finit par triompher de la bête peureuse ;
65 mais le caillou se trouvait si bien enfoncé que Meaulnes dut sortir son couteau de paysan pour en venir à bout.

Lorsqu'il eut terminé sa besogne, et qu'il releva enfin la tête, à demi étourdi et les yeux troubles, il s'aperçut avec stupeur que la nuit tombait…

70 Tout autre que Meaulnes eût immédiatement rebroussé chemin. C'était le seul moyen de ne pas s'égarer davantage. Mais il réfléchit qu'il devait être maintenant fort loin de La Motte. En outre la jument pouvait avoir pris un chemin transversal pendant qu'il dormait. Enfin, ce chemin-là devait bien à la longue
75 mener vers quelque village… Ajoutez à toutes ces raisons que le grand gars, en remontant sur le marchepied, tandis que la bête impatiente tirait déjà sur les guides, sentait grandir en lui le désir exaspéré d'aboutir à quelque chose et d'arriver quelque part, en dépit de tous les obstacles !

80 Il fouetta la jument qui fit un écart et se remit au grand trot. L'obscurité croissait. Dans le sentier raviné, il y avait maintenant tout juste passage pour la voiture. Parfois une branche morte de la haie se prenait dans la roue et se cassait avec un bruit sec. Lorsqu'il fit tout à fait noir, Meaulnes songea soudain, avec un serrement
85 de cœur, à la salle à manger de Sainte-Agathe, où nous devions, à cette heure, être tous réunis. Puis la colère le prit ; puis l'orgueil, et la joie profonde de s'être ainsi évadé sans l'avoir voulu…

---

1. *Marchepied* : planche ou petit escalier servant à monter dans la voiture.

Chapitre IX

Une halte

Soudain, la jument ralentit son allure, comme si son pied avait buté dans l'ombre ; Meaulnes vit sa tête plonger et se relever par deux fois ; puis elle s'arrêta net, les naseaux bas, semblant humer quelque chose. Autour des pieds de la bête, on entendait
5 comme un clapotis d'eau. Un ruisseau coupait le chemin. En été, ce devait être un gué. Mais à cette époque le courant était si fort que la glace n'avait pas pris et qu'il eût été dangereux de pousser plus avant.

Meaulnes tira doucement sur les guides, pour reculer de
10 quelques pas et, très perplexe, se dressa dans la voiture. C'est alors qu'il aperçut, entre les branches, une lumière. Deux ou trois prés seulement devaient le séparer du chemin...

L'écolier descendit de voiture et ramena la jument en arrière, en lui parlant pour la calmer, pour arrêter ses brusques coups de
15 tête effrayés :

«Allons, ma vieille ! Allons ! Maintenant nous n'irons pas plus loin. Nous saurons bientôt où nous sommes arrivés.»

Et, poussant la barrière entrouverte d'un petit pré qui donnait sur le chemin, il fit entrer là son équipage. Ses pieds enfonçaient
20 dans l'herbe molle. La voiture cahotait silencieusement. Sa tête contre celle de la bête, il sentait sa chaleur et le souffle dur de son haleine... Il la conduisit tout au bout du pré, lui mit sur le dos la couverture ; puis, écartant les branches de la clôture du fond, il aperçut de nouveau la lumière, qui était celle d'une maison
25 isolée.

Il lui fallut bien, tout de même, traverser trois prés, sauter un traître petit ruisseau, où il faillit plonger les deux pieds à la fois... Enfin, après un dernier saut du haut d'un talus, il se trouva dans la cour d'une maison campagnarde. Un cochon grognait dans son têt[1]. Au bruit des pas sur la terre gelée, un chien se mit à aboyer avec fureur.

Le volet de la porte était ouvert, et la lueur que Meaulnes avait aperçue était celle d'un feu de fagots[2] allumé dans la cheminée. Il n'y avait pas d'autre lumière que celle du feu. Une bonne femme, dans la maison, se leva et s'approcha de la porte, sans paraître autrement[3] effrayée. L'horloge à poids, juste à cet instant, sonna la demie de sept heures.

«Excusez-moi, ma pauvre dame, dit le grand garçon, je crois bien que j'ai mis le pied dans vos chrysanthèmes[4].»

Arrêtée, un bol à la main, elle le regardait.

«Il est vrai, dit-elle, qu'il fait noir dans la cour à ne pas s'y conduire[5].»

Il y eut un silence, pendant lequel Meaulnes, debout, regarda les murs de la pièce tapissée de journaux illustrés comme une auberge, et la table, sur laquelle un chapeau d'homme était posé.

«Il n'est pas là, le patron? dit-il en s'asseyant.

– Il va revenir, répondit la femme, mise en confiance. Il est allé chercher un fagot.

– Ce n'est pas que j'aie besoin de lui, poursuivit le jeune homme en rapprochant sa chaise du feu. Mais nous sommes là plusieurs chasseurs à l'affût. Je suis venu vous demander de nous céder un peu de pain.»

Il savait, le grand Meaulnes, que chez les gens de campagne, et surtout dans une ferme isolée, il faut parler avec beaucoup de discrétion, de politique[6] même, et surtout ne jamais montrer qu'on n'est pas du pays.

---

1. Têt : ici, étable.
2. Fagots : gerbes de petit bois.
3. Autrement : outre mesure.
4. Chrysanthèmes : fleurs résistant au froid.
5. À ne pas s'y conduire : à ne pas pouvoir s'y orienter.
6. Politique : habileté, calcul.

«Du pain ? dit-elle. Nous ne pourrons guère vous en donner. Le boulanger qui passe pourtant tous les mardis n'est pas venu 60 aujourd'hui.»

Augustin, qui avait espéré un instant se trouver à proximité d'un village, s'effraya.

«Le boulanger de quel pays ? demanda-t-il.

– Eh bien ! le boulanger du Vieux-Nançay[1], répondit la femme 65 avec étonnement.

– C'est à quelle distance d'ici, au juste, Le Vieux-Nançay ? poursuivit Meaulnes très inquiet.

– Par la route, je ne saurais pas vous dire au juste ; mais par la traverse[2] il y a trois lieues et demie[3].»

70 Et elle se mit à raconter qu'elle y avait sa fille en place[4], qu'elle venait à pied pour la voir tous les premiers dimanches du mois et que ses patrons...

Mais Meaulnes, complètement dérouté, l'interrompit pour dire :

«Le Vieux-Nançay serait-il le bourg le plus rapproché d'ici ?

75 – Non, c'est Les Landes, à cinq kilomètres. Mais il n'y a pas de marchands ni de boulanger. Il y a tout juste une petite assemblée, chaque année, à la Saint-Martin.»

Meaulnes n'avait jamais entendu parler des Landes. Il se vit à tel point égaré qu'il en fut presque amusé. Mais la femme, qui 80 était occupée à laver son bol sur l'évier, se retourna, curieuse à son tour, et elle dit lentement, en le regardant bien droit :

«C'est-il que vous n'êtes pas du pays ?...»

À ce moment, un paysan âgé se présenta à la porte, avec une brassée de bois, qu'il jeta sur le carreau[5]. La femme lui expliqua,

---

1. Ce nom rappelle le bourg de Nançay, en Sologne, où vivait l'oncle paternel d'Henri Fournier. Voir carte, p. 36.
2. *La traverse* : le raccourci.
3. *Trois lieues et demie* : environ 14 kilomètres.
4. *En place* : employée comme domestique.
5. *Carreau* : sol pavé de carreaux.

85 très fort, comme s'il eût été sourd, ce que demandait le jeune
homme.

«Eh bien, c'est facile, dit-il simplement. Mais approchez-vous,
monsieur. Vous ne vous chauffez pas.»

Tous les deux, un instant plus tard, ils étaient installés près
90 des chenets[1] : le vieux cassant son bois pour le mettre dans le
feu, Meaulnes mangeant un bol de lait avec du pain qu'on lui
avait offert. Notre voyageur, ravi de se trouver dans cette humble
maison après tant d'inquiétudes, pensant que sa bizarre aventure
était terminée, faisait déjà le projet de revenir plus tard avec des
95 camarades revoir ces braves gens. Il ne savait pas que c'était là
seulement une halte, et qu'il allait tout à l'heure reprendre son
chemin.

Il demanda bientôt qu'on le remît sur la route de La Motte.
Et, revenant peu à peu à la vérité, il raconta qu'avec sa voiture
100 il s'était séparé des autres chasseurs et se trouvait maintenant
complètement égaré.

Alors l'homme et la femme insistèrent si longtemps pour qu'il
restât coucher et repartît seulement au grand jour, que Meaulnes
finit par accepter et sortit chercher sa jument pour la rentrer à
105 l'écurie.

«Vous prendrez garde aux trous de la sente[2]», lui dit l'homme.

Meaulnes n'osa pas avouer qu'il n'était pas venu par la
«sente». Il fut sur le point de demander au brave homme de
l'accompagner. Il hésita une seconde sur le seuil et si grande était
110 son indécision qu'il faillit chanceler[3]. Puis il sortit dans la cour
obscure.

---

1. *Chenets* : pièces métalliques placées dans la cheminée pour supporter les
bûches.
2. *De la sente* : du sentier.
3. *Chanceler* : perdre son équilibre, menacer de s'écrouler.

Chapitre x

La bergerie

Pour s'y reconnaître, il grimpa sur le talus d'où il avait sauté.

Lentement et difficilement, comme à l'aller, il se guida entre les herbes et les eaux, à travers les clôtures de saules, et s'en fut chercher sa voiture dans le fond du pré où il l'avait laissée. La voiture n'y était plus... Immobile, la tête battante, il s'efforça d'écouter tous les bruits de la nuit, croyant à chaque seconde entendre sonner tout près le collier[1] de la bête. Rien... Il fit le tour du pré; la barrière était à demi ouverte, à demi renversée, comme si une roue de voiture avait passé dessus. La jument avait dû, par là, s'échapper toute seule.

Remontant le chemin, il fit quelques pas et s'embarrassa les pieds dans la couverture qui sans doute avait glissé de la jument par terre. Il en conclut que la bête s'était enfuie dans cette direction. Il se prit à courir.

Sans autre idée que la volonté tenace[2] et folle de rattraper sa voiture, tout le sang au visage, en proie à ce désir panique qui ressemblait à la peur, il courait... Parfois son pied butait dans les ornières[3]. Aux tournants, dans l'obscurité totale, il se jetait contre les clôtures, et, déjà trop fatigué pour s'arrêter à temps, s'abattait sur les épines, les bras en avant, se déchirant les mains pour se protéger le visage. Parfois, il s'arrêtait, écoutait – et repartait. Un instant, il crut entendre un bruit de voiture; mais ce n'était qu'un tombereau[4] cahotant qui passait très loin, sur une route, à gauche...

Vint un moment où son genou, blessé au marchepied, lui fit si mal qu'il dut s'arrêter, la jambe raidie. Alors il réfléchit que si

---

1. *Collier* : harnachement fixé autour de l'encolure des bêtes de trait.
2. *Tenace* : obstinée.
3. *Ornières* : sillons formés par les roues sur les chemins.
4. *Tombereau* : charrette de marchandise.

la jument ne s'était pas sauvée au grand galop, il l'aurait depuis longtemps rejointe. Il se dit aussi qu'une voiture ne se perdait pas ainsi et que quelqu'un la retrouverait bien. Enfin il revint sur ses
30 pas, épuisé, colère, se traînant à peine.

À la longue, il crut se retrouver dans les parages qu'il avait quittés et bientôt il aperçut la lumière de la maison qu'il cherchait. Un sentier profond s'ouvrait dans la haie :

«Voilà la sente dont le vieux m'a parlé», se dit Augustin.
35 Et il s'engagea dans ce passage, heureux de n'avoir plus à franchir les haies et les talus. Au bout d'un instant, le sentier déviant à gauche, la lumière parut glisser à droite, et parvenu à un croisement de chemins, Meaulnes, dans sa hâte à regagner le pauvre logis, suivit sans réfléchir un sentier qui paraissait
40 directement y conduire. Mais à peine avait-il fait dix pas dans cette direction que la lumière disparut, soit qu'elle fût cachée par une haie, soit que les paysans, fatigués d'attendre, eussent fermé leurs volets. Courageusement, l'écolier sauta à travers champs, marcha tout droit dans la direction où la lumière avait brillé tout
45 à l'heure. Puis, franchissant encore une clôture, il retomba dans un nouveau sentier…

Ainsi peu à peu, s'embrouillait la piste du grand Meaulnes et se brisait le lien qui l'attachait à ceux qu'il avait quittés.

Découragé, presque à bout de forces, il résolut, dans son
50 désespoir, de suivre ce sentier jusqu'au bout. À cent pas de là, il débouchait dans une grande prairie grise, où l'on distinguait de loin en loin des ombres qui devaient être des genévriers[1], et une bâtisse obscure dans un repli de terrain. Meaulnes s'en approcha. Ce n'était là qu'une sorte de grand parc à bétail ou de bergerie
55 abandonnée. La porte céda avec un gémissement. La lueur de la lune, quand le grand vent chassait les nuages, passait à travers les fentes des cloisons. Une odeur de moisi régnait.

Sans chercher plus avant, Meaulnes s'étendit sur la paille humide, le coude à terre, la tête dans la main. Ayant retiré sa

---

1. Genévriers : arbustes épineux.

60 ceinture, il se recroquevilla dans sa blouse, les genoux au ventre.
Il songea alors à la couverture de la jument qu'il avait laissée dans
le chemin, et il se sentit si malheureux, si fâché contre lui-même
qu'il lui prit une forte envie de pleurer...

Aussi s'efforça-t-il de penser à autre chose. Glacé jusqu'aux
65 moelles, il se rappela un rêve – une vision plutôt, qu'il avait eue
tout enfant, et dont il n'avait jamais parlé à personne : un matin,
au lieu de s'éveiller dans sa chambre, où pendaient ses culottes
et ses paletots, il s'était trouvé dans une longue pièce verte, aux
tentures pareilles à des feuillages. En ce lieu coulait une lumière
70 si douce qu'on eût cru pouvoir la goûter. Près de la première
fenêtre, une jeune fille cousait, le dos tourné, semblant attendre
son réveil... Il n'avait pas eu la force de se glisser hors de son lit
pour marcher dans cette demeure enchantée. Il s'était rendormi...
Mais la prochaine fois, il jurait bien de se lever. Demain matin,
75 peut-être !...

Chapitre XI

Le domaine mystérieux

Dès le petit jour, il se reprit à marcher. Mais son genou enflé
lui faisait mal ; il lui fallait s'arrêter et s'asseoir à chaque moment
tant la douleur était vive. L'endroit où il se trouvait était d'ailleurs
le plus désolé de la Sologne. De toute la matinée, il ne vit qu'une
5 bergère, à l'horizon, qui ramenait son troupeau. Il eut beau la
héler, essayer de courir, elle disparut sans l'entendre.

Il continua cependant de marcher dans sa direction, avec une
désolante lenteur... Pas un toit, pas une âme. Pas même le cri
d'un courlis[1] dans les roseaux des marais. Et, sur cette solitude
10 parfaite, brillait un soleil de décembre, clair et glacial.

---

1. *Courlis* : oiseau aquatique.

Il pouvait être 3 heures de l'après-midi lorsqu'il aperçut enfin, au-dessus d'un bois de sapins, la flèche d'une tourelle grise.

«Quelque vieux manoir abandonné, se dit-il, quelque pigeonnier désert!...»

15 Et, sans presser le pas, il continua son chemin. Au coin du bois débouchait, entre deux poteaux blancs, une allée où Meaulnes s'engagea. Il y fit quelques pas et s'arrêta, plein de surprise, troublé d'une émotion inexplicable. Il marchait pourtant du même pas fatigué, le vent glacé lui gerçait les lèvres, le suffoquait
20 par instants; et pourtant un contentement extraordinaire le soulevait, une tranquillité parfaite et presque enivrante, la certitude que son but était atteint et qu'il n'y avait plus maintenant que du bonheur à espérer. C'est ainsi que, jadis, la veille des grandes fêtes d'été, il se sentait défaillir, lorsqu'à la tombée de la nuit on
25 plantait des sapins dans les rues du bourg et que la fenêtre de sa chambre était obstruée par les branches.

«Tant de joie, se dit-il, parce que j'arrive à ce vieux pigeonnier, plein de hiboux et de courants d'air!...»

Et, fâché contre lui-même, il s'arrêta, se demandant s'il
30 ne valait pas mieux rebrousser chemin et continuer jusqu'au prochain village. Il réfléchissait depuis un instant, la tête basse, lorsqu'il s'aperçut soudain que l'allée était balayée à grands ronds réguliers comme on faisait chez lui pour les fêtes. Il se trouvait dans un chemin pareil à la grand'rue de La Ferté[1], le
35 matin de l'Assomption[2]!... Il eût aperçu au détour de l'allée une troupe de gens en fête soulevant la poussière, comme au mois de juin, qu'il n'eût pas été surpris davantage.

«Y aurait-il une fête dans cette solitude?» se demanda-t-il.

Avançant jusqu'au premier détour, il entendit un bruit de
40 voix qui s'approchaient. Il se jeta de côté dans les jeunes sapins touffus, s'accroupit et écouta en retenant son souffle. C'étaient

---

1. *La Ferté* : La Ferté-d'Angillon, ville natale de Meaulnes (voir p. 36).
2. *L'Assomption* : fête catholique, célébrée le 15 août en l'honneur de la Vierge Marie.

des voix enfantines. Une troupe d'enfants passa tout près de lui.
L'un d'eux, probablement une petite fille, parlait d'un ton si sage
et si entendu[1] que Meaulnes, bien qu'il ne comprît guère le sens
45 de ses paroles, ne put s'empêcher de sourire.

«Une seule chose m'inquiète, disait-elle, c'est la question des
chevaux. On n'empêchera jamais Daniel, par exemple, de monter
sur le grand poney jaune!

– Jamais on ne m'en empêchera, répondit une voix moqueuse
50 de jeune garçon. Est-ce que nous n'avons pas toutes les permis-
sions?... Même celle de nous faire mal, s'il nous plaît...»

Et les voix s'éloignèrent, au moment où s'approchait déjà un
autre groupe d'enfants.

«Si la glace est fondue, dit une fillette, demain matin, nous
55 irons en bateau.

– Mais nous le permettra-t-on? dit une autre.

– Vous savez bien que nous organisons la fête à notre guise.

– Et si Frantz rentrait dès ce soir, avec sa fiancée?

Eh bien, il ferait ce que nous voudrions!...»

60 «Il s'agit d'une noce, sans doute, se dit Augustin. Mais ce sont
les enfants qui font la loi, ici?... Étrange domaine!»

Il voulut sortir de sa cachette pour leur demander où l'on
trouverait à boire et à manger. Il se dressa et vit le dernier groupe
qui s'éloignait. C'étaient trois fillettes avec des robes droites qui
65 s'arrêtaient aux genoux. Elles avaient de jolis chapeaux à brides[2].
Une plume blanche leur traînait dans le cou, à toutes les trois. L'une
d'elles, à demi retournée, un peu penchée, écoutait sa compagne
qui lui donnait des grandes explications, le doigt levé.

«Je leur ferais peur», se dit Meaulnes, en regardant sa blouse
70 paysanne déchirée et son ceinturon baroque[3] de collégien de
Sainte-Agathe.

---

1. *Entendu* : responsable, connaisseur.
2. *Brides* : rubans noués sous le menton servant à maintenir le chapeau.
3. *Baroque* : bizarre.

Craignant que les enfants ne le rencontrassent en revenant par l'allée, il continua son chemin à travers les sapins dans la direction du «pigeonnier», sans trop réfléchir à ce qu'il pourrait demander là-bas. Il fut bientôt arrêté à la lisière du bois, par un petit mur moussu. De l'autre côté, entre le mur et les annexes[1] du Domaine, c'était une longue cour étroite toute remplie de voitures, comme une cour d'auberge un jour de foire. Il y en avait de tous les genres et de toutes les formes : de fines petites voitures à quatre places, les brancards en l'air ; des chars à bancs ; des bourbonnaises[2] démodées avec des galeries[3] à moulures[4], et même de vieilles berlines[5] dont les glaces étaient levées.

Meaulnes, caché derrière les sapins, de crainte qu'on ne l'aperçût, examinait le désordre du lieu, lorsqu'il avisa, de l'autre côté de la cour, juste au-dessus du siège d'un haut char à bancs, une fenêtre des annexes à demi ouverte. Deux barreaux de fer, comme on en voit derrière les domaines aux volets toujours fermés des écuries, avaient dû clore cette ouverture. Mais le temps les avait descellés.

«Je vais entrer là, se dit l'écolier, je dormirai dans le foin et je partirai au petit jour, sans avoir fait peur à ces belles petites filles.»

Il franchit le mur, péniblement, à cause de son genou blessé, et, passant d'une voiture sur l'autre, du siège d'un char à bancs sur le toit d'une berline, il arriva à la hauteur de la fenêtre, qu'il poussa sans bruit comme une porte.

Il se trouvait non pas dans un grenier à foin, mais dans une vaste pièce au plafond bas qui devait être une chambre à coucher.

---

1. *Annexes* : bâtiments secondaires.
2. *Bourbonnaises* : voitures possédant un siège à l'avant et à l'arrière, caractéristiques du Bourbonnais, ancienne région du centre de la France qui comprend une partie de la Sologne.
3. *Galeries* : supports à bagages fixés sur le toit.
4. *Moulures* : sculptures.
5. *Berlines* : voitures à quatre roues.

On distinguait, dans la demi-obscurité du soir d'hiver, que la
100 table, la cheminée et même les fauteuils étaient chargés de grands
vases, d'objets de prix, d'armes anciennes. Au fond de la pièce,
des rideaux tombaient, qui devaient cacher une alcôve[1].

Meaulnes avait fermé la fenêtre, tant à cause du froid que par
crainte d'être aperçu du dehors. Il alla soulever le rideau du fond
105 et découvrir un grand lit bas, couvert de vieux livres dorés, de
luths[2] aux cordes cassées et de candélabres[3] jetés pêle-mêle. Il
repoussa toutes ces choses dans le fond de l'alcôve, puis s'étendit
sur cette couche pour s'y reposer et réfléchir un peu à l'étrange
aventure dans laquelle il s'était jeté.

110 Un silence profond régnait sur ce domaine. Par instants seulement on entendait gémir le grand vent de décembre.

Et Meaulnes, étendu, en venait à se demander si, malgré
ces étranges rencontres, malgré la voix des enfants dans l'allée,
malgré les voitures entassées, ce n'était pas là simplement, comme
115 il l'avait pensé d'abord, une vieille bâtisse abandonnée dans la
solitude de l'hiver.

Il lui sembla bientôt que le vent lui portait le son d'une
musique perdue. C'était comme un souvenir plein de charme et
de regret. Il se rappela le temps où sa mère, jeune encore, se
120 mettait au piano l'après-midi dans le salon, et lui, sans rien dire,
derrière la porte qui donnait sur le jardin, il l'écoutait jusqu'à la
nuit…

«On dirait que quelqu'un joue du piano quelque part?»
pensa-t-il.

125 Mais laissant sa question sans réponse, harassé de fatigue, il
ne tarda pas à s'endormir…

---

1. *Alcôve* : renfoncement d'une chambre où se trouve le lit.
2. *Luths* : instruments à cordes à la mode aux XVIᵉ et XVIIᵉ siècles.
3. *Candélabres* : grands chandeliers à plusieurs branches.

Chapitre XII

La chambre de Wellington[1]

Il faisait nuit lorsqu'il s'éveilla. Transi de froid, il se tourna et se retourna sur sa couche, fripant et roulant sous lui sa blouse noire. Une faible clarté glauque[2] baignait les rideaux de l'alcôve.

S'asseyant sur le lit, il glissa sa tête entre les rideaux. Quelqu'un
5 avait ouvert la fenêtre et l'on avait attaché dans l'embrasure[3] deux lanternes vénitiennes[4] vertes.

Mais à peine Meaulnes avait-il pu jeter un coup d'œil, qu'il entendit sur le palier un bruit de pas étouffé et de conversation à voix basse. Il se rejeta dans l'alcôve et ses souliers ferrés firent
10 sonner un des objets de bronze qu'il avait repoussé contre le mur. Un instant, très inquiet, il retint son souffle. Les pas se rapprochèrent et deux ombres glissèrent dans la chambre.

«Ne fais pas de bruit, disait l'un.

– Ah! répondait l'autre, il est toujours bien temps qu'il
15 s'éveille!

– As-tu garni sa chambre?

– Mais oui, comme celle des autres.»

Le vent fit battre la fenêtre ouverte.

«Tiens, dit le premier, tu n'as pas même fermé la fenêtre. Le
20 vent a déjà éteint une des lanternes. Il va falloir la rallumer.

– Bah! répondit l'autre, pris d'une paresse et d'un découragement soudains. À quoi bon ces illuminations du côté de la

---

1. Arthur Wellesley (1769-1852), duc de Wellington, fut un militaire et homme politique anglais (et non américain, comme le suggère plus loin l'un des personnages du Domaine, l. 35); il est célèbre pour avoir vaincu Napoléon à la bataille de Waterloo.
2. *Glauque* : verdâtre.
3. *Embrasure* : ouverture de la fenêtre.
4. *Lanternes vénitiennes* : lanternes décoratives en papier, plissées en accordéons.

campagne, du côté du désert, autant dire ? Il n'y a personne pour les voir.

25 – Personne ? Mais il arrivera encore des gens pendant une partie de la nuit. Là-bas, sur la route, dans leurs voitures, ils seront bien contents d'apercevoir nos lumières ! »

Meaulnes entendit craquer une allumette. Celui qui avait parlé le dernier, et qui paraissait être le chef, reprit d'une voix
30 traînante, à la façon d'un fossoyeur de Shakespeare[1] :

« Tu mets des lanternes vertes à la chambre de Wellington T'en mettrais aussi bien des rouges[2]... Tu ne t'y connais pas plus que moi ! »

Un silence.

35 «... Wellington, c'était un Américain ? Eh bien, c'est il une couleur américaine, le vert ? Toi, le comédien qui as voyagé, tu devrais savoir ça.

– Oh ! là ! là ! répondit le "comédien", voyagé ? Oui, j'ai voyagé ! Mais je n'ai rien vu ! Que veux-tu voir dans une roulotte ? »
40 Meaulnes avec précaution regarda entre les rideaux.

Celui qui commandait la manœuvre était un gros homme nu-tête, enfoncé dans un énorme paletot. Il tenait à la main une longue perche de lanternes multicolores, et il regardait paisiblement, une jambe croisée sur l'autre, travailler son compagnon.

45 Quant au comédien, c'était le corps le plus lamentable qu'on puisse imaginer. Grand, maigre, grelottant, ses yeux glauques et louches, sa moustache retombant sur sa bouche édentée faisaient songer à la face d'un noyé qui ruisselle sur une dalle. Il était en manches de chemise, et ses dents claquaient. Il montrait dans

---

1. Un fossoyeur de Shakespeare : allusion à la tragédie *Hamlet* du dramaturge anglais Shakespeare (1564-1616), dans laquelle deux paysans-fossoyeurs (des hommes chargés de creuser les fosses dans les cimetières) tiennent une conversation à l'humour grinçant sur le suicide en même temps qu'ils creusent la tombe de la belle Ophélie, qui vient de se noyer.
2. Les lanternes rouges signalaient les maisons closes.

50 ses paroles et ses gestes le mépris le plus parfait pour sa propre
personne.

Après un moment de réflexion amère et risible à la fois,
il s'approcha de son partenaire et lui confia, les deux bras
écartés :

55 «Veux-tu que je te dise?... Je ne peux pas comprendre qu'on
soit allé chercher des dégoûtants comme nous, pour servir dans
une fête pareille! Voilà, mon gars!... »

Mais sans prendre garde à ce grand élan du cœur, le gros
homme continua de regarder son travail, les jambes croisées,
60 bâilla, renifla tranquillement et puis, tournant le dos, s'en fut, sa
perche sur l'épaule, en disant :

«Allons, en route! Il est temps de s'habiller pour le dîner.»

Le bohémien le suivit, mais, en passant devant l'alcôve :

«Monsieur l'Endormi, fit-il avec des révérences et des inflexions
65 de voix gouailleuses[1], vous n'avez plus qu'à vous éveiller, à vous
habiller en marquis, même si vous êtes un marmiteux[2] comme je
suis; et vous descendrez à la fête costumée, puisque c'est le bon
plaisir de ces petits messieurs et de ces petites demoiselles.»

Il ajouta sur le ton d'un boniment forain[3], avec une dernière
70 révérence :

«Notre camarade Maloyau, attaché aux cuisines, vous présen-
tera le personnage d'Arlequin, et votre serviteur, celui du grand
Pierrot.»

---

1. *Gouailleuses* : moqueuses.
2. *Marmiteux* : misérable.
3. *Boniment forain* : annonce publicitaire que font les marchands et les
saltimbanques dans les foires.

Chapitre XIII

La fête étrange

Dès qu'ils eurent disparu, l'écolier sortit de sa cachette. Il avait les pieds glacés, les articulations raides; mais il était reposé et son genou paraissait guéri.

«Descendre au dîner, pensa-t-il, je ne manquerai pas de le
5 faire. Je serai simplement un invité dont tout le monde a oublié le nom. D'ailleurs, je ne suis pas un intrus ici. Il est hors de doute que M. Maloyau et son compagnon m'attendaient...»

Au sortir de l'obscurité totale de l'alcôve, il put y voir assez distinctement dans la chambre éclairée par les lanternes vertes.

10 Le bohémien l'avait «garnie». Des manteaux étaient accrochés aux patères[1]. Sur une lourde table à toilette, au marbre brisé, on avait disposé de quoi transformer en muscadin[2] tel garçon qui eût passé la nuit précédente dans une bergerie abandonnée. Il y avait, sur la cheminée, des allumettes auprès d'un grand flambeau. Mais
15 on avait omis de cirer le parquet; et Meaulnes sentit rouler sous ses souliers du sable et des gravats. De nouveau il eut l'impression d'être dans une maison depuis longtemps abandonnée... En allant vers la cheminée, il faillit buter contre une pile de grands cartons et de petites boîtes : il étendit le bras, alluma la bougie,
20 puis souleva les couvercles et se pencha pour regarder.

C'étaient des costumes de jeunes gens d'il y a longtemps, des redingotes[3] à hauts cols de velours, de fins gilets très ouverts, d'interminables cravates blanches et des souliers vernis du début de ce siècle. Il n'osait rien toucher du bout du doigt, mais après
25 s'être nettoyé en frissonnant, il endossa sur sa blouse d'écolier un des grands manteaux dont il releva le collet[4] plissé, remplaça

---

1. *Patères* : portemanteaux.
2. *Muscadin* : jeune homme élégant.
3. *Redingotes* : longues vestes serrées à la taille, vêtements aristocratiques.
4. *Collet* : ici, col.

ses souliers ferrés par de fins escarpins[1] vernis et se prépara à descendre nu-tête.

Il arriva, sans rencontrer personne, au bas d'un escalier de 30 bois, dans un recoin de cour obscur. L'haleine glacée de la nuit vint lui souffler au visage et soulever un pan de son manteau.

Il fit quelques pas et, grâce à la vague clarté du ciel, il put se rendre compte aussitôt de la configuration des lieux. Il était dans une petite cour formée par des bâtiments des dépendan-35 ces[2]. Tout y paraissait vieux et ruiné. Les ouvertures au bas des escaliers étaient béantes[3], car les portes depuis longtemps avaient été enlevées ; on n'avait pas non plus remplacé les carreaux des fenêtres qui faisaient des trous noirs dans les murs. Et pourtant toutes ces bâtisses avaient un mystérieux air de fête. Une sorte 40 de reflet coloré flottait dans les chambres basses où l'on avait dû allumer aussi, du côté de la campagne, des lanternes. La terre était balayée ; on avait arraché l'herbe envahissante. Enfin, en prêtant l'oreille, Meaulnes crut entendre comme un chant, comme des voix d'enfants et de jeunes filles, là-bas, vers les bâtiments confus 45 où le vent secouait les branches devant les ouvertures roses, vertes et bleues des fenêtres.

Il était là, dans son grand manteau, comme un chasseur, à demi penché, prêtant l'oreille, lorsqu'un extraordinaire petit jeune homme sortit du bâtiment voisin, qu'on aurait cru désert.

50 Il avait un chapeau haut de forme[4] très cintré[5] qui brillait dans la nuit comme s'il eût été d'argent ; un habit dont le col lui montait dans les cheveux, un gilet très ouvert, un pantalon à sous-pieds[6]... Cet élégant, qui pouvait avoir quinze ans, marchait sur la pointe des pieds comme s'il eût été soulevé par

---

1. *Escarpins* : chaussures légères.
2. *Dépendances* : bâtiments secondaires, annexes.
3. *Béantes* : grandes ouvertes.
4. *Chapeau haut de forme* : chapeau noir en soie, en forme de cylindre.
5. *Cintré* : étroit.
6. *Sous-pieds* : élastiques qui fixent le pantalon aux chaussures.

55 les élastiques de son pantalon, mais avec une rapidité extraordinaire. Il salua Meaulnes au passage sans s'arrêter, profondément,
automatiquement, et disparut dans l'obscurité, vers le bâtiment
central, ferme, château ou abbaye[1], dont la tourelle avait guidé
l'écolier au début de l'après-midi.

60 Après un instant d'hésitation, notre héros emboîta le pas au
curieux petit personnage. Ils traversèrent une sorte de grande
cour-jardin, passèrent entre des massifs, contournèrent un vivier[2]
enclos de palissades, un puits, et se trouvèrent enfin au seuil de
la demeure centrale.

65 Une lourde porte de bois, arrondie dans le haut et cloutée
comme une porte de presbytère[3], était à demi ouverte. L'élégant
s'y engouffra. Meaulnes le suivit, et, dès ses premiers pas dans le
corridor[4], il se trouva, sans voir personne, entouré de rires, de
chants, d'appels et de poursuites.

70 Tout au bout de celui-ci passait un couloir transversal. Meaulnes hésitait s'il allait pousser jusqu'au fond ou bien ouvrir
une des portes derrière lesquelles il entendait un bruit de voix,
lorsqu'il vit passer dans le fond deux fillettes qui se poursuivaient. Il courut pour les voir et les rattraper, à pas de loup, sur
75 ses escarpins. Un bruit de portes qui s'ouvrent, deux visages de
quinze ans que la fraîcheur du soir et la poursuite ont rendus tout
roses, sous de grands cabriolets[5] à brides, et tout va disparaître
dans un brusque éclat de lumière.

Une seconde, elles tournent sur elles-mêmes, par jeu ; leurs
80 amples jupes légères se soulèvent et se gonflent ; on aperçoit la
dentelle de leurs longs, amusants pantalons ; puis, ensemble,
après cette pirouette, elles bondissent dans la pièce et referment
la porte.

---

1. Abbaye : bâtiment religieux où vivent des moines.
2. Vivier : bassin où sont élevés des poissons.
3. Presbytère : habitation d'un curé.
4. Corridor : petit couloir.
5. Cabriolets : chapeaux portés en arrière et encadrant le visage.

Meaulnes reste un moment ébloui et titubant dans ce corridor
85 noir. Il craint maintenant d'être surpris. Son allure hésitante et
gauche[1] le ferait, sans doute, prendre pour un voleur. Il va s'en
retourner délibérément vers la sortie, lorsque de nouveau il entend
dans le fond du corridor un bruit de pas et des voix d'enfants. Ce
sont deux petits garçons qui s'approchent en parlant.

90   « Est-ce qu'on va bientôt dîner ? leur demande Meaulnes avec
aplomb.

– Viens avec nous, répond le plus grand, on va t'y conduire. »

Et avec cette confiance et ce besoin d'amitié qu'ont les enfants,
la veille d'une grande fête, ils le prennent chacun par la main. Ce
95 sont probablement deux petits garçons de paysans. On leur a mis
leurs plus beaux habits : de petites culottes coupées à mi-jambe
qui laissent voir leurs gros bas de laine et leurs galoches[2], un petit
justaucorps[3] de velours bleu, une casquette de même couleur et
un nœud de cravate blanc.

100   « La connais-tu, toi ? demande l'un des enfants.

– Moi, fait le plus petit, qui a une tête ronde et des yeux naïfs,
maman m'a dit qu'elle avait une robe noire et une collerette[4] et
qu'elle ressemblait à un joli pierrot.

– Qui donc ? demanda Meaulnes.

105   – Eh bien ! la fiancée que Frantz est allé chercher… »

Avant que le jeune homme ait rien pu dire, ils sont tous les
trois arrivés à la porte d'une grande salle où flambe un beau feu.
Des planches, en guise de table, ont été posées sur des tréteaux ;
on a étendu des nappes blanches, et des gens de toutes sortes
110 dînent avec cérémonie.

---

1. *Gauche* : maladroite.
2. *Galoches* : chaussures grossières à semelles de bois.
3. *Justaucorps* : long vêtement serré à la taille.
4. *Collerette* : étoffe généralement plissée qui se portait autour du cou.

Chapitre XIV

La fête étrange (suite)

C'était, dans une grande salle au plafond bas, un repas comme ceux que l'on offre, la veille des noces de campagne, aux parents qui sont venus de très loin.

Les deux enfants avaient lâché les mains de l'écolier et
5 s'étaient précipités dans une chambre attenante où l'on entendait des voix puériles[1] et des bruits de cuillers battant les assiettes. Meaulnes, avec audace et sans s'émouvoir, enjamba un banc et se trouva assis auprès de deux vieilles paysannes. Il se mit aussitôt à manger avec un appétit féroce ; et c'est au bout d'un
10 instant seulement qu'il leva la tête pour regarder les convives[2] et les écouter.

On parlait peu, d'ailleurs. Ces gens semblaient à peine se connaître. Ils devaient venir, les uns, du fond de la campagne, les autres, de villes lointaines. Il y avait, épars[3] le long des tables,
15 quelques vieillards avec des favoris[4], et d'autres complètement rasés qui pouvaient être d'anciens marins. Près d'eux dînaient d'autres vieux qui leur ressemblaient : même face tannée[5], mêmes yeux vifs sous des sourcils en broussaille, mêmes cravates étroites comme des cordons de souliers... Mais il était aisé de voir que
20 ceux-ci n'avaient jamais navigué plus loin que le bout du canton ; et s'ils avaient tangué, roulé plus de mille fois sous les averses et dans le vent, c'était pour ce dur voyage sans péril qui consiste à creuser le sillon jusqu'au bout de son champ et à retourner ensuite la charrue... On voyait peu de femmes ; quelques vieilles

---

1. *Puériles* : enfantines.

2. *Convives* : invités du repas.

3. *Épars* : dispersés.

4. *Favoris* : touffes de barbe que les hommes laissent pousser sur leurs joues.

5. *Tannée* : à la peau durcie et bronzée.

²⁵ paysannes avec de rondes figures ridées comme des pommes, sous des bonnets tuyautés[1].

Il n'y avait pas un seul de ces convives avec qui Meaulnes ne se sentît à l'aise et en confiance. Il expliquait ainsi plus tard cette impression : quand on a, disait-il, commis quelque lourde ³⁰ faute impardonnable, on songe parfois, au milieu d'une grande amertume : « Il y a pourtant par le monde des gens qui me pardonneraient.» On imagine de vieilles gens, des grands-parents pleins d'indulgence[2], qui sont persuadés à l'avance que tout ce que vous faites est bien fait. Certainement parmi ces bonnes gens-là ³⁵ les convives de cette salle avaient été choisis. Quant aux autres, c'étaient des adolescents et des enfants...

Cependant, auprès de Meaulnes, les deux vieilles femmes causaient :

« En mettant tout pour le mieux, disait la plus âgée, d'une voix ⁴⁰ cocasse[3] et suraiguë qu'elle cherchait vainement à adoucir, les fiancés ne seront pas là, demain, avant 3 heures.

– Tais-toi, tu me ferais mettre en colère», répondait l'autre du ton le plus tranquille.

Celle-ci portait sur le front une capeline[4] tricotée.

⁴⁵ « Comptons ! reprit la première sans s'émouvoir. Une heure et demie de chemin de fer de Bourges à Vierzon, et sept lieues de voiture, de Vierzon jusqu'ici... »

La discussion continua. Meaulnes n'en perdait pas une parole. Grâce à cette paisible prise de bec, la situation s'éclairait faible- ⁵⁰ ment : Frantz de Galais, le fils du château – qui était étudiant ou marin ou peut-être aspirant[5] de marine, on ne savait pas... – était allé à Bourges pour y chercher une jeune fille et l'épouser. Chose

---

1. *Tuyautés* : plissés.
2. *Indulgence* : tolérance.
3. *Cocasse* : comique.
4. *Capeline* : chapeau à larges bords.
5. *Aspirant* : élève d'une école militaire.

étrange, ce garçon, qui devait être très jeune et très fantasque[1],
réglait tout à sa guise dans le Domaine. Il avait voulu que la
55 maison où sa fiancée entrerait ressemblât à un palais en fête. Et
pour célébrer la venue de la jeune fille, il avait invité lui-même
ces enfants et ces vieilles gens débonnaires. Tels étaient les points
que la discussion des deux femmes précisait. Elles laissaient tout
le reste dans le mystère, et reprenaient sans cesse la question du
60 retour des fiancés. L'une tenait pour[2] le matin du lendemain.
L'autre pour l'après-midi.

«Ma pauvre Moinelle, tu es toujours aussi folle, disait la plus
jeune avec calme.

– Et toi, ma pauvre Adèle, toujours aussi entêtée. Il y a quatre
65 ans que je ne t'avais vue, tu n'as pas changé», répondait l'autre
en haussant les épaules, mais de sa voix la plus paisible.

Et elles continuaient ainsi à se tenir tête sans la moindre
humeur. Meaulnes intervint dans l'espoir d'en apprendre davantage :

70 «Est elle aussi jolie qu'on le dit, la fiancée de Frantz ? »

Elles le regardèrent, interloquées[3]. Personne d'autre que
Frantz n'avait vu la jeune fille. Lui-même, en revenant de Toulon,
l'avait rencontrée un soir, désolée, dans un de ces jardins de
Bourges qu'on appelle «Les Marais». Son père, un tisserand,
75 l'avait chassée de chez lui. Elle était fort jolie et Frantz avait
décidé aussitôt de l'épouser. C'était une étrange histoire; mais
son père, M. de Galais, et sa sœur Yvonne ne lui avaient-ils pas
toujours tout accordé !...

Meaulnes, avec précaution, allait poser d'autres questions,
80 lorsque parut à la porte un couple charmant : une enfant de
seize ans avec corsage de velours et jupe à grands volants; un
jeune personnage en habit à haut col et pantalon à élastiques.

---

1. Fantasque : fantaisiste et capricieux.
2. Tenait pour : affirmait que ce serait.
3. Interloquées : étonnées, déroutées.

Ils traversèrent la salle, esquissant un pas de deux[1]; d'autres les suivirent; puis d'autres passèrent en courant, poussant des
85 cris, poursuivis par un grand pierrot blafard[2], aux manches trop longues, coiffé d'un bonnet noir et riant d'une bouche édentée. Il courait à grandes enjambées maladroites, comme si, à chaque pas, il eût dû faire un saut, et il agitait ses longues manches vides. Les jeunes filles en avaient un peu peur, les jeunes gens lui serraient la
90 main et il paraissait faire la joie des enfants qui le poursuivaient avec des cris perçants. Au passage il regarda Meaulnes de ses yeux vitreux[3], et l'écolier crut reconnaître, complètement rasé, le compagnon de M. Maloyau, le bohémien qui tout à l'heure accrochait les lanternes.

95 Le repas était terminé. Chacun se levait.

Dans les couloirs s'organisaient des rondes et des farandoles. Une musique, quelque part, jouait un pas de menuet... Meaulnes, la tête à demi cachée dans le collet de son manteau, comme dans une fraise[4], se sentait un autre personnage. Lui aussi, gagné
100 par le plaisir, il se mit à poursuivre le grand pierrot à travers les couloirs du Domaine, comme dans les coulisses d'un théâtre où la pantomime[5], de la scène, se fût partout répandue. Il se trouva ainsi mêlé jusqu'à la fin de la nuit à une foule joyeuse aux costumes extravagants. Parfois il ouvrait une porte, et se trouvait dans
105 une chambre où l'on montrait la lanterne magique[6]. Des enfants applaudissaient à grand bruit... Parfois, dans un coin de salon où l'on dansait, il engageait conversation avec quelque dandy[7] et

---

1. *Pas de deux* : mouvement de danse exécuté par deux danseurs.

2. *Blafard* : pâle et triste.

3. *Vitreux* : sans éclat.

4. *Fraise* : collerette plissée sur plusieurs rangs, portée aux XVIe et XVIIe siècles.

5. *Pantomime* : spectacle de mimes.

6. *Lanterne magique* : lanterne qui projette sur les murs des figures en mouvement.

7. *Dandy* : homme à la mode.

se renseignait hâtivement sur les costumes que l'on porterait les jours suivants...

110   Un peu angoissé à la longue par tout ce plaisir qui s'offrait à lui, craignant à chaque instant que son manteau entrouvert ne laissât voir sa blouse de collégien, il alla se réfugier un instant dans la partie la plus paisible et la plus obscure de la demeure. On n'y entendait que le bruit étouffé d'un piano.

115   Il entra dans une pièce silencieuse qui était une salle à manger éclairée par une lampe à suspension. Là aussi c'était fête, mais fête pour les petits enfants.

    Les uns, assis sur des poufs, feuilletaient des albums ouverts sur leurs genoux; d'autres étaient accroupis par terre devant une
120 chaise et, gravement, ils faisaient sur le siège un étalage d'images; d'autres, auprès du feu, ne disaient rien, ne faisaient rien mais ils écoutaient au loin, dans l'immense demeure, la rumeur[1] de la fête.

    Une porte de cette salle à manger était grande ouverte. On
125 entendait dans la pièce attenante jouer du piano. Meaulnes avança curieusement la tête. C'était une sorte de petit salon-parloir[2]; une femme ou une jeune fille, un grand manteau marron jeté sur ses épaules, tournait le dos, jouant très doucement des airs de rondes ou de chansonnettes. Sur le divan, tout à côté, six ou sept petits
130 garçons et petites filles rangés comme sur une image, sages comme le sont les enfants lorsqu'il se fait tard, écoutaient. De temps en temps seulement, l'un d'eux, arc-bouté[3] sur les poignets, se soulevait, glissait par terre et passait dans la salle à manger : un de ceux qui avaient fini de regarder les images venait prendre sa place...

135   Après cette fête où tout était charmant, mais fiévreux et fou, où lui-même avait si follement poursuivi le grand pierrot, Meaulnes se trouvait là plongé dans le bonheur le plus calme du monde.

---

1. *La rumeur* : le bruit éloigné.
2. *Salon-parloir* : salon de réception.
3. *Arc-bouté* : appuyé.

Sans bruit, tandis que la jeune fille continuait à jouer, il retourna s'asseoir dans la salle à manger, et, ouvrant un des gros
140 livres rouges épars sur la table, il commença distraitement à lire.

Presque aussitôt un des petits qui étaient par terre s'approcha, se pendit à son bras et grimpa sur son genou pour regarder en même temps que lui ; un autre en fit autant de l'autre côté. Alors ce fut un rêve comme son rêve de jadis. Il put imaginer
145 longuement qu'il était dans sa propre maison, marié, un beau soir, et que cet être charmant et inconnu qui jouait du piano, près de lui, c'était sa femme...

Chapitre xv

La rencontre

Le lendemain matin, Meaulnes fut prêt un des premiers. Comme on le lui avait conseillé, il revêtit un simple costume noir, de mode passée, une jaquette[1] serrée à la taille avec des manches bouffant aux épaules, un gilet croisé, un pantalon élargi du bas jusqu'à
5 cacher ses fines chaussures, et un chapeau haut de forme.

La cour était déserte encore lorsqu'il descendit. Il fit quelques pas et se trouva comme transporté dans une journée de printemps. Ce fut en effet le matin le plus doux de cet hiver-là. Il faisait du soleil comme aux premiers jours d'avril. Le givre fondait et
10 l'herbe mouillée brillait comme humectée de rosée. Dans les arbres, plusieurs petits oiseaux chantaient et de temps à autre une brise tiédie coulait sur le visage du promeneur.

Il fit comme les invités qui se sont éveillés avant le maître de la maison. Il sortit dans la cour du Domaine, pensant à chaque
15 instant qu'une voix cordiale et joyeuse allait crier derrière lui :

« Déjà réveillé, Augustin ?... »

---

1. Jaquette : vêtement d'homme descendant jusqu'aux genoux.

Mais il se promena longtemps seul à travers le jardin et la cour. Là-bas, dans le bâtiment principal, rien ne remuait, ni aux fenêtres, ni à la tourelle. On avait ouvert déjà, cependant, les
20 deux battants de la ronde porte de bois. Et, dans une des fenêtres du haut, un rayon de soleil donnait, comme en été, aux premières heures du matin.

Meaulnes, pour la première fois, regardait en plein jour l'intérieur de la propriété. Les vestiges d'un mur séparaient le jardin
25 délabré de la cour, où l'on avait, depuis peu, versé du sable et passé le râteau. À l'extrémité des dépendances qu'il habitait, c'étaient des écuries bâties dans un amusant désordre, qui multipliait les recoins garnis d'arbrisseaux fous et de vigne vierge. Jusque sur le Domaine déferlaient des bois de sapins qui le cachaient à tout
30 le pays plat, sauf vers l'est, où l'on apercevait des collines bleues couvertes de rochers et de sapins encore.

Un instant, dans le jardin, Meaulnes se pencha sur la branlante barrière de bois qui entourait le vivier, vers les bords il restait un peu de glace mince et plissée comme une écume. Il
35 s'aperçut lui même reflété dans l'eau, comme incliné sur le ciel, dans son costume d'étudiant romantique. Et il crut voir un autre Meaulnes ; non plus l'écolier qui s'était évadé dans une carriole de paysan, mais un être charmant et romanesque, au milieu d'un beau livre de prix… [1].

40 Il se hâta vers le bâtiment principal, car il avait faim. Dans la grande salle où il avait dîné la veille, une paysanne mettait le couvert. Dès que Meaulnes se fut assis devant un des bols alignés sur la nappe, elle lui versa le café en disant :

«Vous êtes le premier, monsieur.»
45 Il ne voulut rien répondre, tant il craignait d'être soudain reconnu comme un étranger. Il demanda seulement à quelle

---

1. Livre de prix : livre offert aux élèves méritants lors de la remise des prix, à la fin de l'année scolaire ; il s'agissait généralement d'ouvrages illustrés pour la jeunesse.

heure partirait le bateau pour la promenade matinale qu'on avait annoncée.

« Pas avant une demi-heure, monsieur : personne n'est descendu
50 encore », fut la réponse.

Il continua donc d'errer en cherchant le lieu de l'embarca-dère, autour de la longue maison châtelaine aux ailes[1] inégales, comme une église. Lorsqu'il eut contourné l'aile sud, il aperçut soudain les roseaux, à perte de vue, qui formaient tout le paysage.
55 L'eau des étangs venait de ce côté mouiller le pied des murs, et il y avait, devant plusieurs portes, de petits balcons de bois qui surplombaient les vagues clapotantes.

Désœuvré, le promeneur erra un long moment sur la rive sablée comme un chemin de halage[2]. Il examinait curieusement
60 les grandes portes aux vitres poussiéreuses qui donnaient sur des pièces délabrées ou abandonnées, sur des débarras encombrés de brouettes, d'outils rouillés et de pots de fleurs brisés, lorsque soudain, à l'autre bout des bâtiments, il entendit des pas grincer sur le sable.

65 C'étaient deux femmes, l'une très vieille et courbée ; l'autre, une jeune fille, blonde, élancée, dont le charmant costume, après tous les déguisements de la veille, parut d'abord à Meaulnes extraordinaire.

Elles s'arrêtèrent un instant pour regarder le paysage, tandis
70 que Meaulnes se disait, avec un étonnement qui lui parut plus tard bien grossier :

« Voilà sans doute ce qu'on appelle une jeune fille excentri-que[3] – peut-être une actrice qu'on a mandée[4] pour la fête. »

Cependant, les deux femmes passaient près de lui et Meaul-
75 nes, immobile, regarda la jeune fille. Souvent, plus tard, lorsqu'il

---

1. *Ailes* : corps de bâtiments attachés à angle droit au bâtiment principal.
2. *Chemin de halage* : chemin longeant les cours d'eau, utilisés pour tirer les bateaux depuis la rive.
3. *Excentrique* : originale, farfelue.
4. *Qu'on a mandée* : qu'on a fait venir.

s'endormait après avoir désespérément essayé de se rappeler le beau visage effacé, il voyait en rêve passer des rangées de jeunes femmes qui ressemblaient à celle-ci. L'une avait un chapeau comme elle et l'autre son air un peu penché ; l'autre son regard si pur ;
80 l'autre encore sa taille fine, et l'autre avait aussi ses yeux bleus ; mais aucune de ces femmes n'était jamais la grande jeune fille.

Meaulnes eut le temps d'apercevoir, sous une lourde chevelure blonde, un visage aux traits un peu courts, mais dessinés avec une finesse presque douloureuse. Et comme déjà elle était
85 passée devant lui, il regarda sa toilette[1], qui était bien la plus simple et la plus sage des toilettes...

Perplexe, il se demandait s'il allait les accompagner, lorsque la jeune fille, se tournant imperceptiblement vers lui, dit à sa compagne :
90 « Le bateau ne va pas tarder, maintenant, je pense ?... »

Et Meaulnes les suivit. La vieille dame, cassée, tremblante, ne cessait de causer gaiement et de rire. La jeune fille répondait doucement. Et lorsqu'elles descendirent sur l'embarcadère, elle eut ce même regard innocent et grave, qui semblait dire :
95 « Qui êtes-vous ? Que faites-vous ici ? Je ne vous connais pas, Et pourtant il me semble que je vous connais. »

D'autres invités étaient maintenant épars entre les arbres, attendant. Et trois bateaux de plaisance accostaient, prêts à recevoir les promeneurs. Un à un, sur le passage des dames, qui
100 paraissaient être la châtelaine et sa fille, les jeunes gens saluaient profondément, et les demoiselles s'inclinaient. Étrange matinée ! Étrange partie de plaisir ! Il faisait froid malgré le soleil d'hiver, et les femmes enroulaient autour de leur cou ces boas[2] de plumes qui étaient alors à la mode...
105 La vieille dame resta sur la rive, et, sans savoir comment, Meaulnes se trouva dans le même yacht que la jeune châtelaine. Il s'accouda sur le pont, tenant d'une main son chapeau battu

---

1. Sa toilette : ses vêtements et sa parure.
2. Boas : longues écharpes en plumes.

par le grand vent, et il put regarder à l'aise la jeune fille, qui s'était assise à l'abri. Elle aussi le regardait. Elle répondait à ses
110 compagnes, souriait, puis posait doucement ses yeux bleus sur lui, en tenant sa lèvre un peu mordue.

Un grand silence régnait sur les berges prochaines. Le bateau filait avec un bruit calme de machine et d'eau. On eût pu se croire au cœur de l'été. On allait aborder, semblait-il, dans le beau
115 jardin de quelque maison de campagne. La jeune fille s'y promènerait sous une ombrelle blanche. Jusqu'au soir on entendrait les tourterelles gémir… Mais soudain une rafale glacée venait rappeler décembre aux invités de cette étrange fête.

On aborda devant un bois de sapins. Sur le débarcadère, les
120 passagers durent attendre un instant, serrés les uns contre les autres, qu'un des bateliers eût ouvert le cadenas de la barrière… Avec quel émoi, Meaulnes se rappelait, dans la suite, cette minute où, sur le bord de l'étang, il avait eu très près du sien le visage désormais perdu de la jeune fille ! Il avait regardé ce profil si pur,
125 de tous ses yeux, jusqu'à ce qu'ils fussent près de s'emplir de larmes. Et il se rappelait avoir vu, comme un secret délicat qu'elle lui eût confié, un peu de poudre restée sur sa joue…

À terre, tout s'arrangea comme dans un rêve. Tandis que les enfants couraient avec des cris de joie, que des groupes se
130 formaient et s'éparpillaient à travers bois, Meaulnes s'avança dans une allée, où, dix pas devant lui, marchait la jeune fille. Il se trouva près d'elle sans avoir eu le temps de réfléchir :

«Vous êtes belle», dit-il simplement.

Mais elle hâta le pas et, sans répondre, prit une allée trans-
135 versale. D'autres promeneurs couraient, jouaient à travers les avenues, chacun errant à sa guise, conduit seulement par sa libre fantaisie. Le jeune homme se reprocha vivement ce qu'il appelait sa balourdise[1], sa grossièreté, sa sottise. Il errait au hasard,

---

1. Balourdise : maladresse.

persuadé qu'il ne reverrait plus cette gracieuse créature, lorsqu'il
140 l'aperçut soudain venant à sa rencontre et forcée de passer près
de lui dans l'étroit sentier. Elle écartait de ses deux mains nues
les plis de son grand manteau. Elle avait des souliers noirs très
découverts. Ses chevilles étaient si fines qu'elles pliaient par
instants et qu'on craignait de les voir se briser.

145 Cette fois, le jeune homme salua, en disant très bas :
«Voulez-vous me pardonner?

– Je vous pardonne, dit-elle gravement. Mais il faut que je
rejoigne les enfants, puisqu'ils sont les maîtres aujourd'hui.
Adieu.»

150 Augustin la supplia de rester un instant encore. Il lui parlait
avec gaucherie[1], mais d'un ton si troublé, si plein de désarroi,
qu'elle marcha plus lentement et l'écouta.

«Je ne sais même pas qui vous êtes», dit-elle enfin.

Elle prononçait chaque mot d'un ton uniforme, en appuyant
155 de la même façon sur chacun, mais en disant plus doucement le
dernier... Ensuite elle reprenait son visage immobile, sa bouche
un peu mordue, et ses yeux bleus regardaient fixement au loin.

«Je ne sais pas non plus votre nom», répondit Meaulnes

Ils suivaient maintenant un chemin découvert, et l'on voyait à
160 quelque distance les invités se presser autour d'une maison isolée
dans la pleine campagne.

«Voilà la "maison de Frantz", dit la jeune fille; il faut que je
vous quitte...»

Elle hésita, le regarda un instant en souriant et dit :
165 «Mon nom?... Je suis mademoiselle Yvonne de Galais...»

Et elle s'échappa.

La «maison de Frantz» était alors inhabitée. Mais Meaulnes la
trouva envahie jusqu'aux greniers par la foule des invités. Il n'eut
guère le loisir d'ailleurs d'examiner le lieu où il se trouvait : on

---

1. *Gaucherie* : maladresse.

170 déjeuna en hâte d'un repas froid emporté dans les bateaux, ce qui était fort peu de saison, mais les enfants en avaient décidé ainsi, sans doute; et l'on repartit. Meaulnes s'approcha de Mlle de Galais dès qu'il la vit sortir et, répondant à ce qu'elle avait dit tout à l'heure :

175 «Le nom que je vous donnais était plus beau, dit-il.

– Comment? Quel était ce nom?» fit-elle, toujours avec la même gravité.

Mais il eut peur d'avoir dit une sottise et ne répondit rien.

«Mon nom à moi est Augustin Meaulnes, continua-t-il, et je 180 suis étudiant.

– Oh! vous étudiez?» dit-elle. Et ils parlèrent un instant encore. Ils parlèrent lentement, avec bonheur – avec amitié. Puis l'attitude de la jeune fille changea. Moins hautaine et moins grave, maintenant, elle parut aussi plus inquiète. On eût dit 185 qu'elle redoutait ce que Meaulnes allait dire et s'en effarouchait à l'avance. Elle était auprès de lui toute frémissante, comme une hirondelle un instant posée à terre et qui déjà tremble du désir de reprendre son vol.

«À quoi bon? À quoi bon?» répondait-elle doucement aux 190 projets que faisait Meaulnes.

Mais lorsqu'enfin il osa lui demander la permission de revenir un jour vers ce beau domaine :

«Je vous attendrai», répondit-elle simplement.

Ils arrivaient en vue de l'embarcadère. Elle s'arrêta soudain et 195 dit pensivement :

«Nous sommes deux enfants; nous avons fait une folie. Il ne faut pas que nous montions cette fois dans le même bateau. Adieu, ne me suivez pas.»

Meaulnes resta un instant interdit, la regardant partir. Puis 200 il se reprit à marcher. Et alors la jeune fille, dans le lointain, au moment de se perdre à nouveau dans la foule des invités, s'arrêta et, se tournant vers lui, pour la première fois le regarda longuement. Était-ce un dernier signe d'adieu? Était-ce pour

lui défendre de l'accompagner ? Ou peut-être avait-elle quelque
chose encore à lui dire ?...

Dès qu'on fut rentré au Domaine, commença, derrière la
ferme, dans une grande prairie en pente, la course des poneys.
C'était la dernière partie de la fête. D'après toutes les prévisions,
les fiancés devaient arriver à temps pour y assister et ce serait
Frantz qui dirigerait tout.

On dut pourtant commencer sans lui. Les garçons en costumes de jockeys, les fillettes en écuyères, amenaient, les uns, de
fringants[1] poneys enrubannés, les autres, de très vieux chevaux
dociles, au milieu des cris, des rires enfantins, des paris et des
longs coups de cloches. On se fût cru transporté sur la pelouse
verte et taillée de quelque champ de courses en miniature.

Meaulnes reconnut Daniel et les petites filles aux chapeaux
à plumes, qu'il avait entendus la veille dans l'allée du bois... Le
reste du spectacle lui échappa, tant il était anxieux de retrouver
dans la foule le gracieux chapeau de roses et le grand manteau
marron. Mais Mlle de Galais ne parut pas. Il la cherchait encore
lorsqu'une volée de coups de cloche et des cris de joie annon-
cèrent la fin des courses. Une petite fille sur une vieille jument
blanche avait remporté la victoire. Elle passait triomphalement
sur sa monture et le panache[2] de son chapeau flottait au vent.

Puis soudain tout se tut. Les jeux étaient finis et Frantz n'était
pas de retour. On hésita un instant ; on se concerta avec embarras. Enfin, par groupes, on regagna les appartements, pour attendre, dans l'inquiétude et le silence, le retour des fiancés.

---

1. *Fringants* : vifs et élégants.
2. *Panache* : ornement de plume.

Chapitre XVI

Frantz de Galais

La course avait fini trop tôt. Il était quatre heures et demie et il faisait jour encore, lorsque Meaulnes se retrouva dans sa chambre, la tête pleine des événements de son extraordinaire journée. Il s'assit devant la table, désœuvré, attendant le dîner et
5 la fête qui devait suivre.

De nouveau soufflait le grand vent du premier soir. On l'entendait gronder comme un torrent ou passer avec le sifflement appuyé d'une chute d'eau. Le tablier[1] de la cheminée battait de temps à autre.

10 Pour la première fois, Meaulnes sentit en lui cette légère angoisse qui vous saisit à la fin des trop belles journées. Un instant il pensa à allumer du feu ; mais il essaya vainement de lever le tablier rouillé de la cheminée. Alors il se prit à ranger dans la chambre ; il accrocha ses beaux habits aux porteman-
15 teaux, disposa le long des murs les chaises bouleversées, comme s'il eût voulu tout préparer là pour un long séjour.

Cependant, songeant qu'il devait se tenir toujours prêt à partir, il plia soigneusement sur le dossier d'une chaise, comme un costume de voyage, sa blouse et ses autres vêtements de collégien ;
20 sous la chaise, il mit ses souliers ferrés pleins de terre encore.

Puis il revint s'asseoir et regarda autour de lui, plus tranquille, sa demeure qu'il avait mise en ordre.

De temps à autre une goutte de pluie venait rayer la vitre qui donnait sur la cour aux voitures et sur le bois de sapins. Apaisé,
25 depuis qu'il avait rangé son appartement, le grand garçon se sentit parfaitement heureux. Il était là, mystérieux, étranger, au milieu de ce monde inconnu, dans la chambre qu'il avait choisie. Ce qu'il avait obtenu dépassait toutes ses espérances. Et il suffisait

---

1. *Tablier* : plaque de tôle qui ferme le conduit de la cheminée.

maintenant à sa joie de se rappeler ce visage de jeune fille, dans
30 le grand vent, qui se tournait vers lui…

Durant cette rêverie, la nuit était tombée sans qu'il songeât
même à allumer les flambeaux. Un coup de vent fit battre la porte
de l'arrière-chambre qui communiquait avec la sienne et dont la
fenêtre donnait aussi sur la cour aux voitures. Meaulnes allait
35 la refermer, lorsqu'il aperçut dans cette pièce une lueur, comme
celle d'une bougie allumée sur la table. Il avança la tête dans
l'entrebâillement de la porte. Quelqu'un était entré par là, par la
fenêtre sans doute, et se promenait de long en large, à pas silencieux. Autant qu'on pouvait voir, c'était un très jeune homme.
40 Nu-tête, une pèlerine de voyage sur les épaules, il marchait sans
arrêt, comme affolé par une douleur insupportable. Le vent de la
fenêtre qu'il avait laissée grande ouverte faisait flotter sa pèlerine
et, chaque fois qu'il passait près de la lumière, on voyait luire des
boutons dorés sur sa fine redingote.
45 Il sifflait quelque chose entre ses dents, une espèce d'air
marin, comme en chantent, pour s'égayer le cœur, les matelots et
les filles dans les cabarets[1] des ports…
Un instant, au milieu de sa promenade agitée, il s'arrêta et se
pencha sur la table, chercha dans une boîte, en sortit plusieurs
50 feuilles de papier… Meaulnes vit, de profil, dans la lueur de la
bougie, un très fin, très aquilin[2] visage sans moustache sous une
abondante chevelure que partageait une raie de côté. Il avait cessé
de siffler. Très pâle, les lèvres entrouvertes, il paraissait à bout de
souffle, comme s'il avait reçu au cœur un coup violent.
55 Meaulnes hésitait s'il allait, par discrétion, se retirer, ou s'avancer, lui mettre doucement, en camarade, la main sur l'épaule, et
lui parler. Mais l'autre leva la tête et l'aperçut. Il le considéra une
seconde, puis, sans s'étonner, s'approcha et dit, affermissant sa
voix :

---

1. _Cabarets_ : bars.
2. _Aquilin_ : au nez fin et courbe, en forme de bec d'aigle.

⁶⁰ «Monsieur, je ne vous connais pas. Mais je suis content de vous voir. Puisque vous voici, c'est à vous que je vais expliquer… Voilà!…»

Il paraissait complètement désemparé[1]. Lorsqu'il eut dit : «Voilà», il prit Meaulnes par le revers de sa jaquette, comme pour
⁶⁵ fixer son attention. Puis il tourna la tête vers la fenêtre, comme pour réfléchir à ce qu'il allait dire, cligna des yeux – et Meaulnes comprit qu'il avait une forte envie de pleurer.

Il ravala d'un coup cette peine d'enfant, puis, regardant toujours fixement la fenêtre, il reprit d'une voix altérée[2] :
⁷⁰ «Eh bien! voilà : c'est fini; la fête est finie. Vous pouvez descendre le leur dire. Je suis rentré tout seul. Ma fiancée ne viendra pas. Par scrupule[3], par crainte, par manque de foi… d'ailleurs, monsieur, je vais vous expliquer…»

Mais il ne put continuer; tout son visage se plissa. Il n'expli-
⁷⁵ qua rien. Se détournant soudain, il s'en alla dans l'ombre ouvrir et refermer des tiroirs pleins de vêtements et de livres.

«Je vais m'apprêter pour repartir, dit-il. Qu'on ne me dérange pas.»

Il plaça sur la table divers objets, un nécessaire de toilette, un
⁸⁰ pistolet…

Et Meaulnes, plein de désarroi, sortit sans oser lui dire un mot ni lui serrer la main.

En bas, déjà, tout le monde semblait avoir pressenti quelque chose. Presque toutes les jeunes filles avaient changé de robe.
⁸⁵ Dans le bâtiment principal le dîner avait commencé, mais hâtivement, dans le désordre, comme à l'instant d'un départ.

Il se faisait un continuel va-et-vient de cette grande cuisine-salle à manger aux chambres du haut et aux écuries. Ceux qui avaient fini formaient des groupes où l'on se disait au revoir.

---

1. **Désemparé** : privé de ses moyens d'action.
2. **Altérée** : troublée.
3. **Scrupule** : honte.

90 « Que se passe-t-il ? demanda Meaulnes à un garçon de campagne, qui se hâtait de terminer son repas, son chapeau de feutre
sur la tête et sa serviette fixée à son gilet.

– Nous partons, répondit-il. Cela s'est décidé tout d'un
coup. À cinq heures, nous nous sommes trouvés seuls, tous les
95 invités ensemble. Nous avions attendu jusqu'à la dernière limite.
Les fiancés ne pouvaient plus venir. Quelqu'un a dit : "Si nous
partions…" Et tout le monde s'est apprêté pour le départ. »

Meaulnes ne répondit pas. Il lui était égal de s'en aller
maintenant. N'avait-il pas été jusqu'au bout de son aventure ?…
100 N'avait-il pas obtenu cette fois tout ce qu'il désirait ? C'est à
peine s'il avait eu le temps de repasser à l'aise dans sa mémoire
toute la belle conversation du matin. Pour l'instant, il ne s'agissait que de partir. Et bientôt, il reviendrait – sans tricherie,
cette fois…

105 « Si vous voulez venir avec nous, continua l'autre, qui était un
garçon de son âge, hâtez-vous d'aller vous mettre en tenue. Nous
attelons dans un instant. »

Il partit au galop, laissant là son repas commencé et négli-
geant de dire aux invités ce qu'il savait. Le parc, le jardin et la
110 cour étaient plongés dans une obscurité profonde. Il n'y avait
pas, ce soir-là, de lanternes aux fenêtres. Mais comme, après
tout, ce dîner ressemblait au dernier repas des fins de noces,
les moins bons des invités, qui peut-être avaient bu, s'étaient
mis à chanter. À mesure qu'il s'éloignait, Meaulnes entendait
115 monter leurs airs de cabaret, dans ce parc qui depuis deux jours
avait tenu tant de grâce et de merveilles. Et c'était le commencement du désarroi et de la dévastation. Il passa près du vivier
où le matin même il s'était miré. Comme tout paraissait changé
déjà… – avec cette chanson, reprise en chœur, qui arrivait
120 par bribes[1] :

---

1. Bribes : fragments.

D'où donc que tu reviens, petite libertine[1] ?
Ton bonnet est déchiré
Tu es bien mal coiffée…

et cette autre encore :
125 Mes souliers sont rouges…
  Adieu, mes amours…
  Mes souliers sont rouges…
  Adieu, sans retour !

Comme il arrivait au pied de l'escalier de sa demeure isolée,
130 quelqu'un en descendait qui le heurta dans l'ombre et lui dit :
«Adieu monsieur !» et, s'enveloppant dans sa pèlerine comme
s'il avait très froid, disparut. C'était Frantz de Galais.

La bougie que Frantz avait laissée dans sa chambre brûlait
encore. Rien n'avait été dérangé. Il y avait seulement, écrits sur
135 une feuille de papier à lettres placée en évidence, ces mots :

  Ma fiancée a disparu, me faisant dire qu'elle ne pouvait pas
  être ma femme ; qu'elle était une couturière et non pas une
  princesse. Je ne sais que devenir. Je m'en vais. Je n'ai plus
  envie de vivre. Qu'Yvonne me pardonne si je ne lui dis pas
140 adieu, mais elle ne pourrait rien pour moi…

C'était la fin de la bougie, dont la flamme vacilla, rampa une
seconde et s'éteignit. Meaulnes rentra dans sa propre chambre et
ferma la porte. Malgré l'obscurité, il reconnut chacune des
choses qu'il avait rangées en plein jour, en plein bonheur,
145 quelques heures auparavant. Pièce par pièce, fidèle, il retrouva
tout son vieux vêtement misérable, depuis ses godillots[2] jusqu'à
sa grossière ceinture à boucle de cuivre. Il se déshabilla et se
rhabilla vivement, mais, distraitement, déposa sur une chaise ses
habits d'emprunt, se trompant de gilet…

---

1. *Libertine* : coquine, dévergondée.
2. *Godillots* : grosses chaussures.

Sous les fenêtres, dans la cour aux voitures, un remue-ménage avait commencé. On tirait, on appelait, on poussait, chacun voulant défaire sa voiture de l'inextricable fouillis où elle était prise. De temps en temps un homme grimpait sur le siège d'une charrette, sur la bâche d'une grande carriole et faisait tourner sa 150 lanterne. La lueur du falot venait frapper la fenêtre : un instant, autour de Meaulnes, la chambre maintenant familière, où toutes choses avaient été pour lui si amicales, palpitait, revivait... Et c'est ainsi qu'il quitta, refermant soigneusement la porte, ce mystérieux endroit qu'il ne devait sans doute jamais revoir.

Chapitre XVII

La fête étrange (fin)

Déjà, dans la nuit, une file de voitures roulait lentement vers la grille du bois. En tête, un homme revêtu d'une peau de chèvre, une lanterne à la main, conduisait par la bride le cheval du premier attelage.

5 Meaulnes avait hâte de trouver quelqu'un qui voulût bien se charger de lui. Il avait hâte de partir. Il appréhendait, au fond de son cœur, de se trouver soudain seul dans le Domaine, et que sa supercherie fût découverte.

Lorsqu'il arriva devant le bâtiment principal les conducteurs 10 équilibraient la charge des dernières voitures. On faisait lever tous les voyageurs pour rapprocher ou reculer les sièges, et les jeunes filles enveloppées dans des fichus[1] se levaient avec embarras, les couvertures tombaient à leurs pieds et l'on voyait les figures inquiètes de celles qui baissaient leur tête du côté des falots.

15 Dans un de ces voituriers[2], Meaulnes reconnut le jeune paysan qui tout à l'heure avait offert de l'emmener :

---

1. *Fichus* : foulards.
2. *Voituriers* : conducteurs d'une voiture.

«Puis-je monter ? lui cria-t-il.

– Où vas-tu, mon garçon ? répondit l'autre qui ne le reconnaissait plus.

20   – Du côté de Sainte-Agathe.

– Alors il faut demander une place à Maritain.»

Et voilà le grand écolier cherchant parmi les voyageurs attardés ce Maritain inconnu. On le lui indiqua parmi les buveurs qui chantaient dans la cuisine.

25   «C'est un "amusard" [1], lui dit-on. Il sera encore là à 3 heures du matin.»

Meaulnes songea un instant à la jeune fille inquiète, pleine de fièvre et de chagrin, qui entendrait chanter dans le Domaine, jusqu'au milieu de la nuit, ces paysans avinés. Dans quelle chambre
30   était-elle ? Où était sa fenêtre, parmi ces bâtiments mystérieux ? Mais rien ne servirait à l'écolier de s'attarder. Il fallait partir. Une fois rentré à Sainte-Agathe, tout deviendrait plus clair ; il cesserait d'être un écolier évadé ; de nouveau il pourrait songer à la jeune châtelaine.

35   Une à une, les voitures s'en allaient ; les roues grinçaient sur le sable de la grande allée. Et, dans la nuit, on les voyait tourner et disparaître, chargées de femmes emmitouflées, d'enfants dans des fichus, qui déjà s'endormaient. Une grande carriole encore ; un char à bancs, où les femmes étaient serrées épaule contre épaule,
40   passa, laissant Meaulnes interdit, sur le seuil de la demeure. Il n'allait plus rester bientôt qu'une vieille berline que conduisait un paysan en blouse.

«Vous pouvez monter, répondit-il aux explications d'Augustin, nous allons dans cette direction.»

45   Péniblement Meaulnes ouvrit la portière de la vieille guimbarde [2], dont la vitre trembla et les gonds crièrent. Sur la banquette, dans un coin de la voiture, deux tout petits enfants,

---

1. *Un « amusard »* : un festoyeur.
2. *Guimbarde* : voiture usagée.

un garçon et une fille, dormaient. Ils s'éveillèrent au bruit et au froid, se détendirent, regardèrent vaguement, puis en frissonnant 50 se renfoncèrent dans leur coin et se rendormirent...

Déjà la vieille voiture partait. Meaulnes referma plus doucement la portière et s'installa avec précaution dans l'autre coin, puis, avidement[1], s'efforça de distinguer à travers la vitre les lieux qu'il allait quitter et la route par où il était venu : il devina, 55 malgré la nuit, que la voiture traversait la cour et le jardin, passait devant l'escalier de sa chambre, franchissait la grille et sortait du Domaine pour entrer dans les bois. Fuyant le long de la vitre, on distinguait vaguement les troncs des vieux sapins.

«Peut-être rencontrerons-nous Frantz de Galais», se disait 60 Meaulnes, le cœur battant.

Brusquement, dans le chemin étroit, la voiture fit un écart pour ne pas heurter un obstacle. C'était autant qu'on pouvait deviner dans la nuit à ses formes massives, une roulotte arrêtée presque au milieu du chemin et qui avait dû rester là, à proximité 65 de la fête, durant ces derniers jours.

Cet obstacle franchi, les chevaux repartis au trot, Meaulnes commençait à se fatiguer de regarder à la vitre, s'efforçant vainement de percer l'obscurité environnante, lorsque soudain, dans la profondeur du bois, il y eut un éclair, suivi d'une détonation. 70 Les chevaux partirent au galop et Meaulnes ne sut pas d'abord si le cocher en blouse s'efforçait de les retenir ou, au contraire, les excitait à fuir. Il voulut ouvrir la portière. Comme la poignée se trouvait à l'extérieur, il essaya vainement de baisser la glace, la secoua... les enfants, réveillés en peur, se serraient l'un contre 75 l'autre, sans rien dire. Et tandis qu'il secouait la vitre, le visage collé au carreau, il aperçut, grâce à un coude du chemin, une forme blanche qui courait. C'était, hagard et affolé, le grand pierrot de la fête, le bohémien en tenue de mascarade[2], qui

---

1. Avidement : avec un vif désir.

2. Mascarade : spectacle de masques, comédie.

portait dans ses bras un corps humain serré contre sa poitrine.
80 Puis tout disparut.

Dans la voiture qui fuyait au grand galop à travers la nuit, les deux enfants s'étaient rendormis. Personne à qui parler des événements mystérieux de ces deux jours. Après avoir longtemps repassé dans son esprit tout ce qu'il avait vu et entendu, plein de
85 fatigue et le cœur gros, le jeune homme lui aussi s'abandonna au sommeil, comme un enfant triste…

Ce n'était pas encore le petit jour lorsque, la voiture s'étant arrêtée sur la route, Meaulnes fut réveillé par quelqu'un qui cognait à la vitre. Le conducteur ouvrit péniblement la portière et cria,
90 tandis que le vent froid de la nuit glaçait l'écolier jusqu'aux os :

«Il va falloir descendre ici. Le jour se lève. Nous allons prendre la traverse. Vous êtes tout près de Sainte-Agathe.»

À demi replié, Meaulnes obéit, chercha vaguement, d'un geste inconscient, sa casquette, qui avait roulé sous les pieds des deux
95 enfants endormis, dans le coin le plus sombre de la voiture, puis il sortit en se baissant.

«Allons, au revoir, dit l'homme en remontant sur son siège. Vous n'avez plus que six kilomètres à faire. Tenez, la borne est là, au bord du chemin.»
100 Meaulnes, qui ne s'était pas encore arraché de son sommeil, marcha courbé en avant, d'un pas lourd, jusqu'à la borne et s'y assit, les bras croisés, la tête inclinée, comme pour se rendormir.

«Ah ! non, cria le voiturier. Il ne faut pas vous endormir là. Il fait trop froid. Allons, debout, marchez un peu…»
105 Vacillant comme un homme ivre, le grand garçon, les mains dans ses poches, les épaules rentrées, s'en alla lentement sur le chemin de Sainte-Agathe ; tandis que, dernier vestige de la fête mystérieuse, la vieille berline quittait le gravier de la route et s'éloignait, cahotant en silence, sur l'herbe de la traverse. On ne
110 voyait plus que le chapeau du conducteur, dansant au-dessus des clôtures…

DEUXIÈME PARTIE

Chapitre premier

Le grand jeu

Le grand vent et le froid, la pluie ou la neige, l'impossibilité où nous étions de mener à bien de longues recherches nous empêchèrent, Meaulnes et moi, de reparler du Pays perdu avant la fin de l'hiver. Nous ne pouvions rien commencer de sérieux,
5 durant ces brèves journées de février, ces jeudis sillonnés de bourrasques, qui finissaient régulièrement vers 5 heures par une morne[1] pluie glacée.

Rien ne nous rappelait l'aventure de Meaulnes sinon ce fait étrange que depuis l'après-midi de son retour nous n'avions plus
10 d'amis. Aux récréations, les mêmes jeux qu'autrefois s'organisaient, mais Jasmin ne parlait jamais plus au grand Meaulnes. Les soirs, aussitôt la classe balayée, la cour se vidait comme au temps où j'étais seul, et je voyais errer mon compagnon, du jardin au hangar et de la cour à la salle à manger.

15 Les jeudis[2] matin, chacun de nous installé sur le bureau d'une des deux salles de classe, nous lisions Rousseau[3] et Paul-Louis Courier[4] que nous avions dénichés dans les placards, entre des

---

1. *Morne* : triste.
2. Le jeudi était férié pour les écoliers.
3. *Jean-Jacques Rousseau* (1712-1778) : écrivain et philosophe français.
4. *Paul-Louis Courier* (1772-1825) : écrivain français, auteur de traductions du grec, d'écrits politiques et d'une riche correspondance.

méthodes d'anglais et des cahiers de musique finement recopiés. L'après-midi, c'était quelque visite qui nous faisait fuir l'apparte-
20 ment ; et nous regagnions l'école... Nous entendions parfois des groupes de grands élèves qui s'arrêtaient un instant, comme par hasard, devant le grand portail, le heurtaient en jouant à des jeux militaires incompréhensibles et puis s'en allaient... Cette triste vie se poursuivit jusqu'à la fin de février. Je commençais à croire que
25 Meaulnes avait tout oublié, lorsqu'une aventure, plus étrange que les autres, vint me prouver que je m'étais trompé et qu'une crise violente se préparait sous la surface morne de cette vie d'hiver.

Ce fut justement un jeudi soir, vers la fin du mois, que la première nouvelle du Domaine étrange, la première vague de cette
30 aventure dont nous ne reparlions pas arriva jusqu'à nous. Nous étions en pleine veillée. Mes grands-parents repartis, restaient seulement avec nous Millie et mon père, qui ne se doutaient nullement de la sourde[1] fâcherie par quoi toute la classe était divisée en deux clans.
35 À 8 heures, Millie qui avait ouvert la porte pour jeter dehors les miettes du repas fit :

«Ah !» d'une voix si claire que nous nous approchâmes pour regarder. Il y avait sur le seuil une couche de neige... Comme il faisait très sombre, je m'avançai de quelques pas dans la cour
40 pour voir si la couche était profonde. Je sentis des flocons légers qui me glissaient sur la figure et fondaient aussitôt. On me fit rentrer très vite et Millie ferma la porte frileusement.

À 9 heures, nous nous disposions à monter nous coucher ; ma mère avait déjà la lampe à la main, lorsque nous entendîmes très
45 nettement deux grands coups lancés à toute volée dans le portail, à l'autre bout de la cour. Elle replaça la lampe sur la table et nous restâmes tous debout, aux aguets, l'oreille tendue.

Il ne fallait pas songer à aller voir ce qui se passait. Avant d'avoir traversé seulement la moitié de la cour, la lampe eût été

---

1. *Sourde* : secrète.

50 éteinte et le verre brisé. Il y eut un court silence et mon père
commençait à dire que «c'était sans doute…», lorsque, tout juste
sous la fenêtre de la salle à manger, qui donnait, je l'ai dit, sur la
route de la gare, un coup de sifflet partit, strident et très prolongé,
qui dut s'entendre jusque dans la rue de l'église. Et, immédiate-
55 ment, derrière la fenêtre, à peine voilés par les carreaux, poussés
par des gens qui devaient être montés à la force des poignets sur
l'appui extérieur, éclatèrent des cris perçants.

«Amenez-le! Amenez-le!»

À l'autre extrémité du bâtiment, les mêmes cris répondirent.
60 Ceux-là avaient dû passer par le champ du père Martin[1]; ils
devaient être grimpés sur le mur bas qui séparait le champ de
notre cour.

Puis, vociférés à chaque endroit par huit ou dix inconnus
aux voix déguisées, les cris de : «Amenez-le!» éclatèrent succes-
65 sivement – sur le toit du cellier[2] qu'ils avaient dû atteindre en
escaladant un tas de fagots adossé au mur extérieur – sur un petit
mur qui joignait le hangar au portail et dont la crête arrondie
permettait de se mettre commodément à cheval – sur le mur grillé
de la route de la gare où l'on pouvait facilement monter… Enfin,
70 par-derrière, dans le jardin, une troupe retardataire arriva, qui fit
la même sarabande[3], criant cette fois :

«À l'abordage!»

Et nous entendions l'écho de leurs cris résonner dans les
salles de classe vides, dont ils avaient ouvert les fenêtres.
75 Nous connaissions si bien, Meaulnes et moi, les détours et les
passages de la grande demeure, que nous voyions très nettement,
comme sur un plan, tous les points où ces gens inconnus étaient
en train de l'attaquer.

---

1. *Le champ du père Martin* : voir le plan d'Épineuil, p. 120. On y recon-
naîtra tous les lieux mentionnés dans ce chapitre et le suivant.
2. *Cellier* : hangar où l'on conserve le vin.
3. *Sarabande* : danse.

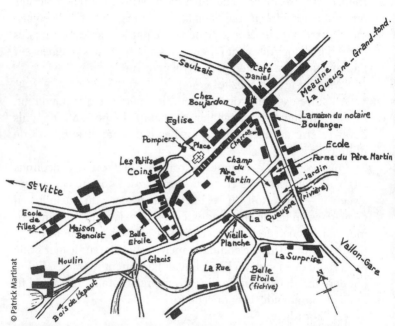

© Patrick Martinat

■ Épineuil-le-Fleuriel, vers 1890 (plan établi par Henri Lullier et reproduit par Patrick Martinat dans son ouvrage *Alain-Fournier, Destins inachevés*, Éditions CCB Royer, 1994, p. 304). Les descriptions du village de Sainte-Agathe reprennent très précisément la topographie du village d'enfance d'Alain-Fournier, Épineuil-le-Fleuriel, à l'exception de la ferme de la Belle Étoile : ce nom désigne une ferme réelle du village d'Épineuil (« Belle Étoile » sur le plan), mais Alain-Fournier la situe dans son roman au sud du village (« Belle Étoile fictive »).

À vrai dire, ce fut seulement au tout premier instant que nous
80 eûmes de l'effroi. Le coup de sifflet nous fit penser tous les quatre
à une attaque de rôdeurs et de bohémiens. Justement il y avait
depuis une quinzaine, sur la place, derrière l'église, un grand
malandrin[1] et un jeune garçon à la tête serrée dans des bandages.
Il y avait aussi, chez les charrons et les maréchaux, des ouvriers
85 qui n'étaient pas du pays.

Mais, dès que nous eûmes entendu les assaillants crier, nous
fûmes persuadés que nous avions affaire à des gens – et probablement à des jeunes gens – du bourg. Il y avait même certainement des gamins – on reconnaissait leurs voix suraiguës – dans la
90 troupe qui se jetait à l'assaut de notre demeure comme à l'abordage d'un navire.

«Ah! bien, par exemple…» s'écria mon père.

Et Millie demanda à mi-voix :

«Mais qu'est-ce que cela veut dire?» lorsque soudain les voix
95 du portail et du mur grillé – puis celles de la fenêtre – s'arrête-
rent. Deux coups de sifflets partirent derrière la croisée[2]. Les cris
des gens grimpés sur le cellier, comme ceux des assaillants du
jardin, décrurent progressivement, puis cessèrent ; nous entendîmes, le long du mur de la salle à manger, le frôlement de toute la
100 troupe qui se retirait en hâte et dont les pas étaient amortis par
la neige.

Quelqu'un évidemment les dérangeait. À cette heure où tout
dormait, ils avaient pensé mener en paix leur assaut contre cette
maison isolée à la sortie du bourg. Mais voici qu'on troublait leur
105 plan de campagne.

À peine avions-nous eu le temps de nous ressaisir – car l'attaque avait été soudaine comme un abordage bien conduit – et
nous disposions-nous à sortir, que nous entendîmes une voix
connue appeler à la petite grille :

---

1. *Malandrin* : vagabond, vaurien.
2. *Croisée* : fenêtre.

110   «Monsieur Seurel! Monsieur Seurel!»

C'était M. Pasquier, le boucher. Le gros petit homme racla ses sabots sur le seuil, secoua sa courte blouse saupoudrée de neige et entra. Il se donnait l'air finaud[1] et effaré de quelqu'un qui a surpris tout le secret d'une mystérieuse affaire :

115   «J'étais dans ma cour, qui donne sur la place des Quatre-Routes. J'allais fermer l'étable des chevreaux. Tout d'un coup, dressés sur la neige, qu'est-ce que je vois : deux grands gars qui semblaient faire sentinelle ou guetter quelque chose. Ils étaient vers la croix. Je m'avance : je fais deux pas – Hip! les voilà partis

120   au grand galop du côté de chez vous. Ah! je n'ai pas hésité, j'ai pris mon falot et j'ai dit : je vas aller raconter ça à M. Seurel…»

Et le voilà qui recommence son histoire :

«J'étais dans la cour derrière chez moi…» Sur ce, on lui offre une liqueur, qu'il accepte, et on lui demande des détails qu'il est

125   incapable de fournir.

Il n'avait rien vu en arrivant à la maison. Toutes les troupes mises en éveil par les deux sentinelles qu'il avait dérangées s'étaient éclipsées aussitôt. Quant à dire qui ces estafettes[2] pouvaient être…

130   «Ça pourrait bien être des bohémiens, avançait-il. Depuis bientôt un mois qu'ils sont sur la place, à attendre le beau temps pour jouer la comédie, ils ne sont pas sans avoir organisé quelque mauvais coup.»

Tout cela ne nous avançait guère et nous restions debout, fort

135   perplexes, tandis que l'homme sirotait la liqueur et de nouveau mimait son histoire, lorsque Meaulnes, qui avait écouté jusque-là fort attentivement, prit par terre le falot du boucher et décida :

«Il faut aller voir!»

Il ouvrit la porte et nous le suivîmes, M. Seurel, M. Pasquier

140   et moi.

---

1. *Finaud* : rusé.
2. *Estafettes* : dans une armée, porteurs d'une dépêche, agents de liaison.

Millie, déjà rassurée, puisque les assaillants étaient partis, et, comme tous les gens ordonnés et méticuleux, fort peu curieuse de sa nature, déclara :

«Allez-y si vous voulez. Mais fermez la porte et prenez la clef. Moi, je vais me coucher. Je laisserai la lampe allumée.»

Chapitre II

Nous tombons dans une embuscade

Nous partîmes sur la neige, dans un silence absolu. Meaulnes marchait en avant, projetant la lueur en éventail de sa lanterne grillagée... À peine sortions-nous par le grand portail que, derrière la bascule municipale, qui s'adossait au mur de notre préau, parti-rent d'un seul coup, comme perdreaux[1] surpris, deux individus encapuchonnés. Soit moquerie, soit plaisir causé par l'étrange jeu qu'ils jouaient là, soit excitation nerveuse et peur d'être rejoints, ils dirent en courant deux ou trois paroles coupées de rires.

Meaulnes laissa tomber sa lanterne dans la neige, en me criant :

«Suis-moi, François !... »

Et laissant là les deux hommes âgés incapables de soute-nir une pareille course, nous nous lançâmes à la poursuite des deux ombres, qui, après avoir un instant contourné le bas du bourg, en suivant le chemin de la Vieille-Planche, remontèrent délibérément vers l'église. Ils couraient régulièrement sans trop de hâte et nous n'avions pas de peine à les suivre. Ils traversèrent la rue de l'église où tout était endormi et silencieux, et s'enga-gèrent derrière le cimetière dans un dédale de petites ruelles et d'impasses.

---

1. *Perdreaux* : jeunes perdrix, oiseaux prisés des chasseurs.

C'était là un quartier de journaliers[1], de couturières et de tisserands, qu'on nommait les Petits-Coins. Nous le connaissions assez mal et nous n'y étions jamais venus la nuit. L'endroit était désert le jour : les journaliers absents, les tisserands enfermés ; et durant cette nuit de grand silence il paraissait plus abandonné, plus endormi encore que les autres quartiers du bourg. Il n'y avait donc aucune chance pour que quelqu'un survînt et nous prêtât main-forte.

Je ne connaissais qu'un chemin, entre ces petites maisons, posées au hasard comme des boîtes en carton, c'était celui qui menait chez la couturière qu'on surnommait «la Muette». On descendait d'abord une pente assez raide, dallée de place en place, puis après avoir tourné deux ou trois fois, entre des petites cours de tisserands ou des écuries vides, on arrivait dans une large impasse fermée par une cour de ferme depuis longtemps abandonnée. Chez la Muette, tandis qu'elle engageait avec ma mère une conversation silencieuse, les doigts frétillants, coupée seulement de petits cris d'infirme, je pouvais voir par la croisée le grand mur de la ferme, qui était la dernière maison de ce côté du faubourg, et la barrière toujours fermée de la cour sèche, sans paille, où jamais rien ne passait plus…

C'est exactement ce chemin que les deux inconnus suivirent. À chaque tournant, nous craignions de les perdre, mais, à ma surprise, nous arrivions toujours au détour de la ruelle suivante avant qu'ils l'eussent quittée. Je dis : à ma surprise, car le fait n'eût pas été possible, tant ces ruelles étaient courtes, s'ils n'avaient pas, chaque fois, tandis que nous les avions perdus de vue, ralenti leur allure.

Enfin, sans hésiter, ils s'engagèrent dans la rue qui menait chez la Muette, et je criai à Meaulnes :

«Nous les tenons, c'est une impasse !»

---

1. *Journaliers* : ouvriers agricoles rémunérés à la journée.

À vrai dire, c'étaient eux qui nous tenaient... Ils nous avaient conduits là où ils avaient voulu. Arrivés au mur, ils se retournèrent vers nous résolument et l'un des deux lança le même
55 coup de sifflet que nous avions déjà par deux fois entendu, ce soir-là.

Aussitôt une dizaine de gars sortirent de la cour de la ferme abandonnée où ils semblaient avoir été postés pour nous attendre. Ils étaient tous encapuchonnés, le visage enfoncé dans leurs
60 cache-nez...

Qui c'était, nous le savions d'avance, mais nous étions bien résolus à n'en rien dire à M. Seurel, que nos affaires ne regardaient pas. Il y avait Delouche, Denis, Giraudat et tous les autres. Nous reconnûmes dans la lutte leur façon de se battre et
65 leurs voix entrecoupées. Mais un point demeurait inquiétant et semblait presque effrayer Meaulnes : il y avait là quelqu'un que nous ne connaissions pas et qui paraissait être le chef...

Il ne touchait pas Meaulnes : il regardait manœuvrer ses soldats qui avaient fort à faire et qui, traînés dans la neige,
70 déguenillés[1] du haut en bas, s'acharnaient contre le grand gars essoufflé. Deux d'entre eux s'étaient occupés de moi, m'avaient immobilisé avec peine, car je me débattais comme un diable. J'étais par terre, les genoux pliés, assis sur les talons ; on me tenait les bras joints par-derrière, et je regardais la scène avec une
75 intense curiosité mêlée d'effroi.

Meaulnes s'était débarrassé de quatre garçons du Cours qu'il avait dégrafés de sa blouse en tournant vivement sur lui-même et en les jetant à toute volée dans la neige... Bien droit sur ses deux jambes, le personnage inconnu suivait avec intérêt, mais très
80 calme, la bataille, répétant de temps à autre d'une voix nette :

«Allez... Courage... Revenez-y... *Go on, my boys*[2]...»

---

1. *Déguenillés* : les habits déchirés.
2. *Go on, my boys* : «Allez-y, les gars», en anglais ; expression par laquelle Peter Pan encourage son armée d'enfants dans la pièce de théâtre de J. M. Barrie, *Peter Pan, ou le garçon qui ne voulait pas grandir* (1904).

C'était évidemment lui qui commandait… D'où venait-il ? Où et comment les avait-il entraînés à la bataille ? Voilà qui restait un mystère pour nous. Il avait, comme les autres, le visage enveloppé
85 dans un cache-nez, mais lorsque Meaulnes, débarrassé de ses adversaires, s'avança vers lui, menaçant, le mouvement qu'il fit pour y voir bien clair et faire face à la situation découvrit un morceau de linge blanc qui lui enveloppait la tête à la façon d'un bandage.

C'est à ce moment que je criai à Meaulnes :
90 « Prends garde par-derrière ! Il y en a un autre. »

Il n'eut pas le temps de se retourner que, de la barrière à laquelle il tournait le dos, un grand diable avait surgi et, passant habilement son cache-nez autour du cou de mon ami, le renversait en arrière. Aussitôt les quatre adversaires de Meaulnes qui
95 avaient piqué le nez dans la neige revenaient à la charge pour lui immobiliser bras et jambes, lui liaient les bras avec une corde, les jambes avec un cache-nez, et le jeune personnage à la tête bandée fouillait dans ses poches… Le dernier venu, l'homme au lasso, avait allumé une petite bougie qu'il protégeait de la main,
100 et chaque fois qu'il découvrait un papier nouveau, le chef allait auprès de ce lumignon[1] examiner ce qu'il contenait. Il déplia enfin cette espèce de carte couverte d'inscriptions à laquelle Meaulnes travaillait depuis son retour et s'écria avec joie :

« Cette fois nous l'avons. Voilà le plan ! Voilà le guide ! Nous
105 allons voir si ce monsieur est bien allé où je l'imagine… »

Son acolyte[2] éteignit la bougie. Chacun ramassa sa casquette ou sa ceinture. Et tous disparurent silencieusement comme ils étaient venus, me laissant libre de délier en hâte mon compagnon.

« Il n'ira pas très loin avec ce plan-là », dit Meaulnes en se
110 levant.

Et nous repartîmes lentement, car il boitait un peu. Nous retrouvâmes sur le chemin de l'église M. Seurel et le père Pasquier.

---

1. *Lumignon* : faible lampe.
2. *Acolyte* : complice.

«Vous n'avez rien vu? dirent-ils… Nous non plus!»

Grâce à la nuit profonde ils ne s'aperçurent de rien. Le
115 boucher nous quitta et M. Seurel rentra bien vite se coucher.

Mais nous deux, dans notre chambre, là-haut, à la lueur de
la lampe que Millie nous avait laissée, nous restâmes longtemps
à rafistoler nos blouses décousues, discutant à voix basse sur ce
qui nous était arrivé, comme deux compagnons d'armes le soir
120 d'une bataille perdue…

Chapitre III

Le bohémien à l'école

Le réveil du lendemain fut pénible. À huit heures et demie, à
l'instant où M. Seurel allait donner le signal d'entrer, nous arrivâmes tout essoufflés pour nous mettre sur les rangs. Comme nous
étions en retard, nous nous glissâmes n'importe où, mais d'ordi-
5 naire le grand Meaulnes était le premier de la longue file d'élèves,
coude à coude, chargés de livres, de cahiers et de porte-plume,
que M. Seurel inspectait.

Je fus surpris de l'empressement silencieux que l'on mit à nous
faire place vers le milieu de la file; et tandis que M. Seurel, retar-
10 dant de quelques secondes l'entrée au cours, inspectait le grand
Meaulnes, j'avançai curieusement la tête, regardant à droite et à
gauche pour voir les visages de nos ennemis de la veille.

Le premier que j'aperçus était celui-là même auquel je ne
cessais de penser, mais le dernier que j'eusse pu m'attendre à voir
15 en ce lieu. Il était à la place habituelle de Meaulnes, le premier
de tous, un pied sur la marche de pierre, une épaule et le coin
du sac qu'il avait sur le dos accotés au chambranle[1] de la porte.
Son visage fin, très pâle, un peu piqué de rousseur, était penché

---

1. *Au chambranle* : à l'encadrement.

et tourné vers nous avec une sorte de curiosité méprisante et
20 amusée. Il avait la tête et tout un côté de la figure bandés de linge
blanc. Je reconnaissais le chef de la bande, le jeune bohémien qui
nous avait volés la nuit précédente.

Mais déjà nous entrions dans la classe et chacun prenait sa
place. Le nouvel élève s'assit près du poteau, à la gauche du long
25 banc dont Meaulnes occupait, à droite, la première place. Giraudat, Delouche et les trois autres du premier banc s'étaient serrés
les uns contre les autres pour lui faire place, comme si tout eût
été convenu d'avance...

Souvent, l'hiver, passaient ainsi parmi nous des élèves de
30 hasard, mariniers[1] pris par les glaces dans le canal, apprentis,
voyageurs immobilisés par la neige. Ils restaient au cours deux
jours, un mois, rarement plus... Objets de curiosité durant la
première heure, ils étaient aussitôt négligés et disparaissaient
bien vite dans la foule des élèves ordinaires.

35 Mais celui-ci ne devait pas se faire aussitôt oublier. Je me
rappelle encore cet être singulier et tous les trésors étranges appor-
tés dans ce cartable qu'il s'accrochait au dos. Ce furent d'abord
les porte-plume «à vue» qu'il tira pour écrire sa dictée. Dans
un œillet du manche, en fermant un œil, on voyait apparaître,
40 trouble et grossie, la basilique de Lourdes ou quelque monument
inconnu. Il en choisit un et les autres aussitôt passèrent de main
en main. Puis ce fut un plumier chinois rempli de compas et
d'instruments amusants qui s'en allèrent par le banc de gauche,
glissant silencieusement, sournoisement, de main en main, sous
45 les cahiers, pour que M. Seurel ne pût rien voir.

Passèrent aussi des livres tout neufs, dont j'avais, avec convoi-
tise, lu les titres derrière la couverture des rares bouquins de
notre bibliothèque : *La Teppe aux merles*, *La Roche aux mouettes*,
Mon ami Benoist... Les uns feuilletaient d'une main sur leurs
50 genoux ces volumes, venus on ne savait d'où, volés peut-être, et

---

1. *Mariniers* : membres d'équipage d'une péniche.

écrivaient la dictée de l'autre main. D'autres faisaient tourner les compas au fond de leurs casiers. D'autres, brusquement, tandis que M. Seurel tournant le dos continuait la dictée en marchant du bureau à la fenêtre, fermaient un œil et se collaient sur l'autre la vue glauque et trouée de Notre-Dame-de-Paris. Et l'élève étranger, la plume à la main, son fin profil contre le poteau gris, clignait des yeux, content de tout ce jeu furtif qui s'organisait autour de lui.

Peu à peu cependant toute la classe s'inquiéta : les objets, qu'on «faisait passer» à mesure, arrivaient l'un après l'autre dans les mains du grand Meaulnes qui, négligemment, sans les regarder, les posait auprès de lui. Il y en eut bientôt un tas, mathématique et diversement coloré, comme aux pieds de la femme qui représente la Science, dans les compositions allégoriques[1]. Fatalement M. Seurel allait découvrir ce déballage insolite et s'apercevoir du manège. Il devait songer, d'ailleurs, à faire une enquête sur les événements de la nuit. La présence du bohémien allait faciliter sa besogne...

Bientôt, en effet, il s'arrêtait, surpris, devant le grand Meaulnes.

«À qui appartient tout cela ? demanda-t-il en désignant "tout cela" du dos de son livre refermé sur son index.

– Je n'en sais rien», répondait Meaulnes d'un ton bourru[2], sans lever la tête.

Mais l'écolier inconnu intervint :

«C'est à moi», dit-il.

Et il ajouta aussitôt avec un geste large et élégant de jeune seigneur auquel le vieil instituteur ne sut pas résister :

«Mais je les mets à votre disposition, monsieur, si vous voulez regarder.»

---

1. *Compositions allégoriques* : représentations de notions abstraites (les arts, la science, la liberté...) sous la forme de personnages humains accompagnés des attributs de la fonction (ici, les outils de la science).
2. *Bourru* : brusque.

80 Alors, en quelques secondes, sans bruit, comme pour ne pas
troubler le nouvel état de choses qui venait de se créer, toute la
classe se glissa curieusement autour du maître qui penchait sur
ce trésor sa tête demi-chauve, demi-frisée, et du jeune personnage
blême qui donnait avec un air de triomphe tranquille les expli-
85 cations nécessaires. Cependant, silencieux à son banc, complètement délaissé, le grand Meaulnes avait ouvert son cahier de
brouillons et, fronçant le sourcil, s'absorbait dans un problème
difficile…

Le «quart d'heure»[1] nous surprit dans ces occupations. La
90 dictée n'était pas finie et le désordre régnait dans la classe. À vrai
dire, depuis le matin la récréation durait.
À dix heures et demie, donc, lorsque la cour sombre et
boueuse fut envahie par les élèves, on s'aperçut bien vite qu'un
nouveau maître régnait sur les jeux.
95 De tous les plaisirs nouveaux que le bohémien, dès ce
matin-là, introduisit chez nous, je ne me rappelle que le plus
sanglant : c'était une espèce de tournoi où les chevaux étaient
les grands élèves chargés des plus jeunes grimpés sur leurs
épaules.
100 Partagés en deux groupes qui partaient des deux bouts de
la cour, ils fondaient les uns sur les autres, cherchant à terrasser
l'adversaire par la violence du choc, et les cavaliers, usant de
cache-nez comme de lassos, ou de leurs bras tendus comme de
lances, s'efforçaient de désarçonner leurs rivaux. Il y en eut dont
105 on esquivait le choc et qui, perdant l'équilibre, allaient s'étaler
dans la boue, le cavalier roulant sous sa monture. Il y eut des
écoliers à moitié désarçonnés que le cheval rattrapait par les
jambes et qui, de nouveau acharnés à la lutte, regrimpaient sur
ses épaules. Monté sur le grand Delage qui avait des membres
110 démesurés, le poil roux et les oreilles décollées, le mince cavalier

---

1. *Le « quart d'heure »* : la récréation.

à la tête bandée excitait les deux troupes rivales et dirigeait malignement[1] sa monture en riant aux éclats.

Augustin, debout sur le seuil de la classe, regardait d'abord avec mauvaise humeur s'organiser ces jeux. Et j'étais auprès de lui, indécis.

«C'est un malin, dit-il entre ses dents, les mains dans les poches. Venir ici, dès ce matin, c'était le seul moyen de n'être pas soupçonné. Et M. Seurel s'y est laissé prendre!»

Il resta là un long moment, sa tête rase au vent, à maugréer[2] contre ce comédien qui allait faire assommer tous ces gars dont il avait été peu de temps auparavant le capitaine. Et, enfant paisible que j'étais, je ne manquais pas de l'approuver.

Partout, dans tous les coins, en l'absence du maître se poursuivait la lutte : les plus petits avaient fini par grimper les uns sur les autres ; ils couraient et culbutaient avant même d'avoir reçu le choc de l'adversaire... Bientôt il ne resta plus debout, au milieu de la cour, qu'un groupe acharné et tourbillonnant d'où surgissait par moments le bandeau blanc du nouveau chef.

Alors le grand Meaulnes ne sut plus résister. Il baissa la tête, mit ses mains sur ses cuisses et me cria :

«Allons-y, François!»

Surpris par cette décision soudaine, je sautai pourtant sans hésiter sur ses épaules et en une seconde nous étions au fort de la mêlée[3], tandis que la plupart des combattants, éperdus, fuyaient en criant :

«Voilà Meaulnes! Voilà le grand Meaulnes!»

Au milieu de ceux qui restaient il se mit à tourner sur lui-même en me disant :

«Étends les bras : empoigne-les comme j'ai fait cette nuit.»

Et moi, grisé par la bataille, certain du triomphe, j'agrippais au passage les gamins qui se débattaient, oscillaient un instant

---

1. *Malignement* : avec une ruse mêlée de méchanceté.
2. *Maugréer* : ronchonner.
3. *Au fort de la mêlée* : au cœur de la bataille.

sur les épaules des grands et tombaient dans la boue. En moins
de rien il ne resta debout que le nouveau venu monté sur Delage ;
mais celui-ci, peu désireux d'engager la lutte avec Augustin, d'un
145 violent coup de reins en arrière se redressa et fit descendre le
cavalier blanc.

La main à l'épaule de sa monture, comme un capitaine tient
le mors de son cheval, le jeune garçon debout par terre regarda
le grand Meaulnes avec un peu de saisissement et une immense
150 admiration :

« À la bonne heure ! » dit-il.

Mais aussitôt la cloche sonna, dispersant les élèves qui
s'étaient rassemblés autour de nous dans l'attente d'une scène
curieuse. Et Meaulnes, dépité[1] de n'avoir pu jeter à terre son
155 ennemi, tourna le dos en disant, avec mauvaise humeur :

« Ce sera pour une autre fois ! »

Jusqu'à midi, la classe continua comme à l'approche des
vacances, mêlée d'intermèdes amusants et de conversations dont
l'écolier-comédien était le centre.
160 Il expliquait comment, immobilisés par le froid sur la place,
ne songeant pas même à organiser des représentations nocturnes
où personne ne viendrait, ils avaient décidé que lui-même irait
au cours pour se distraire pendant la journée, tandis que son
compagnon soignerait les oiseaux des îles et la chèvre savante.
165 Puis il racontait leurs voyages dans le pays environnant, alors
que l'averse tombe sur le mauvais toit de zinc[2] de la voiture et
qu'il faut descendre aux côtes pour pousser à la roue. Les élèves
du fond quittaient leur table pour venir écouter de plus près.
Les moins romanesques profitaient de cette occasion pour se
170 chauffer autour du poêle. Mais bientôt la curiosité les gagnait
et ils se rapprochaient du groupe bavard en tendant l'oreille,

---

1. *Dépité* : déçu.
2. *Zinc* : métal léger.

laissant une main posée sur le couvercle du poêle pour y garder leur place.

«Et de quoi vivez-vous?» demanda M. Seurel, qui suivait tout
175 cela avec sa curiosité un peu puérile de maître d'école et qui posait une foule de questions.

Le garçon hésita un instant, comme si jamais il ne s'était inquiété de ce détail.

«Mais, répondit-il, de ce que nous avons gagné l'automne
180 precedent, je pense. C'est Ganache qui règle les comptes.»

Personne ne lui demanda qui était Ganache. Mais moi je pensai au grand diable, qui traîtreusement, la veille au soir, avait attaqué Meaulnes par-derrière et l'avait renversé...

Chapitre IV

Où il est question
du domaine mystérieux

L'après-midi ramena les mêmes plaisirs et, tout le long du cours, le même désordre et la même fraude. Le bohémien avait apporté d'autres objets précieux, coquillages, jeux, chansons, et jusqu'à un petit singe qui griffait sourdement l'intérieur de sa
5 gibecière[1]... À chaque instant, il fallait que M. Seurel s'interrompît pour examiner ce que le malin garçon venait de tirer de son sac... Quatre heures arrivèrent et Meaulnes était le seul à avoir fini ses problèmes.

Ce fut sans hâte que tout le monde sortit. Il n'y avait plus,
10 semblait-il, entre les heures de cours et de récréation, cette dure démarcation qui faisait la vie scolaire simple et réglée comme par la succession de la nuit et du jour. Nous en oubliâmes même de désigner comme d'ordinaire à M. Seurel, vers quatre heures moins

---

1. *Gibecière* : grand sac porté en bandoulière.

dix, les deux élèves qui devaient rester pour balayer la classe. Or,
15 nous n'y manquions jamais car c'était une façon d'annoncer et
de hâter la sortie du cours.

Le hasard voulut que ce fût ce jour-là le tour du grand Meaulnes ; et dès le matin j'avais, en causant avec lui, averti le bohémien
que les nouveaux étaient toujours désignés d'office pour faire le
20 second balayeur, le jour de leur arrivée.

Meaulnes revint en classe dès qu'il eut été chercher le pain
de son goûter. Quant au bohémien, il se fit longtemps attendre
et arriva le dernier, en courant, comme la nuit commençait de
tomber…

25 «Tu resteras dans la classe, m'avait dit mon compagnon, et
pendant que je le tiendrai, tu lui reprendras le plan qu'il m'a
volé.»

Je m'étais donc assis sur une petite table, auprès de la fenêtre,
lisant à la dernière lueur du jour, et je les vis tous les deux dépla-
30 cer en silence les bancs de l'école – le grand Meaulnes, taciturne[1]
et l'air dur, sa blouse noire boutonnée à trois boutons en arrière
et sanglée à la ceinture ; l'autre, délicat, nerveux, la tête bandée
comme un blessé. Il était vêtu d'un mauvais paletot, avec des
déchirures que je n'avais pas remarquées pendant le jour. Plein
35 d'une ardeur presque sauvage, il soulevait et poussait les tables
avec une précipitation folle, en souriant un peu. On eût dit qu'il
jouait là quelque jeu extraordinaire dont nous ne connaissions
pas le fin mot.

Ils arrivèrent ainsi dans le coin le plus obscur de la salle, pour
40 déplacer la dernière table.

En cet endroit, d'un tour de main, Meaulnes pouvait renverser
son adversaire, sans que personne du dehors eût chance de les
apercevoir ou de les entendre par les fenêtres. Je ne comprenais
pas qu'il laissât échapper une pareille occasion. L'autre, revenu
45 près de la porte, allait s'enfuir d'un instant à l'autre, prétextant

---

1. *Taciturne* : silencieux, renfermé.

que la besogne était terminée, et nous ne le reverrions plus. Le plan et tous les renseignements que Meaulnes avait mis si longtemps à retrouver, à concilier, à réunir, seraient perdus pour nous...

50 À chaque seconde, j'attendais de mon camarade un signe, un mouvement, qui m'annonçât le début de la bataille, mais le grand garçon ne bronchait pas. Par instants, seulement, il regardait avec une fixité étrange et d'un air interrogatif le bandeau du bohémien, qui, dans la pénombre de la nuit, paraissait largement
55 taché de noir.

La dernière table fut déplacée sans que rien arrivât.

Mais au moment où, remontant tous les deux vers le haut de la classe, ils allaient donner sur le seuil un dernier coup de balai, Meaulnes, baissant la tête, et sans regarder notre ennemi, dit à
60 mi-voix :

«Votre bandeau est rouge de sang et vos habits sont déchirés.»

L'autre le regarda un instant, non pas surpris de ce qu'il disait, mais profondément ému de le lui entendre dire.

«Ils ont voulu, répondit-il, m'arracher votre plan tout à
65 l'heure, sur la place. Quand ils ont su que je voulais revenir ici balayer la classe, ils ont compris que j'allais faire la paix avec vous, ils se sont révoltés contre moi. Mais je l'ai tout de même sauvé», ajouta-t-il fièrement, en tendant à Meaulnes le précieux papier plié.

70 Meaulnes se tourna lentement vers moi :

«Tu entends ? dit-il. Il vient de se battre et de se faire blesser pour nous, tandis que nous lui tendions un piège !»

Puis cessant d'employer ce «vous» insolite chez des écoliers de Sainte-Agathe :

75 «Tu es un vrai camarade», dit-il, et il lui tendit la main.

Le comédien la saisit et demeura sans parole une seconde, très troublé, la voix coupée... Mais bientôt avec une curiosité ardente il poursuivit :

«Ainsi vous me tendiez un piège! Que c'est amusant! Je
80 l'avais deviné et je me disais : ils vont être bien étonnés, quand,
m'ayant repris ce plan, ils s'apercevront que je l'ai complété...

– Complété?

– Oh! attendez! Pas entièrement...»

Quittant ce ton enjoué, il ajouta gravement et lentement, se
85 rapprochant de nous :

«Meaulnes, il est temps que je vous le dise : moi aussi je suis
allé là où vous avez été. J'assistais à cette fête extraordinaire. J'ai
bien pensé, quand les garçons du Cours m'ont parlé de votre
aventure mystérieuse, qu'il s'agissait du vieux Domaine perdu.
90 Pour m'en assurer je vous ai volé votre carte... Mais je suis
comme vous : j'ignore le nom de ce château ; je ne saurais pas y
retourner ; je ne connais pas en entier le chemin qui d'ici vous y
conduirait.»

Avec quel élan, avec quelle intense curiosité, avec quelle
95 amitié nous nous pressâmes contre lui! Avidement Meaulnes lui
posait des questions... Il nous semblait à tous deux qu'en insis-
tant ardemment[1] auprès de notre nouvel ami, nous lui ferions
dire cela même qu'il prétendait ne pas savoir.

«Vous verrez, vous verrez, répondait le jeune garçon avec un
100 peu d'ennui et d'embarras, je vous ai mis sur le plan quelques
indications que vous n'aviez pas... C'est tout ce que je pouvais
faire.»

Puis, nous voyant plein d'admiration et d'enthousiasme :

«Oh! dit-il, tristement et fièrement, je préfère vous avertir :
105 je ne suis pas un garçon comme les autres. Il y a trois mois, j'ai
voulu me tirer une balle dans la tête et c'est ce qui vous explique ce bandeau sur le front, comme un mobile de la Seine, en
1870...[2].

---

1. *Ardemment* : fortement.

2. *Comme un mobile de la Seine, en 1870* : c'est-à-dire comme un soldat
mutiné. Après la défaite française de 1870 contre la Prusse, les gardes natio-
naux mobiles résistèrent activement à l'invasion du pays par l'ennemi. Mais
cette armée de réserve, composée de civils issus du peuple, était très indisci-

« – Et ce soir, en vous battant, la plaie s'est rouverte», dit Meaulnes avec amitié.

Mais l'autre, sans y prendre garde, poursuivit d'un ton légèrement emphatique[1] :

«Je voulais mourir. Et puisque je n'ai pas réussi, je ne continuerai à vivre que pour l'amusement, comme un enfant, comme un bohémien. J'ai tout abandonné. Je n'ai plus ni père, ni sœur, ni maison, ni amour... Plus rien, que des compagnons de jeux.

– Ces compagnons-là vous ont déjà trahi – dis-je.

– Oui, répondit-il avec animation. C'est la faute d'un certain Delouche. Il a deviné que j'allais faire cause commune avec vous. Il a démoralisé ma troupe qui était si bien en main. Vous avez vu cet abordage, hier au soir, comme c'était conduit, comme ça marchait! Depuis mon enfance, je n'avais rien organisé d'aussi réussi...»

Il resta songeur un instant, et il ajouta pour nous désabuser[2] tout à fait sur son compte :

«Si je suis venu vers vous deux, ce soir, c'est que – je m'en suis aperçu ce matin – il y a plus de plaisir à prendre avec vous qu'avec la bande de tous les autres. C'est ce Delouche surtout qui me déplaît. Quelle idée de faire l'homme à dix-sept ans! Rien ne me dégoûte davantage... Pensez-vous que nous puissions le repincer?

– Certes, dit Meaulnes. Mais resterez-vous longtemps avec nous?

– Je ne sais pas. Je le voudrais beaucoup. Je suis terriblement seul. Je n'ai que Ganache...»

plinée et une partie des gardes mobiles chargés de la défense de Paris – les *mobiles de la Seine* – refusa de réprimer l'insurrection populaire qui suivit la défaite : la Commune de Paris. Pour marquer leur soutien aux «communards», ces gardes mobiles révoltés s'entourèrent la tête d'un bandeau. Frantz de Galais, esprit fantasque et amateur de déguisement, fait de son bandage un emblème anarchiste.

1. *Emphatique* : solennel, grandiloquent.

2. *Désabuser* : détromper.

Toute sa fièvre, tout son enjouement[1] étaient tombés soudain. Un instant, il plongea dans ce même désespoir où sans doute, un jour, l'idée de se tuer l'avait surpris.

«Soyez mes amis, dit-il soudain. Voyez : je connais votre secret
140 et je l'ai défendu contre tous. Je puis vous remettre sur la trace que vous avez perdue...»

Et il ajouta presque solennellement :

«Soyez mes amis pour le jour où je serais encore à deux doigts de l'enfer comme une fois déjà... Jurez-moi que vous répondrez
145 quand je vous appellerai – quand je vous appellerai ainsi... (et il poussa une sorte de cri étrange : Hou-ou !...). Vous, Meaulnes, jurez d'abord !»

Et nous jurâmes, car, enfants que nous étions, tout ce qui était plus solennel et plus sérieux que nature, nous séduisait.

150 «En retour, dit-il, voici maintenant tout ce que je puis vous dire : je vous indiquerai la maison de Paris où la jeune fille du château avait l'habitude de passer les fêtes : Pâques et la Pentecôte, le mois de juin et quelquefois une partie de l'hiver.»

À ce moment une voix inconnue appela du grand portail,
155 à plusieurs reprises, dans la nuit. Nous devinâmes que c'était Ganache, le bohémien qui n'osait pas ou ne savait comment traverser la cour. D'une voix pressante, anxieuse, il appelait tantôt très haut, tantôt presque bas :

«Hou-ou ! Hou-ou !
160 – Dites ! Dites vite !» cria Meaulnes au jeune bohémien qui avait tressailli et qui rajustait ses habits pour partir.

Le jeune garçon nous donna rapidement une adresse à Paris, que nous répétâmes à mi-voix. Puis il courut, dans l'ombre, rejoindre son compagnon à la grille, nous laissant dans un état
165 de trouble inexprimable.

---

1. *Enjouement* : bonne humeur.

Chapitre V

L'homme aux espadrilles[1]

Cette nuit-là, vers 3 heures du matin, la veuve Delouche, l'aubergiste, qui habitait dans le milieu du bourg, se leva pour allumer son feu. Dumas, son beau-frère, qui habitait chez elle, devait partir en route à 4 heures, et la triste bonne femme, dont
5 la main droite était recroquevillée par une brûlure ancienne, se hâtait dans la cuisine obscure pour préparer le café. Il faisait froid. Elle mit sur sa camisole[2] un vieux fichu, puis tenant d'une main sa bougie allumée, abritant la flamme de l'autre main – la mauvaise – avec son tablier levé, elle traversa la cour encombrée
10 de bouteilles vides et de caisses à savon, ouvrit pour y prendre du petit-bois la porte du bûcher[3] qui servait de cabane aux poules... Mais à peine avait-elle poussé la porte que, d'un coup de casquette si violent qu'il fit ronfler l'air, un individu surgissant de l'obscurité profonde éteignit la chandelle, abattit du même
15 coup la bonne femme et s'enfuit à toutes jambes, tandis que les poules et les coqs affolés menaient un tapage infernal.

L'homme emportait dans un sac – comme la veuve Delouche retrouvant son aplomb s'en aperçut un instant plus tard – une douzaine de ses poulets les plus beaux.

20 Aux cris de sa belle-sœur, Dumas était accouru. Il constata que le chenapan, pour entrer, avait dû ouvrir avec une fausse clef la porte de la petite cour et qu'il s'était enfui, sans la refermer, par le même chemin. Aussitôt, en homme habitué aux braconniers[4] et aux chapardeurs[5], il alluma le falot de sa voiture, et le
25 prenant d'une main, son fusil chargé de l'autre, il s'efforça de

---

1. *Espadrilles* : chaussures légères en toile.
2. *Camisole* : chemise de nuit.
3. *Bûcher* : petit hangar où l'on entrepose le bois.
4. *Braconniers* : personnes pratiquant la chasse illégalement.
5. *Chapardeurs* : personnes qui commettent de petits vols.

suivre la trace du voleur, trace très imprécise – l'individu devait être chaussé d'espadrilles – qui le mena sur la route de la gare puis se perdit devant la barrière d'un pré. Forcé d'arrêter là ses recherches, il releva la tête, s'arrêta... et entendit au loin, sur la
30 même route, le bruit d'une voiture lancée au grand galop, qui s'enfuyait...

De son côté, Jasmin Delouche, le fils de la veuve, s'était levé et, jetant en hâte un capuchon sur ses épaules, il était sorti en chaussons pour inspecter le bourg. Tout dormait, tout était plongé
35 dans l'obscurité et le silence profond qui précèdent les premières lueurs du jour. Arrivé aux Quatre-Routes, il entendit seulement – comme son oncle – très loin, sur la colline des Riaudes, le bruit d'une voiture dont le cheval devait galoper les quatre pieds levés. Garçon malin et fanfaron[1], il se dit alors, comme il nous le répéta
40 par la suite avec l'insupportable grasseyement[2] des faubourgs de Montluçon[3] :

«Ceux-là sont partis vers la gare, mais il n'est pas dit que je n'en "chaufferai" pas d'autres[4], de l'autre côté du bourg.»

Et il rebroussa chemin vers l'église, dans le même silence
45 nocturne.

Sur la place, dans la roulotte des bohémiens, il y avait une lumière. Quelqu'un de malade sans doute. Il allait s'approcher, pour demander ce qui était arrivé, lorsqu'une ombre silencieuse, une ombre chaussée d'espadrilles, déboucha des Petits-Coins
50 et accourut au galop, sans rien voir, vers le marchepied de la voiture...

Jasmin, qui avait reconnu l'allure de Ganache, s'avança soudain dans la lumière et demanda à mi-voix :

«Eh bien ! Qu'y a-t-il ?»

---

1. *Fanfaron* : vantard.
2. *Grasseyement* : prononciation vulgaire.
3. *Montluçon* : ville de l'Allier, au sud du Cher.
4. *Que je n'en «chaufferai» pas d'autres* : que je n'en prendrai pas d'autres sur le fait.

55 Hagard, échevelé, édenté, l'autre s'arrêta, le regarda, avec un rictus[1] misérable causé par l'effroi et la suffocation[2], et répondit d'une haleine hachée : .

«C'est le compagnon qui est malade... Il s'est battu hier au soir et sa blessure s'est rouverte... Je viens d'aller chercher la 60 sœur[3].»

En effet, comme Jasmin Delouche, fort intrigué, rentrait chez lui pour se recoucher, il rencontra, vers le milieu du bourg, une religieuse qui se hâtait.

Au matin, plusieurs habitants de Sainte-Agathe sortirent sur 65 le seuil de leurs portes avec les mêmes yeux bouffis et meurtris par une nuit sans sommeil. Ce fut, chez tous, un cri d'indignation et, par le bourg, comme une traînée de poudre.

Chez Giraudat, on avait entendu, vers 2 heures du matin, une carriole qui s'arrêtait et dans laquelle on chargeait en 70 hâte des paquets qui tombaient mollement. Il n'y avait, dans la maison, que deux femmes et elles n'avaient pas osé bouger. Au jour, elles avaient compris, en ouvrant la basse-cour, que les paquets en question étaient les lapins et la volaille... Millie, durant la première récréation, trouva devant la porte de la 75 buanderie plusieurs allumettes à demi brûlées. On en conclut qu'ils étaient mal renseignés sur notre demeure et n'avaient pu entrer... Chez Perreux, chez Boujardon et chez Clément, on crut d'abord qu'ils avaient volé aussi les cochons, mais on les retrouva dans la matinée, occupés à déterrer des salades, dans 80 différents jardins. Tout le troupeau avait profité de l'occasion et de la porte ouverte pour faire une petite promenade nocturne... Presque partout on avait enlevé la volaille; mais on s'en était tenu là. Mme Pignot, la boulangère, qui ne faisait pas d'élevage,

---

1. *Rictus* : sourire grimaçant.

2. *Suffocation* : essoufflement.

3. *Sœur* : dans les campagnes, les religieuses servaient souvent d'infirmières.

cria bien toute la journée qu'on lui avait volé son battoir[1] et une
livre d'indigo[2], mais le fait ne fut jamais prouvé, ni inscrit sur le
procès-verbal…

Cet affolement, cette crainte, ce bavardage durèrent tout le
matin. En classe, Jasmin raconta son aventure de la nuit :

«Ah ! ils sont malins, disait-il. Mais si mon oncle en avait
rencontré un, il l'a bien dit : "Je le fusillais comme un lapin !" »

Et il ajoutait en nous regardant :

«C'est heureux qu'il n'ait pas rencontré Ganache, il était
capable de tirer dessus. C'est tous la même race, qu'il dit, et
Dessaigne le disait aussi.»

Personne cependant ne songeait à inquiéter nos nouveaux
amis. C'est le lendemain soir seulement que Jasmin fit remarquer à son oncle que Ganache, comme leur voleur, était chaussé
d'espadrilles. Ils furent d'accord pour trouver qu'il valait la peine
de dire cela aux gendarmes. Ils décidèrent donc, en grand secret,
d'aller dès leur premier loisir[3] au chef-lieu de canton prévenir le
brigadier de la gendarmerie.

Durant les jours qui suivirent, le jeune bohémien, malade de
sa blessure légèrement rouverte, ne parut pas.

Sur la place de l'église, le soir, nous allions rôder, rien que
pour voir sa lampe derrière le rideau rouge de la voiture. Pleins
d'angoisse et de fièvre, nous restions là, sans oser approcher de
l'humble bicoque[4], qui nous paraissait être le mystérieux passage
et l'antichambre[5] du Pays dont nous avions perdu le chemin.

---

1. *Battoir* : instrument en bois servant à battre le linge.
2. *Indigo* : teinture bleue.
3. *Loisir* : temps libre.
4. *Bicoque* : petite maison misérable.
5. *Antichambre* : hall d'entrée, pièce qui donne accès à une pièce plus importante.

Chapitre VI

Une dispute dans la coulisse

Tant d'anxiétés et de troubles divers, durant ces jours passés, nous avaient empêchés de prendre garde que mars était venu et que le vent avait molli. Mais le troisième jour après cette aventure, en descendant, le matin, dans la cour, brusquement
5 je compris que c'était le printemps. Une brise délicieuse comme une eau tiédie coulait par-dessus le mur, une pluie silencieuse avait mouillé la nuit les feuilles des pivoines[1]; la terre remuée du jardin avait un goût puissant, et j'entendais, dans l'arbre voisin de la fenêtre, un oiseau qui essayait d'apprendre la musique…
10 Meaulnes, à la première récréation, parla d'essayer tout de suite l'itinéraire qu'avait précisé l'écolier-bohémien. À grand-peine je lui persuadai d'attendre que nous eussions revu notre ami, que le temps fût sérieusement au beau… que tous les pruniers de Sainte Agathe fussent en fleur. Appuyés contre le mur bas de la
15 petite ruelle, les mains aux poches et nu-tête, nous parlions et le vent tantôt nous faisait frissonner de froid, tantôt, par bouffées de tiédeur, réveillait en nous je ne sais quel vieil enthousiasme profond. Ah! frère, compagnon, voyageur comme nous étions persuadés, tous deux, que le bonheur était proche, et qu'il allait
20 suffire de se mettre en chemin pour l'atteindre!…

À midi et demi, pendant le déjeuner, nous entendîmes un roulement de tambour sur la place des Quatre-Routes. En un clin d'œil, nous étions sur le seuil de la petite grille, nos serviettes à la main… C'était Ganache qui annonçait pour le soir, à
25 8 heures, «vu le beau temps», une grande représentation sur la place de l'église. À tout hasard, «pour se prémunir[2] contre la pluie», une tente serait dressée. Suivait un long programme des

---

1. *Pivoines* : grosses fleurs rouges ou blanches qui fleurissent en mai ou en juin.
2. *Prémunir* : protéger.

attractions, que le vent emporta, mais où nous pûmes distinguer vaguement «pantomimes... chansons... fantaisies équestres...», le tout scandé[1] par de nouveaux roulements de tambour.

Pendant le dîner du soir, la grosse caisse, pour annoncer la séance, tonna sous nos fenêtres et fit trembler les vitres. Bientôt après, passèrent, avec un bourdonnement de conversations, les gens des faubourgs, par petits groupes, qui s'en allaient vers la place de l'église. Et nous étions là, tous deux, forcés de rester à table, trépignant d'impatience !

Vers 9 heures, enfin, nous entendîmes des frottements de pieds et des rires étouffés à la petite grille : les institutrices venaient nous chercher. Dans l'obscurité complète nous partîmes en bande vers le lieu de la comédie. Nous apercevions de loin le mur de l'église illuminé comme par un grand feu. Deux quinquets[2] allumés devant la porte de la baraque ondulaient au vent...

À l'intérieur, des gradins étaient aménagés comme dans un cirque. M. Seurel, les institutrices, Meaulnes et moi nous nous installâmes sur les bancs les plus bas. Je revois ce lieu, qui devait être fort étroit, comme un cirque véritable, avec de grandes nappes d'ombre où s'étageaient Mme Pignot, la boulangère, et Fernande, l'épicière, les filles du bourg, les ouvriers maréchaux, des dames, des gamins, des paysans, d'autres gens encore.

La représentation était avancée plus qu'à moitié. On voyait sur la piste une petite chèvre savante qui bien docilement mettait ses pieds sûr quatre verres, puis sur deux, puis sur un seul. C'était Ganache, qui la commandait doucement, à petits coups de baguette, en regardant vers nous d'un air inquiet, la bouche ouverte, les yeux morts.

Assis sur un tabouret, près de deux autres quinquets, à l'endroit où la piste communiquait avec la roulotte, nous reconnûmes, en fin maillot noir, front bandé, le meneur de jeu, notre ami.

---

1. *Scandé* : marqué, rythmé.
2. *Quinquets* : lampes à huile ou à pétrole.

À peine étions-nous assis que bondissait sur la piste un poney
60 tout harnaché à qui le jeune personnage blessé fit faire plusieurs
tours, et qui s'arrêtait toujours devant l'un de nous lorsqu'il fallait
désigner la personne la plus aimable ou la plus brave de la société ;
mais toujours devant Mme Pignot lorsqu'il s'agissait de découvrir la plus menteuse, la plus avare ou «la plus amoureuse...» Et
65 c'étaient autour d'elle des rires, des cris et des coin-coin, comme
dans un troupeau d'oies que pourchasse un épagneul !

À l'entracte, le meneur de jeu vint s'entretenir un instant avec
M. Seurel, qui n'eût pas été plus fier d'avoir parlé à Talma[1] ou
à Léotard[2] ; et nous, nous écoutions avec un intérêt passionné
70 tout ce qu'il disait : de sa blessure – refermée ; de ce spectacle
– préparé durant les longues journées d'hiver ; de leur départ –
qui ne serait pas avant la fin du mois, car ils pensaient donner
jusque-là des représentations variées et nouvelles.

Le spectacle devait se terminer par une grande pantomime.

75 Vers la fin de l'entracte, notre ami nous quitta, et, pour regagner
l'entrée de la roulotte, fut obligé de traverser un groupe qui avait
envahi la piste et au milieu duquel nous aperçûmes soudain Jasmin
Delouche. Les femmes et les filles s'écartèrent. Ce costume noir,
cet air blessé, étrange et brave, les avaient toutes séduites. Quant
80 à Jasmin, qui paraissait revenir à cet instant d'un voyage, et qui
s'entretenait à voix basse mais animée avec Mme Pignot, il était
évident qu'une cordelière, un col bas et des pantalons éléphant[3]
eussent fait plus sûrement sa conquête... Il se tenait les pouces au
revers de son veston, dans une attitude à la fois très fate[4] et très
85 gênée. Au passage du bohémien, dans un mouvement de dépit,

---

1. *François-Joseph Talma* (1763-1826) : comédien célèbre, acteur favori
de Napoléon Ier.
2. *Jules Léotard* (1837-1870) : acrobate célèbre, inventeur du trapèze
volant.
3. *Une cordelière, un col bas et des pantalons éléphant* : habit caractéristique des mauvais garçons.
4. *Fate* : prétentieuse.

il dit à haute voix à Mme Pignot quelque chose que je n'entendis pas, mais certainement une injure, un mot provocant à l'adresse de notre ami. Ce devait être une menace grave et inattendue, car le jeune homme ne put s'empêcher de se retourner et de regarder
90 l'autre, qui, pour ne pas perdre contenance, ricanait, poussait ses voisins du coude, comme pour les mettre de son côté… Tout ceci se passa d'ailleurs en quelques secondes. Je fus sans doute le seul de mon banc à m'en apercevoir.

Le meneur de jeu rejoignit son compagnon derrière le rideau qui
95 masquait l'entrée de la roulotte. Chacun regagna sa place sur les gradins, croyant que la deuxième partie du spectacle allait aussitôt commencer, et un grand silence s'établit. Alors, derrière le rideau, tandis que s'apaisaient les dernières conversations à voix basse, un bruit de dispute monta. Nous n'entendions pas ce qui était dit,
100 mais nous reconnûmes les deux voix, celle du grand gars et celle du jeune homme – la première qui expliquait, qui se justifiait ; l'autre qui gourmandait[1], avec indignation et tristesse à la fois :

«Mais malheureux ! disait celle-ci, pourquoi ne m'avoir pas dit… »
105 Et nous ne distinguions pas la suite, bien que tout le monde prêtât l'oreille. Puis tout se tut, soudainement. l'altercation se poursuivit à voix basse ; et les gamins des hauts gradins commencèrent à crier :

«Les lampions, le rideau ! » et à frapper du pied.

Chapitre VII

Le bohémien enlève son bandeau

Enfin glissa lentement, entre les rideaux, la face – sillonnée de rides, tout écarquillée tantôt par la gaieté tantôt par la détresse, et semée de pains à cacheter[2] ! – d'un long pierrot en trois pièces

---

1. *Gourmandait* : réprimandait.
2. *Pains à cacheter* : marques rouges, traces de gifles.

mal articulées, recroquevillé sur son ventre comme par une
5 colique, marchant sur la pointe des pieds comme par excès de
prudence et de crainte, les mains empêtrées dans des manches
trop longues qui balayaient la piste.

Je ne saurais plus reconstituer aujourd'hui le sujet de sa
pantomime. Je me rappelle seulement que dès son arrivée dans
10 le cirque, après s'être vainement et désespérément retenu sur les
pieds, il tomba. Il eut beau se relever ; c'était plus fort que lui : il
tombait. Il ne cessait pas de tomber. Il s'embarrassait dans quatre
chaises à la fois. Il entraînait dans sa chute une table énorme
qu'on avait apportée sur la piste. Il finit par aller s'étaler par-delà
15 la barrière du cirque jusque sur les pieds des spectateurs. Deux
aides, racolés dans le public à grand-peine, le tiraient par les pieds
et le remettaient debout après d'inconcevables efforts. Et chaque
fois qu'il tombait, il poussait un petit cri, varié chaque fois, un
petit cri insupportable, où la détresse et la satisfaction se mêlaient
20 à doses égales. Au dénouement, grimpé sur un échafaudage de
chaises, il fit une chute immense et très lente, et son ululement
de triomphe strident et misérable durait aussi longtemps que sa
chute, accompagné par des cris d'effroi des femmes.

Durant la seconde partie de sa pantomime, je revois, sans
25 bien m'en rappeler la raison, «le pauvre pierrot qui tombe»
sortant d'une de ses manches une petite poupée bourrée de son[1]
et mimant avec elle toute une scène tragi-comique. En fin de
compte, il lui faisait sortir par la bouche tout le son qu'elle avait
dans le ventre. Puis, avec de petits cris pitoyables, il la remplissait
30 de bouillie et, au moment de la plus grande attention, tandis que
tous les spectateurs, la lèvre pendante, avaient les yeux fixés sur la
fille visqueuse et crevée du pauvre pierrot, il la saisit soudain par
un bras et la lança à toute volée, à travers les spectateurs, sur la
figure de Jasmin Delouche, dont elle ne fit que mouiller l'oreille,
35 pour aller ensuite s'aplatir sur l'estomac de Mme Pignot, juste

---

1. **Son** : poudre, résidu de céréales.

au-dessous du menton. La boulangère poussa un tel cri, elle se renversa si fort en arrière et toutes ses voisines l'imitèrent si bien que le banc se rompit, et la boulangère, Fernande, la triste veuve Delouche et vingt autres s'effondrèrent, les jambes en l'air, au milieu des rires, des cris et des applaudissements, tandis que le grand clown, abattu la face contre terre, se relevait pour saluer et dire :

«Nous avons, messieurs et mesdames, l'honneur de vous remercier!»

Mais à ce moment même et au milieu de l'immense brouhaha, le grand Meaulnes, silencieux depuis le début de la pantomime et qui semblait plus absorbé de minute en minute, se leva brusquement, me saisit par le bras, comme incapable de se contenir et me cria :

«Regarde le bohémien! Regarde! Je l'ai enfin reconnu.»

Avant même d'avoir regardé, comme si depuis longtemps, inconsciemment, cette pensée couvait en moi et n'attendait que l'instant d'éclore, j'avais deviné! Debout auprès d'un quinquet, à l'entrée de la roulotte, le jeune personnage inconnu avait défait son bandeau et jeté sur ses épaules une pèlerine. On voyait, dans la lueur fumeuse, comme naguère à la lumière de la bougie, dans la chambre du Domaine, un très fin, très aquilin visage sans moustache. Pâle, les lèvres entrouvertes, il feuilletait hâtivement une sorte de petit album rouge qui devait être un atlas de poche. Sauf une cicatrice qui lui barrait la tempe et disparaissait sous la masse des cheveux, c'était, tel que me l'avait décrit minutieusement le grand Meaulnes, le fiancé du Domaine inconnu.

Il était évident qu'il avait ainsi enlevé son bandeau pour être reconnu de nous. Mais à peine le grand Meaulnes avait-il fait ce mouvement et poussé ce cri, que le jeune homme rentrait dans la roulotte, après nous avoir jeté un coup d'œil d'entente et nous avoir souri, avec une vague tristesse, comme il souriait d'ordinaire.

«Et l'autre! disait Meaulnes avec fièvre, comment ne l'ai-je pas reconnu tout de suite! C'est le pierrot de la fête, là-bas…»

70 Et il descendit les gradins pour aller vers lui. Mais déjà
Ganache avait coupé toutes les communications avec la piste ;
un à un il éteignait les quatre quinquets du cirque, et nous étions
obligés de suivre la foule qui s'écoulait très lentement, canali-
sée entre les bancs parallèles, dans l'ombre où nous piétinions
75 d'impatience.

Dès qu'il fut dehors enfin, le grand Meaulnes se précipita vers
la roulotte, escalada le marchepied, frappa à la porte, mais tout
était clos déjà. Déjà sans doute, dans la voiture à rideaux, comme
dans celle du poney, de la chèvre et des oiseaux savants, tout le
80 monde était rentré et commençait à dormir.

Chapitre VIII

Les gendarmes !

Il nous fallut rejoindre la troupe de messieurs et de dames qui
revenaient vers le Cours supérieur, par les rues obscures. Cette
fois nous comprenions tout. Cette grande silhouette blanche que
Meaulnes avait vue, le dernier soir de la fête, filer entre les arbres,
5 c'était Ganache, qui avait recueilli le fiancé désespéré et s'était
enfui avec lui. L'autre avait accepté cette existence sauvage, pleine
de risques, de jeux et d'aventures. Il lui avait semblé recommencer son enfance…

Frantz de Galais nous avait jusqu'ici caché son nom et il avait
10 feint d'ignorer le chemin du Domaine, par peur sans doute d'être
forcé de rentrer chez ses parents ; mais pourquoi, ce soir-là, lui
avait-il plu soudain de se faire connaître à nous et de nous laisser
deviner la vérité tout entière ?…

Que de projets le grand Meaulnes ne fit-il pas, tandis que la
15 troupe des spectateurs s'écoulait lentement à travers le bourg.
Il décida que, dès le lendemain matin, qui était un jeudi, il irait
trouver Frantz. Et, tous les deux, ils partiraient pour là-bas !

Quel voyage sur la route mouillée ! Frantz expliquerait tout ; tout s'arrangerait, et la merveilleuse aventure allait reprendre là où
20 elle s'était interrompue...

Quant à moi je marchais dans l'obscurité avec un gonflement de cœur indéfinissable. Tout se mêlait pour contribuer à ma joie, depuis le faible plaisir que donnait l'attente du jeudi jusqu'à la très grande découverte que nous venions de faire, jusqu'à la très
25 grande chance qui nous était échue[1]. Et je me souviens que, dans ma soudaine générosité de cœur, je m'approchai de la plus laide des filles du notaire à qui l'on m'imposait parfois le supplice d'offrir mon bras, et spontanément je lui donnai la main.

Amers souvenirs ! Vains espoirs écrasés !

30 Le lendemain, dès 8 heures, lorsque nous débouchâmes tous les deux sur la place de l'église, avec nos souliers bien cirés, nos plaques[2] de ceinturons bien astiquées et nos casquettes neuves, Meaulnes, qui jusque-là se retenait de sourire en me regardant, poussa un cri et s'élança vers la place vide... Sur l'emplacement
35 de la baraque et des voitures, il n'y avait plus qu'un pot cassé et des chiffons. Les bohémiens étaient partis...

Un petit vent qui nous parut glacé soufflait. Il me semblait qu'à chaque pas nous allions buter sur le sol caillouteux et dur de la place et que nous allions tomber. Meaulnes, affolé, fit deux fois
40 le mouvement de s'élancer, d'abord sur la route du Vieux-Nançay, puis sur la route de Saint-Loup-des-Bois. Il mit sa main au-dessus de ses yeux, espérant un instant que nos gens venaient seulement de partir. Mais que faire ? Dix traces de voitures s'embrouillaient sur la place, puis s'effaçaient sur la route dure. Il fallut rester là,
45 inertes[3].

Et tandis que nous revenions, à travers le village où la matinée du jeudi commençait, quatre gendarmes à cheval, avertis par Delouche, la veille au soir, débouchèrent au galop sur la place

---

1. *Échue* : donnée par le sort.
2. *Plaques* : boucles.
3. *Inertes* : inactifs.

et s'éparpillèrent à travers les rues pour garder toutes les issues,
50 comme des dragons[1] qui font la reconnaissance d'un village...
Mais il était trop tard. Ganache, le voleur de poules, avait fui
avec son compagnon. Les gendarmes ne retrouvèrent personne,
ni lui, ni ceux-là qui chargeaient dans des voitures les chapons[2]
qu'il étranglait. Prévenu à temps par le mot imprudent de Jasmin,
55 Frantz avait dû comprendre soudain de quel métier son compagnon et lui vivaient, quand la caisse de la roulotte était vide ;
plein de honte et de fureur, il avait arrêté aussitôt un itinéraire
et décidé de prendre du champ[3] avant l'arrivée des gendarmes.
Mais, ne craignant plus désormais qu'on tentât de le ramener
60 au domaine de son père, il avait voulu se montrer à nous sans
bandage, avant de disparaître.

Un seul point resta toujours obscur : comment Ganache
avait-il pu à la fois dévaliser les basses-cours et quérir[4] la bonne
sœur pour la fièvre de son ami ? Mais n'était-ce pas là toute l'his-
65 toire du pauvre diable ? Voleur et chemineau[5] d'un côté, bonne
créature de l'autre...

Chapitre IX

À la recherche du sentier perdu

Comme nous rentrions, le soleil dissipait la légère brume du
matin ; les ménagères sur le seuil des maisons secouaient leurs
tapis ou bavardaient ; et, dans les champs et les bois, aux portes
du bourg, commençait la plus radieuse matinée de printemps qui
5 soit restée dans ma mémoire.

----

1. *Dragons* : soldats de cavalerie.
2. *Chapons* : jeunes coqs châtrés et engraissés.
3. *Prendre du champ* : prendre du recul (dans un combat).
4. *Quérir* : aller chercher.
5. *Chemineau* : vagabond.

Tous les grands élèves du cours devaient arriver vers 8 heures, ce jeudi-là, pour préparer, durant la matinée, les uns le certificat d'études supérieures[1], les autres le concours de l'École normale[2]. Lorsque nous arrivâmes tous les deux, Meaulnes plein d'un
10 regret et d'une agitation qui ne lui permettaient pas de rester immobile, moi très abattu, l'école était vide… Un rayon de frais soleil glissait sur la poussière d'un banc vermoulu[3], et sur le vernis écaillé d'un planisphère.

Comment rester là, devant un livre, à ruminer notre décep-
15 tion, tandis que tout nous appelait au-dehors : les poursuites des oiseaux dans les branches près des fenêtres, la fuite des autres élèves vers les prés et les bois, et surtout le fiévreux désir d'essayer au plus vite l'itinéraire incomplet vérifié par le bohémien – dernière ressource de notre sac presque vide, dernière clef du
20 trousseau, après avoir essayé toutes les autres ?… Cela était au-dessus de nos forces ! Meaulnes marchait de long en large, allait auprès des fenêtres, regardait dans le jardin, puis revenait et regardait vers le bourg, comme s'il eût attendu quelqu'un qui ne viendrait certainement pas.

25 « J'ai l'idée, me dit-il enfin, j'ai l'idée que ce n'est peut-être pas aussi loin que nous l'imaginons…

Frantz a supprimé sur mon plan toute une portion de la route que j'avais indiquée.

Cela veut dire, peut-être, que la jument a fait, pendant mon
30 sommeil, un long détour inutile… »

J'étais à moitié assis sur le coin d'une grande table, un pied par terre, l'autre ballant, l'air découragé et désœuvré, la tête basse.

« Pourtant, dis-je, au retour, dans la berline, ton voyage a duré
35 toute la nuit.

---

1. **Certificat d'études supérieures** : diplôme qui clôturait les études du Cours supérieur. Voir note 4, p. 39.
2. **École normale** : école d'instituteurs.
3. **Vermoulu** : rongé par les insectes.

– Nous étions partis à minuit, répondit-il vivement. On m'a déposé à 4 heures du matin, à environ six kilomètres à l'ouest de Sainte-Agathe, tandis que j'étais parti par la route de la gare à l'est. Il faut donc compter ces six kilomètres en moins entre Sainte-Agathe et le pays perdu.

«Vraiment, il me semble qu'en sortant du bois des Communaux, on ne doit pas être à plus de deux lieues de ce que nous cherchons.

– Ce sont précisément ces deux lieues-là qui manquent sur ta carte.

– C'est vrai. Et la sortie du bois est bien à une lieue et demie d'ici, mais pour un bon marcheur, cela peut se faire en une matinée...»

À cet instant Mouchebœuf arriva. Il avait une tendance irritante à se faire passer pour bon élève, non pas en travaillant mieux que les autres, mais en se signalant dans des circonstances comme celle-ci.

«Je savais bien, dit-il triomphant, ne trouver que vous deux. Tous les autres sont partis pour le bois des Communaux. En tête : Jasmin Delouche qui connaît les nids.»

Et, voulant faire le bon apôtre, il commença à raconter tout ce qu'ils avaient dit pour narguer le Cours, M. Seurel et nous, en décidant cette expédition.

«S'ils sont au bois, je les verrai sans doute en passant, dit Meaulnes, car je m'en vais aussi. Je serai de retour vers midi et demi.»

Mouchebœuf resta ébahi.

«Ne viens-tu pas?» me demanda Augustin, s'arrêtant une seconde sur le seuil de la porte entrouverte – ce qui fit entrer dans la pièce grise, en une bouffée d'air tiédi par le soleil, un fouillis de cris, d'appels, de pépiements, le bruit d'un seau sur la margelle du puits et le claquement d'un fouet au loin.

«Non, dis-je, bien que la tentation fût forte, je ne puis pas, à cause de M. Seurel. Mais hâte-toi. Je t'attendrai avec impatience.»

Il fit un geste vague et partit, très vite, plein d'espoir.

70 Lorsque M. Seurel arriva, vers 10 heures, il avait quitté sa veste d'alpaga[1] noir, revêtu un paletot de pêcheur aux vastes poches boutonnées, un chapeau de paille et de courtes jambières[2] vernies pour serrer le bas de son pantalon. Je crois bien qu'il ne fut guère surpris de ne trouver personne. Il ne voulut pas entendre Mouche-
75 bœuf qui lui répéta trois fois que les gars avaient dit :

« S'il a besoin de nous, qu'il vienne donc nous chercher ! »

Et il commanda :

« Serrez vos affaires, prenez vos casquettes, et nous allons les dénicher à notre tour... Pourras-tu marcher jusque-là, François ? »

80 J'affirmai que oui et nous partîmes.

Il fut entendu que Mouchebœuf conduirait M. Seurel et lui servirait d'appeau[3]... C'est-à-dire que, connaissant les futaies[4] où se trouvaient les dénicheurs, il devait de temps à autre crier à toute voix :

85 « Hop ! Holà ! Giraudat ! Delouche ! Où êtes-vous ?... Y en a-t-il ?... En avez-vous trouvé ?... »

Quant à moi, je fus chargé, à mon vif plaisir, de suivre la lisière est du bois, pour le cas où les écoliers fugitifs chercheraient à s'échapper de ce côté.

90 Or, dans le plan rectifié par le bohémien et que nous avions maintes fois étudié avec Meaulnes, il semblait qu'un chemin à un trait, un « chemin de terre », partît de cette lisière du bois pour aller dans la direction du Domaine. Si j'allais le découvrir ce matin !... Je commençai à me persuader que, avant midi, je me
95 trouverais sur le chemin du manoir perdu...

La merveilleuse promenade !... Dès que nous eûmes passé le Glacis[5] et contourné le Moulin, je quittai mes deux compagnons,

---

1. *D'alpaga* : de laine.

2. *Jambières* : pièces de toile ou de cuir protégeant la jambe.

3. *Appeau* : instrument imitant le cri des animaux et servant à les attirer.

4. *Futaies* : ensemble d'arbres, bois.

5. *Glacis* : pente douce, talus. Voir plan p. 120.

M. Seurel dont on eût dit qu'il partait en guerre – je crois bien qu'il avait mis dans sa poche un vieux pistolet – et ce traître de 100 Moucheboeuf.

Prenant un chemin de traverse, j'arrivai bientôt à la lisière du bois – seul à travers la campagne pour la première fois de ma vie comme une patrouille que son caporal a perdue.

Me voici, j'imagine, près de ce bonheur mystérieux que Meaul- 105 nes a entrevu un jour. Toute la matinée est à moi pour explorer la lisière du bois, l'endroit le plus frais et le plus caché du pays, tandis que mon grand frère aussi est parti à la découverte. C'est comme un ancien lit de ruisseau. Je passe sous les basses branches d'arbres dont je ne sais pas le nom mais qui doivent 110 être des aulnes[1]. J'ai sauté tout à l'heure un échalier[2] au bout de la sente, et je me suis trouvé dans cette grande voie d'herbe verte qui coule sous les feuilles, foulant par endroits les orties, écrasant les hautes valérianes[3].

Parfois mon pied se pose, durant quelques pas, sur un banc 115 de sable fin. Et dans le silence, j'entends un oiseau – je m'imagine que c'est un rossignol, mais sans doute je me trompe, puisqu'ils ne chantent que le soir – un oiseau qui répète obstinément la même phrase : voix de la matinée, parole dite sous l'ombrage, invitation délicieuse au voyage entre les aulnes. Invisible, entêté, 120 il semble m'accompagner sous la feuille.

Pour la première fois me voilà, moi aussi, sur le chemin de l'aventure. Ce ne sont plus des coquilles abandonnées par les eaux que je cherche, sous la direction de M. Seurel, ni des orchis[4] que le maître d'école ne connaisse pas, ni même, comme 125 cela nous arrivait souvent dans le champ du père Martin, cette fontaine profonde et tarie, couverte d'un grillage, enfouie sous tant d'herbes folles qu'il fallait chaque fois plus de temps pour la

---

1. *Aulnes* : arbres vivant dans des sols humides.
2. *Un échalier* : une clôture.
3. *Valérianes* : plantes à fleurs roses ou blanches.
4. *Orchis* : plante de la famille des orchidées.

retrouver... Je cherche quelque chose de plus mystérieux encore.
C'est le passage dont il est question dans les livres, l'ancien
130 chemin obstrué, celui dont le prince harassé de fatigue n'a pu
trouver l'entrée. Cela se découvre à l'heure la plus perdue de
la matinée, quand on a depuis longtemps oublié qu'il va être
11 heures, midi... Et soudain, en écartant, dans le feuillage
profond, les branches, avec ce geste hésitant des mains à hauteur
135 du visage inégalement écartées, on l'aperçoit comme une longue
avenue sombre dont la sortie est un rond de lumière tout petit.

Mais tandis que j'espère et m'enivre ainsi, voici que brusquement je débouche dans une sorte de clairière, qui se trouve être
tout simplement un pré. Je suis arrivé sans y penser à l'extrémité
140 des Communaux[1], que j'avais toujours imaginée infiniment loin.
Et voici à ma droite, entre des piles de bois, toute bourdonnante
dans l'ombre, la maison du garde. Deux paires de bas sèchent sur
l'appui de la fenêtre. Les années passées, lorsque nous arrivions
à l'entrée du bois, nous disions toujours, en montrant un point
145 de lumière tout au bout de l'immense allée noire : «C'est là-bas
la maison du garde ; la maison de Baladier.» Mais jamais nous
n'avions poussé jusque-là. Nous entendions dire quelquefois,
comme s'il se fût agi d'une expédition extraordinaire : «Il a été
jusqu'à la maison du garde !...»
150 Cette fois, je suis allé jusqu'à la maison de Baladier, et je n'ai
rien trouvé.

Je commençais à souffrir de ma jambe fatiguée et de la chaleur
que je n'avais pas sentie jusque-là ; je craignais de faire tout seul
le chemin du retour, lorsque j'entendis près de moi l'appeau de
155 M. Seurel, la voix de Moucheboeuf puis d'autres voix qui m'appe-
laient...

Il y avait là une troupe de six grands gamins, où, seul, le
traître Moucheboeuf avait l'air triomphant. C'était Giraudat,
Auberger, Delage et d'autres... Grâce à l'appeau, on avait pris

---

1. *Des Communaux* : du bois des Communaux.

160 les uns grimpés dans un merisier[1] isolé au milieu d'une clairière ; les autres en train de dénicher des pics-verts[2]. Giraudat, le nigaud aux yeux bouffis, à la blouse crasseuse, avait caché les petits[3] dans son estomac, entre sa chemise et sa peau. Deux de leurs compagnons s'étaient enfuis à l'approche de M. Seurel : ce devaient être
165 Delouche et le petit Coffin. Ils avaient d'abord répondu par des plaisanteries à l'adresse de «Mouchevache!», que répétaient les échos des bois, et celui-ci, maladroitement, se croyant sûr de son affaire, avait répondu, vexé :

«Vous n'avez qu'à descendre, vous savez ! M. Seurel est là…»

170 Alors tout s'était tu subitement ; ç'avait été une fuite silencieuse à travers le bois. Et comme ils le connaissaient à fond, il ne fallait pas songer à les rejoindre. On ne savait pas non plus où le grand Meaulnes était passé. On n'avait pas entendu sa voix ; et l'on dut renoncer à poursuivre les recherches.

175 Il était plus de midi lorsque nous reprîmes la route de Sainte-Agathe, lentement, la tête basse, fatigués, terreux. À la sortie du bois, lorsque nous eûmes frotté et secoué la boue de nos souliers sur la route sèche, le soleil commença de frapper dur. Déjà ce n'était plus ce matin de printemps si frais et si luisant. Les bruits
180 de l'après-midi avaient commencé. De loin en loin un coq criait, cri désolé ! dans les fermes désertes aux alentours de la route. À la descente du Glacis, nous nous arrêtâmes un instant pour causer avec des ouvriers des champs qui avaient repris leur travail après le déjeuner. Ils étaient accoudés à la barrière, et M. Seurel
185 leur disait :

«De fameux galopins ! Tenez, regardez Giraudat. Il a mis les oisillons dans sa chemise. Ils ont fait là-dedans ce qu'ils ont voulu. C'est du propre !… »

---

1. *Merisier* : cerisier sauvage.
2. *Pics-verts* : oiseaux se nourrissant de vers et de larves nichés dans les troncs d'arbres.
3. *Les petits* : ici, les oisillons.

Il me semblait que c'était de ma débâcle[1] aussi que les ouvriers riaient. Ils riaient en hochant la tête, mais ils ne donnaient pas tout à fait tort aux jeunes gars qu'ils connaissaient bien. Ils nous confièrent même, lorsque M. Seurel eut repris la tête de la colonne :

«Il y en a un autre qui est passé, un grand, vous savez bien… Il a dû rencontrer, en revenant, la voiture des Granges, et on l'a fait monter ; il est descendu, plein de terre, tout déchiré, ici, à l'entrée du chemin des Granges ! Nous lui avons dit que nous vous avions vus passer ce matin, mais que vous n'étiez pas de retour encore. Et il a continué tout doucement sa route vers Sainte-Agathe.»

En effet, assis sur une pile du pont des Glacis, nous attendait le grand Meaulnes, l'air brisé de fatigue. Aux questions de M. Seurel, il répondit que lui aussi était parti à la recherche des écoliers buissonniers. Et à celle que je lui posai tout bas, il dit seulement en hochant la tête avec découragement :

«Non ! rien ! rien qui ressemble à ça.»

Après déjeuner, dans la classe fermée, noire et vide, au milieu du pays radieux, il s'assit à l'une des grandes tables et, la tête dans les bras, il dormit longtemps, d'un sommeil triste et lourd. Vers le soir, après un long instant de réflexion, comme s'il venait de prendre une décision importante, il écrivit une lettre à sa mère. Et c'est tout ce que je me rappelle de cette morne fin d'un grand jour de défaite.

Chapitre X

La lessive

Nous avions escompté[2] trop tôt la venue du printemps.

Le lundi soir, nous voulûmes faire nos devoirs aussitôt après 4 heures comme en plein été, et pour y voir plus clair nous

---

1. *Débâcle* : fuite après une défaite.
2. *Escompté* : prévu.

sortîmes deux grandes tables dans la cour. Mais le temps s'assombrit tout de suite ; une goutte de pluie tomba sur un cahier ; nous rentrâmes en hâte. Et de la grande salle obscurcie, par les larges fenêtres, nous regardions silencieusement dans le ciel gris la déroute des nuages.

Alors Meaulnes, qui regardait comme nous, la main sur une poignée de croisée, ne put s'empêcher de dire, comme s'il eût été fâché de sentir monter en lui tant de regret :

«Ah ! ils filaient autrement que cela les nuages, lorsque j'étais sur la route, dans la voiture de la Belle-Étoile.

– Sur quelle route ?» demanda Jasmin.

Mais Meaulnes ne répondit pas.

«Moi, dis-je, pour faire diversion, j'aurais aimé voyager comme cela en voiture, par la pluie battante, abrité sous un grand parapluie.

– Et lire tout le long du chemin comme dans une maison, ajouta un autre.

– Il ne pleuvait pas et je n'avais pas envie de lire, répondit Meaulnes, je ne pensais qu'à regarder le pays.»

Mais lorsque Giraudat, à son tour, demanda de quel pays il s'agissait, Meaulnes de nouveau resta muet. Et Jasmin dit :

«Je sais… Toujours la fameuse aventure !… »

Il avait dit ces mots d'un ton conciliant et important, comme s'il eût été lui-même un peu dans le secret. Ce fut peine perdue ; ses avances lui restèrent pour compte[1] ; et comme la nuit tombait chacun s'en fut au galop, la blouse relevée sur la tête, sous la froide averse.

Jusqu'au jeudi suivant le temps resta à la pluie. Et ce jeudi-là fut plus triste encore que le précédent. Toute la campagne était baignée dans une sorte de brume glacée comme aux plus mauvais jours de l'hiver.

---

1. *Lui restèrent pour compte* : ne furent pas prises en considération.

35 Millie, trompée par le beau soleil de l'autre semaine, avait fait faire la lessive, mais il ne fallait pas songer à mettre sécher le linge sur les haies du jardin, ni même sur des cordes dans le grenier, tant l'air était humide et froid.

En discutant avec M. Seurel, il lui vint l'idée d'étendre sa
40 lessive dans les classes, puisque c'était jeudi, et de chauffer le poêle à blanc. Pour économiser les feux de la cuisine et de la salle à manger, on ferait cuire les repas sur le poêle et nous nous tiendrions toute la journée dans la grande salle du Cours.

Au premier instant – j'étais si jeune encore! –, je considérai
45 cette nouveauté comme une fête.

Morne fête!… Toute la chaleur du poêle était prise par la lessive et il faisait grand froid. Dans la cour, tombait interminablement et mollement une petite pluie d'hiver. C'est là pourtant que dès 9 heures du matin, dévoré d'ennui, je retrouvai le grand
50 Meaulnes. Par les barreaux du grand portail, où nous appuyions silencieusement nos têtes, nous regardâmes, au haut du bourg, sur les Quatre-Routes, le cortège d'un enterrement venu du fond de la campagne. Le cercueil, amené dans une charrette à bœufs, était déchargé et posé sur une dalle, au pied de la grande croix où
55 le boucher avait aperçu naguère les sentinelles du bohémien! Où était-il maintenant, le jeune capitaine qui si bien menait l'abordage?… Le curé et les chantres[1] vinrent comme c'était l'usage au-devant du cercueil posé là, et les tristes chants arrivaient jusqu'à nous. Ce serait là, nous le savions, le seul spectacle de la
60 journée, qui s'écoulerait tout entière comme une eau jaunie dans un caniveau.

«Et maintenant, dit Meaulnes soudain, je vais préparer mon bagage. Apprends-le, Seurel : j'ai écrit à ma mère jeudi dernier, pour lui demander de finir mes études à Paris. C'est aujourd'hui
65 que je pars.»

---

1. *Chantres* : chanteurs (dans une cérémonie religieuse).

Il continuait à regarder vers le bourg, les mains appuyées aux barreaux, à la hauteur de sa tête. Inutile de demander si sa mère, qui était riche et lui passait toutes ses volontés, lui avait passé celle-là. Inutile aussi de demander pourquoi soudainement il désirait s'en aller à Paris !...

Mais il y avait en lui, certainement, le regret et la crainte de quitter ce cher pays de Sainte-Agathe d'où il était parti pour son aventure. Quant à moi, je sentais monter une désolation violente que je n'avais pas sentie d'abord.

« Pâques approche ! dit-il pour m'expliquer, avec un soupir.

– Dès que tu l'auras trouvée là-bas, tu m'écriras, n'est-ce pas ? demandai-je.

– C'est promis, bien sûr. N'es-tu pas mon compagnon et mon frère ?... »

Et il me posa la main sur l'épaule.

Peu à peu je comprenais que c'était bien fini, puisqu'il voulait terminer ses études à Paris ; jamais plus je n'aurais avec moi mon grand camarade.

Il n'y avait d'espoir, pour nous réunir, qu'en cette maison de Paris où devait se retrouver la trace de l'aventure perdue... Mais de voir Meaulnes lui-même si triste, quel pauvre espoir c'était là pour moi !

Mes parents furent avertis : M. Seurel se montra très étonné, mais se rendit bien vite aux raisons d'Augustin ; Millie, femme d'intérieur, se désola surtout à la pensée que la mère de Meaulnes verrait notre maison dans un désordre inaccoutumé... La malle, hélas ! fut bientôt faite. Nous cherchâmes sous l'escalier ses souliers des dimanches ; dans l'armoire, un peu de linge ; puis ses papiers et ses livres d'école – tout ce qu'un jeune homme de dix-huit ans possède au monde.

À midi, Mme Meaulnes arrivait avec sa voiture. Elle déjeuna au café Daniel en compagnie d'Augustin, et l'emmena sans donner presque aucune explication, dès que le cheval fut affené[1]

---

1. Affené : nourri de foin.

et attelé. Sur le seuil, nous leur dîmes au revoir ; et la voiture
disparut au tournant des Quatre-Routes.

Millie frotta ses souliers devant la porte et rentra dans la froide
salle à manger, remettre en ordre ce qui avait été dérangé. Quant
à moi, je me trouvai, pour la première fois depuis de longs mois,
seul en face d'une longue soirée de jeudi – avec l'impression que,
dans cette vieille voiture, mon adolescence venait de s'en aller
pour toujours.

Chapitre XI

Je trahis...

Que faire ?

Le temps s'élevait un peu. On eût dit que le soleil allait se
montrer.

Une porte claquait dans la grande maison. Puis le silence
retombait. De temps à autre mon père traversait la cour, pour
remplir un seau de charbon dont il bourrait le poêle. J'aperce-
vais les linges blancs pendus aux cordes et je n'avais aucune
envie de rentrer dans le triste endroit transformé en séchoir, pour
m'y trouver en tête à tête avec l'examen de la fin de l'année, ce
concours de l'École normale qui devait être désormais ma seule
préoccupation.

Chose étrange : à cet ennui qui me désolait se mêlait comme
une sensation de liberté. Meaulnes parti, toute cette aventure
terminée et manquée, il me semblait du moins que j'étais libéré
de cet étrange souci, de cette occupation mystérieuse, qui ne me
permettaient plus d'agir comme tout le monde. Meaulnes parti,
je n'étais plus son compagnon d'aventures, le frère de ce chasseur
de pistes ; je redevenais un gamin du bourg pareil aux autres. Et
cela était facile et je n'avais qu'à suivre pour cela mon inclination
la plus naturelle.

Le cadet des Roy passa dans la rue boueuse, faisant tourner au bout d'une ficelle, puis lâchant en l'air trois marrons attachés qui retombèrent dans la cour. Mon désœuvrement était si grand que je pris plaisir à lui relancer deux ou trois fois ses marrons de l'autre côté du mur.

Soudain je le vis abandonner ce jeu puéril pour courir vers un tombereau qui venait par le chemin de la Vieille-Planche. Il eut vite fait de grimper par-derrière sans même que la voiture s'arrêtât. Je reconnaissais le petit tombereau de Delouche et son cheval. Jasmin conduisait ; le gros Boujardon était debout. Ils revenaient du pré.

«Viens avec nous, François!» cria Jasmin, qui devait savoir déjà que Meaulnes était parti.

Ma foi ! sans avertir personne, j'escaladai la voiture cahotante et me tins comme les autres, debout, appuyé contre un des montants du tombereau. Il nous conduisit chez la veuve Delouche…

Nous sommes maintenant dans l'arrière-boutique, chez la bonne femme qui est en même temps épicière et aubergiste. Un rayon de soleil blanc glisse à travers la fenêtre basse sur les boîtes en fer-blanc et sur les tonneaux de vinaigre. Le gros Boujardon s'assoit sur l'appui de la fenêtre et tourné vers nous, avec un gros rire d'homme pâteux, il mange des biscuits à la cuiller. À la portée de la main, sur un tonneau, la boîte est ouverte et entamée. Le petit Roy pousse des cris de plaisir. Une sorte d'intimité de mauvais aloi[1] s'est établie entre nous. Jasmin et Boujardon seront maintenant mes camarades, je le vois. Le cours de ma vie a changé tout d'un coup. Il me semble que Meaulnes est parti depuis très longtemps et que son aventure est une vieille histoire triste, mais finie.

Le petit Roy a déniché sous une planche une bouteille de liqueur entamée. Delouche nous offre à chacun la goutte, mais il n'y a qu'un verre et nous buvons tous dans le même. On me sert

---

1. *De mauvais aloi* : fausse, corrompue, dépravée.

le premier avec un peu de condescendance[1] comme si je n'étais pas habitué à ces mœurs de chasseurs et de paysans... Cela me gêne un peu. Et comme on vient à parler de Meaulnes, l'envie 55 me prend, pour dissiper cette gêne et retrouver mon aplomb, de montrer que je connais son histoire et de la raconter un peu. En quoi cela pourrait-il lui nuire puisque tout est fini maintenant de ses aventures ici?...

. . . .

Est-ce que je raconte mal cette histoire? Elle ne produit pas 60 l'effet que j'attendais.

Mes compagnons, en bons villageois que rien n'étonne, ne sont pas surpris pour si peu.

«C'était une noce, quoi!» dit Boujardon.

Delouche en a vu une, à Préveranges, qui était plus curieuse 65 encore.

Le château? On trouverait certainement des gens du pays qui en ont entendu parler.

La jeune fille? Meaulnes se mariera avec elle quand il aura fait son année de service.

70 «Il aurait dû, ajoute l'un d'eux, nous en parler et nous montrer son plan au lieu de confier cela à un bohémien!... »

Empêtré dans mon insuccès, je veux profiter de l'occasion pour exciter leur curiosité : je me décide à expliquer qui était ce bohémien; d'où il venait; son étrange destinée... Boujardon et 75 Delouche ne veulent rien entendre : «C'est celui-là qui a tout fait. C'est lui qui a rendu Meaulnes insociable, Meaulnes qui était un si brave camarade! C'est lui qui a organisé toutes ces sottises d'abordages et d'attaques nocturnes, après nous avoir tous embrigadés comme un bataillon scolaire... »

80 «Tu sais, dit Jasmin, en regardant Boujardon, et en secouant la tête à petits coups, j'ai rudement bien fait de le dénoncer aux

---

1. Condescendance : amabilité mêlée de mépris.

gendarmes. En voilà un qui a fait du mal au pays et qui en aurait
fait encore !… »

Me voici presque de leur avis. Tout aurait sans doute autrement tourné si nous n'avions pas considéré l'affaire d'une façon
si mystérieuse et si tragique. C'est l'influence de ce Frantz qui a
tout perdu…

Mais soudain, tandis que je suis absorbé dans ces réflexions,
il se fait du bruit dans la boutique. Jasmin Delouche cache
rapidement son flacon de goutte derrière un tonneau ; le gros
Boujardon dégringole du haut de sa fenêtre, met le pied sur une
bouteille vide et poussiéreuse qui roule, et manque deux fois de
s'étaler. Le petit Roy les pousse par-derrière, pour sortir plus vite,
à demi suffoqué de rire.

Sans bien comprendre ce qui se passe je m'enfuis avec eux,
nous traversons la cour et nous grimpons par une échelle dans
un grenier à foin. J'entends une voix de femme qui nous traite de
propres-à-rien !…

« Je n'aurais pas cru qu'elle serait rentrée si tôt», dit Jasmin
tout bas.

Je comprends, maintenant seulement, que nous étions là en
fraude, à voler des gâteaux et de la liqueur. Je suis déçu comme
ce naufragé qui croyait causer avec un homme et qui reconnut
soudain que c'était un singe. Je ne songe plus qu'à quitter ce
grenier, tant ces aventures-là me déplaisent. D'ailleurs la nuit
tombe… On me fait passer par-derrière, traverser deux jardins,
contourner une mare ; je me retrouve dans la rue mouillée,
boueuse, où se reflète la lueur du café Daniel.

Je ne suis pas fier de ma soirée. Me voici aux Quatre-Routes.
Malgré moi, tout d'un coup, je revois, au tournant, un visage
dur et fraternel qui me sourit ; un dernier signe de la main – et la
voiture disparaît…

Un vent froid fait claquer ma blouse, pareil au vent de cet hiver
qui était si tragique et si beau. Déjà tout me paraît moins facile.
Dans la grande classe où l'on m'attend pour dîner, de brusques

courants d'air traversent la maigre tiédeur que répand le poêle. Je grelotte, tandis qu'on me reproche mon après-midi de vagabondage. Je n'ai pas même, pour rentrer dans la régulière vie passée, la consolation de prendre place à table et de retrouver mon siège
120 habituel. On n'a pas mis la table ce soir-là ; chacun dîne sur ses genoux, où il peut, dans la salle de classe obscure. Je mange silencieusement la galette cuite sur le poêle, qui devait être la récompense de ce jeudi passé dans l'école, et qui a brûlé sur les cercles rougis.

125   Le soir, tout seul dans ma chambre, je me couche bien vite pour étouffer le remords que je sens monter du fond de ma tristesse. Mais par deux fois je me suis éveillé, au milieu de la nuit, croyant entendre, la première fois, le craquement du lit voisin, où Meaulnes avait coutume de se retourner brusquement
130 d'une seule pièce, et, l'autre fois, son pas léger de chasseur aux aguets, à travers les greniers du fond…

Chapitre XII

Les trois lettres de Meaulnes

De toute ma vie je n'ai reçu que trois lettres de Meaulnes. Elles sont encore chez moi dans un tiroir de commode. Je retrouve chaque fois que je les relis la même tristesse que naguère.

La première m'arriva dès le surlendemain de son départ.

5   Mon cher François,

Aujourd'hui, dès mon arrivée à Paris, je suis allé devant la maison indiquée. Je n'ai rien vu. Il n'y avait personne, Il n'y aura jamais personne.

La maison que disait Frantz est un petit hôtel à un étage. La
10   chambre de Mlle de Galais doit être au premier. Les fenêtres du haut sont les plus cachées par les arbres. Mais en passant sur le trottoir on les voit très bien. Tous les rideaux sont fermés

et il faudrait être fou pour espérer qu'un jour, entre un de ces rideaux tirés, le visage d'Yvonne de Galais puisse apparaître.

15 C'est sur un boulevard. Il pleuvait un peu dans les arbres déjà verts. On entendait les cloches claires des tramways qui passaient indéfiniment.

Pendant près de deux heures, je me suis promené de long en large sous les fenêtres. Il y a un marchand de vins chez qui je 20 me suis arrêté pour boire, de façon à n'être pas pris pour un bandit qui veut faire un mauvais coup. Puis j'ai repris ce guet sans espoir.

La nuit est venue. Les fenêtres se sont allumées un peu partout mais non pas dans cette maison. Il n'y a certainement personne. 25 Et pourtant Pâques approche.

Au moment où j'allais partir, une jeune fille, ou une jeune femme – je ne sais – est venue s'asseoir sur un des bancs mouillés de pluie. Elle était vêtue de noir avec une petite collerette blanche. Lorsque je suis parti, elle était encore là, immobile malgré le 30 froid du soir, à attendre je ne sais quoi, je ne sais qui. Tu vois que Paris est plein de fous comme moi.

AUGUSTIN.

Le temps passa. Vainement, j'attendis un mot d'Augustin le lundi de Pâques et durant tous les jours qui suivirent – jours où 35 il semble, tant ils sont calmes après la grande fièvre de Pâques, qu'il n'y ait plus qu'à attendre l'été. Juin ramena le temps des examens et une terrible chaleur dont la buée suffocante planait sur le pays sans qu'un souffle de vent la vînt dissiper. La nuit n'apportait aucune fraîcheur et par conséquent aucun répit à ce 40 supplice. C'est durant cet insupportable mois de juin que je reçus la deuxième lettre du grand Meaulnes.

Juin 189…

Mon cher ami,

Cette fois tout espoir est perdu. Je le sais depuis hier soir. La 45 douleur, que je n'avais presque pas sentie tout de suite, monte depuis ce temps.

Tous les soirs, j'allais m'asseoir sur ce banc, guettant, réfléchissant, espérant malgré tout.

Hier après dîner, la nuit était noire et étouffante. Des gens causaient sur le trottoir, sous les arbres. Au-dessus des noirs feuillages, verdis par les lumières, les appartements des seconds, des troisièmes étages étaient éclairés. Çà et là, une fenêtre que l'été avait ouverte toute grande... On voyait la lampe allumée sur la table, refoulant à peine autour d'elle la chaude obscurité de juin ; on voyait presque jusqu'au fond de la pièce... Ah ! si la fenêtre noire d'Yvonne de Galais s'était allumée aussi, j'aurais osé, je crois, monter l'escalier, frapper, entrer...

La jeune fille de qui je t'ai parlé était là encore, attendant comme moi. Je pensai qu'elle devait connaître la maison et je l'interrogeai :

«Je sais, a-t-elle dit, qu'autrefois, dans cette maison une jeune fille et son frère venaient passer les vacances. Mais j'ai appris que le frère avait fui le château de ses parents sans qu'on puisse jamais le retrouver, et la jeune fille s'est mariée. C'est ce qui vous explique que l'appartement soit fermé.»

Je suis parti. Au bout de dix pas mes pieds butaient sur le trottoir et je manquais tomber. La nuit – c'était la nuit dernière – lorsqu'enfin les enfants et les femmes se sont tus, dans les cours, pour me laisser dormir, j'ai commencé d'entendre rouler les fiacres[1] dans la rue. Ils ne passaient que de loin en loin. Mais quand l'un était passé, malgré moi, j'attendais l'autre : le grelot, les pas du cheval qui claquaient sur l'asphalte... et cela répétait : c'est la ville déserte, ton amour perdu, la nuit interminable, l'été, la fièvre...

Seurel, mon ami, je suis dans une grande détresse.

AUGUSTIN.

Lettres de peu de confidence, quoi qu'il paraisse ! Meaulnes ne me disait ni pourquoi il était resté si longtemps silencieux, ni ce qu'il comptait faire maintenant. J'eus l'impression qu'il rompait avec moi, parce que son aventure était finie, comme il rompait

---

1. Fiacres : voitures à cheval qui faisaient office de taxis.

avec son passé. J'eus beau lui écrire, en effet, je ne reçus plus de réponse. Un mot de félicitations seulement, lorsque j'obtins mon brevet simple[1]. En septembre je sus par un camarade d'école qu'il était venu en vacances chez sa mère à La Ferté-d'Angillon.
85 Mais nous dûmes, cette année-là, invités par mon oncle Florentin du Vieux-Nançay, passer chez lui les vacances. Et Meaulnes repartit pour Paris sans que j'aie pu le voir.

À la rentrée, exactement vers la fin de novembre, tandis que je m'étais remis avec une morne ardeur à préparer le brevet
90 supérieur[2], dans l'espoir d'être nommé instituteur l'année suivante, sans passer par l'École normale de Bourges, je reçus la dernière des trois lettres que j'aie jamais reçues d'Augustin :

Je passe encore sous cette fenêtre, écrivait-il. J'attends encore, sans le moindre espoir, par folie. À la fin de ces froids diman-
95 ches d'automne, au moment où il va faire nuit, je ne puis me décider à rentrer, à fermer les volets de ma chambre, sans être retourné là-bas, dans la rue gelée.
Je suis comme cette folle de Sainte-Agathe qui sortait à chaque minute sur le pas de la porte et regardait, la main sur les yeux,
100 du côté de la gare, pour voir si son fils qui était mort ne venait pas.
Assis sur le banc, grelottant, misérable, je me plais à imaginer que quelqu'un va me prendre doucement par le bras… Je me retournerais. Ce serait elle. «Je me suis un peu attardée»,
105 dirait-elle simplement. Et toute peine et toute démence[3] s'évanouissent. Nous entrons dans notre maison. Ses fourrures sont toutes glacées, sa voilette[4] mouillée ; elle apporte avec elle le

---

1. Le *brevet simple*, ou brevet élémentaire, permettait d'enseigner dans une école élémentaire.
2. Le *brevet supérieur* permettait d'enseigner dans un Cours moyen et un Cours supérieur (voir notes 4 et 5, p. 39) ; il était généralement préparé dans les écoles normales d'instituteurs.
3. *Démence* : folie.
4. *Voilette* : petit voile transparent accroché au chapeau et masquant le visage.

goût de brume du dehors ; et tandis qu'elle s'approche du feu, je vois ses cheveux blonds givrés, son beau profil au dessin si doux penché vers la flamme...

Hélas ! la vitre reste blanchie par le rideau qui est derrière. Et la jeune fille du Domaine perdu l'ouvrirait-elle, que je n'ai maintenant plus rien à lui dire.

Notre aventure est finie. L'hiver de cette année est mort comme la tombe. Peut-être quand nous mourrons, peut-être la mort seule nous donnera la clef et la suite et la fin de cette aventure manquée.

Seurel, je te demandais l'autre jour de penser à moi. Maintenant, au contraire, il vaut mieux m'oublier. Il vaudrait mieux tout oublier.

. . . .

A. M.

Et ce fut un nouvel hiver, aussi mort que le précédent avait été vivant d'une mystérieuse vie : la place de l'église sans bohémiens ; la cour d'école que les gamins désertaient à 4 heures... la salle de classe où j'étudiais seul et sans goût... En février, pour la première fois de l'hiver, la neige tomba, ensevelissant définitivement notre roman d'aventures de l'an passé, brouillant toute piste, effaçant les dernières traces. Et je m'efforçai, comme Meaulnes me l'avait demandé dans sa lettre, de tout oublier.

TROISIÈME PARTIE

Chapitre premier

La baignade

Fumer la cigarette, se mettre de l'eau sucrée sur les cheveux pour qu'ils frisent, embrasser les filles du Cours complémentaire[1] dans les chemins et crier «À la cornette[2]!» derrière la haie pour narguer la religieuse qui passe, c'était la joie de tous les mauvais
5 drôles du pays. À vingt ans, d'ailleurs, les mauvais drôles de cette espèce peuvent très bien s'amender[3] et deviennent parfois des jeunes gens fort sensibles. Le cas est plus grave lorsque le drôle en question a la figure déjà vieillotte et fanée, lorsqu'il s'occupe des histoires louches des femmes du pays, lorsqu'il dit de Gilberte
10 Poquelin mille bêtises pour faire rire les autres. Mais enfin le cas n'est pas encore désespéré...

C'était le cas de Jasmin Delouche. Il continuait, je ne sais pourquoi, mais certainement sans aucun désir de passer les examens, à suivre le Cours supérieur que tout le monde aurait
15 voulu lui voir abandonner. Entre-temps, il apprenait avec son oncle Dumas le métier de plâtrier. Et bientôt ce Jasmin Delouche, avec Boujardon et un autre garçon très doux, le fils de l'adjoint

---

1. *Les filles du Cours complémentaire* : des adolescentes entre treize et quinze ans ; le Cours complémentaire préparait au brevet élémentaire, après le certificat d'études primaires.

2. *Cornette* : grande coiffure aux bords relevés portée par certaines religieuses.

3. *S'amender* : se corriger.

qui s'appelait Denis, furent les seuls grands élèves que j'aimasse à fréquenter, parce qu'ils étaient «du temps de Meaulnes».

20 Il y avait d'ailleurs, chez Delouche, un désir très sincère d'être mon ami. Pour tout dire, lui qui avait été l'ennemi du grand Meaulnes, il eût voulu devenir le grand Meaulnes de l'école : tout au moins regrettait-il peut-être de n'avoir pas été son lieutenant. Moins lourd que Boujardon, il avait senti, je pense, tout ce 25 que Meaulnes avait apporté, dans notre vie, d'extraordinaire. Et souvent je l'entendais répéter :

«Il le disait bien, le grand Meaulnes…» ou encore : «Ah! disait le grand Meaulnes…»

Outre que Jasmin était plus homme que nous, le vieux petit 30 gars disposait de trésors d'amusements qui consacraient sur nous sa supériorité : un chien de race mêlée, aux longs poils blancs, qui répondait au nom agaçant de Bécali et rapportait les pierres qu'on lançait au loin, sans avoir d'aptitude bien nette pour aucun autre sport ; une vieille bicyclette achetée d'occasion 35 et sur quoi Jasmin nous faisait quelquefois monter, le soir après le cours, mais avec laquelle il préférait exercer les filles du pays ; enfin et surtout un âne blanc et aveugle qui pouvait s'atteler à tous les véhicules.

C'était l'âne de Dumas, mais il le prêtait à Jasmin quand nous 40 allions nous baigner au Cher, en été. Sa mère, à cette occasion, donnait une bouteille de limonade que nous mettions sous le siège, parmi les caleçons de bains desséchés. Et nous partions, huit ou dix grands élèves du Cours, accompagnés de M. Seurel, les uns à pied, les autres grimpés dans la voiture à âne, qu'on 45 laissait à la ferme de Grand'Fons, au moment où le chemin du Cher devenait trop raviné.

J'ai lieu de me rappeler jusqu'en ses moindres détails une promenade de ce genre, où l'âne de Jasmin conduisit au Cher nos caleçons, nos bagages, la limonade et M. Seurel, tandis que 50 nous suivions à pied par-derrière. On était au mois d'août. Nous venions de passer les examens. Délivrés de ce souci, il nous semblait que tout l'été, tout le bonheur nous appartenaient, et nous marchions sur la route en chantant, sans savoir quoi ni pourquoi, au début d'un bel après-midi de jeudi.

55 Il n'y eut, à l'aller, qu'une ombre à ce tableau innocent. Nous aperçûmes, marchant devant nous, Gilberte Poquelin. Elle avait la taille bien prise, une jupe demi-longue, des souliers hauts, l'air doux et effronté d'une gamine qui devient une jeune fille. Elle quitta la route et prit un chemin détourné, pour aller chercher

60 du lait sans doute. Le petit Coffin proposa aussitôt à Jasmin de la suivre.

«Ce ne serait pas la première fois que j'irais l'embrasser…», dit l'autre.

Et il se mit à raconter sur elle et ses amies plusieurs histoires

65 grivoises[1], tandis que toute la troupe, par fanfaronnade[2], s'engageait dans le chemin, laissant M. Seurel continuer en avant, sur la route, dans la voiture à âne. Une fois là, pourtant, la bande commença à s'égrener[3]. Delouche lui-même paraissait peu soucieux de s'attaquer devant nous à la gamine qui filait, et il

70 ne l'approcha pas à plus de cinquante mètres. Il y eut quelques cris de coq et de poules, des petits coups de sifflets galants, puis nous rebroussâmes chemin, un peu mal à l'aise, abandonnant la partie. Sur la route, en plein soleil, il fallut courir. Nous ne chantions plus.

75 Nous nous déshabillâmes et rhabillâmes dans les saulaies[4] arides qui bordent le Cher. Les saules nous abritaient des regards, mais non pas du soleil. Les pieds dans le sable et la vase desséchée, nous ne pensions qu'à la bouteille de limonade de la veuve Delouche, qui fraîchissait dans la fontaine de Grand'Fons, une

80 fontaine creusée dans la rive même du Cher. Il y avait toujours, dans le fond, des herbes glauques et deux ou trois bêtes pareilles

---

1. *Grivoises* : osées.
2. *Fanfaronnade* : vantardise, bravade.
3. *S'égrener* : se disperser.
4. *Saulaies* : lieux où poussent des saules.

à des cloportes[1] ; mais l'eau était si claire, si transparente, que les pêcheurs n'hésitaient pas à s'agenouiller, les deux mains sur chaque bord, pour y boire.

85 Hélas ! ce fut ce jour-là comme les autres fois… Lorsque, tous habillés, nous nous mettions en rond, les jambes croisées en tailleur, pour nous partager, dans deux gros verres sans pied, la limonade rafraîchie, il ne revenait guère à chacun, lorsqu'on avait prié M. Seurel de prendre sa part, qu'un peu de mousse qui piquait
90 le gosier et ne faisait qu'irriter la soif. Alors, à tour de rôle, nous allions à la fontaine que nous avions d'abord méprisée, et nous approchions lentement le visage de la surface de l'eau pure. Mais tous n'étaient pas habitués à ces mœurs d'hommes des champs. Beaucoup, comme moi, n'arrivaient pas à se désaltérer : les uns,
95 parce qu'ils n'aimaient pas l'eau, d'autres, parce qu'ils avaient le gosier serré par la peur d'avaler un cloporte, d'autres, trompés par la grande transparence de l'eau immobile et n'en sachant pas calculer exactement la surface, s'y baignaient la moitié du visage en même temps que la bouche et aspiraient âcrement[2] par le nez
100 une eau qui leur semblait brûlante, d'autres enfin pour toutes ces raisons à la fois… N'importe ! il nous semblait, sur ces bords arides du Cher, que toute la fraîcheur terrestre était enclose en ce lieu. Et maintenant encore, au seul mot de fontaine, prononcé n'importe où, c'est à celle-là pendant longtemps, que je pense.

105 Le retour se fit à la brune[3], avec insouciance d'abord, comme l'aller. Le chemin de Grand'Fons, qui remontait vers la route, était un ruisseau l'hiver et, l'été, un ravin impraticable, coupé de trous et de grosses racines, qui montait dans l'ombre entre de grandes haies d'arbres. Une partie des baigneurs s'y engagea
110 par jeu. Mais nous suivîmes, avec M. Seurel, Jasmin et plusieurs camarades, un sentier doux et sablonneux, parallèle à celui-là,

---

1. *Cloportes* : insectes noirs vivant sous les pierres.
2. *Âcrement* : avec une sensation piquante.
3. *À la brune* : à la tombée de la nuit.

qui longeait la terre voisine. Nous entendions causer et rire les autres, près de nous, au-dessous de nous, invisibles dans l'ombre, tandis que Delouche racontait ses histoires d'homme…
115 Au faîte[1] des arbres de la grande haie grésillaient les insectes du soir qu'on voyait, sur le clair du ciel, remuer tout autour de la dentelle des feuillages. Parfois il en dégringolait un, brusquement, dont le bourdonnement grinçait tout à coup. – Beau soir d'été calme !… Retour, sans espoir mais sans désir, d'une pauvre
120 partie de campagne… Ce fut encore Jasmin, sans le vouloir, qui vint troubler cette quiétude[2]…

Au moment où nous arrivions au sommet de la côte, à l'endroit où il reste deux grosses vieilles pierres qu'on dit être les vestiges d'un château fort, il en vint à parler des domaines qu'il
125 avait visités et spécialement d'un domaine à demi abandonné aux environs du Vieux-Nançay : le domaine des Sablonnières. Avec cet accent de l'Allier qui arrondit vaniteusement certains mots et abrège avec préciosité[3] les autres, il racontait avoir vu quelques années auparavant, dans la chapelle en ruines de cette
130 vieille propriété, une pierre tombale sur laquelle étaient gravés ces mots :

CI-GÎT LE CHEVALIER GALOIS
FIDÈLE À SON DIEU, À SON ROI, À SA BELLE.

« Ah ! Bah ! Tiens ! » disait M. Seurel, avec un léger haussement
135 d'épaules, un peu gêné du ton que prenait la conversation, mais désireux cependant de nous laisser parler comme des hommes.

Alors Jasmin continua de décrire ce château, comme s'il y avait passé sa vie.

Plusieurs fois, en revenant du Vieux-Nançay, Dumas et lui
140 avaient été intrigués par la vieille tourelle grise qu'on apercevait

---

1. *Faîte* : sommet.
2. *Cette quiétude* : ce calme.
3. *Avec préciosité* : de façon maniérée.

au-dessus des sapins. Il y avait là, au milieu des bois, tout un dédale de bâtiments ruinés que l'on pouvait visiter en l'absence des maîtres. Un jour, un garde de l'endroit, qu'ils avaient fait monter dans leur voiture, les avait conduits dans le domaine 145 étrange. Mais depuis lors on avait fait tout abattre; il ne restait plus guère, disait-on, que la ferme et une petite maison de plaisance[1]. Les habitants étaient toujours les mêmes : un vieil officier retraité, demi-ruiné et sa fille.

Il parlait… Il parlait… J'écoutais attentivement, sentant sans 150 m'en rendre compte qu'il s'agissait là d'une chose bien connue de moi, lorsque soudain, tout simplement, comme se font les choses extraordinaires, Jasmin se tourna vers moi et, me touchant le bras, frappé d'une idée qui ne lui était jamais venue :

«Tiens, mais, j'y pense, dit-il, c'est là que Meaulnes – tu sais, 155 le grand Meaulnes ? – avait dû aller.

«Mais oui, ajouta-t-il, car je ne répondais pas, et je me rappelle que le garde parlait du fils de la maison, un excentrique, qui avait des idées extraordinaires…»

Je ne l'écoutais plus, persuadé dès le début qu'il avait deviné 160 juste et que devant moi, loin de Meaulnes, loin de tout espoir, venait de s'ouvrir, net et facile comme une route familière, le chemin du Domaine sans nom.

Chapitre II

Chez Florentin

Autant j'avais été un enfant malheureux et rêveur et fermé, autant je devins résolu et, comme on dit chez nous, «décidé», lorsque je sentis que dépendait de moi l'issue de cette grave aventure.

---

1. De plaisance : destinée à l'agrément, au loisir.

⁵   Ce fut, je crois bien, à dater de ce soir-là que mon genou cessa définitivement de me faire mal.

Au Vieux-Nançay, qui était la commune du domaine des Sablonnières, habitait toute la famille de M. Seurel et en particulier mon oncle Florentin, un commerçant chez qui nous passions
¹⁰ quelquefois la fin de septembre. Libéré de tout examen, je ne voulus pas attendre et j'obtins d'aller immédiatement voir mon oncle. Mais je décidai de ne rien faire savoir à Meaulnes aussi longtemps que je ne serais pas certain de pouvoir lui annoncer quelque bonne nouvelle. À quoi bon en effet l'arracher à son
¹⁵ désespoir pour l'y replonger ensuite plus profondément peut-être ?

Le Vieux-Nançay fut pendant très longtemps le lieu du monde que je préférais, le pays des fins des vacances, où nous n'allions que bien rarement, lorsqu'il se trouvait une voiture à louer pour
²⁰ nous y conduire. Il y avait eu, jadis, quelque brouille avec la branche de la famille qui habitait là-bas, et c'est pourquoi sans doute Millie se faisait tant prier chaque fois pour monter en voiture. Mais moi, je me souciais bien de ces fâcheries !... Et sitôt arrivé, je me perdais et m'ébattais[1] parmi les oncles, les cousi-
²⁵ nes et les cousins, dans une existence faite de mille occupations amusantes et de plaisirs qui me ravissaient.

Nous descendions chez l'oncle Florentin et la tante Julie, qui avaient un garçon de mon âge, le cousin Firmin, et huit filles dont les aînées, Marie-Louise, Charlotte, pouvaient avoir dix-sept
³⁰ et quinze ans. Ils tenaient un très grand magasin à l'une des entrées de ce bourg de Sologne, devant l'église – un magasin universel[2], auquel s'approvisionnaient tous les châtelains-chasseurs de la région, isolés dans la contrée perdue, à trente kilomètres de toute gare.

---

1. *Je m'ébattais* : je m'amusais.
2. *Magasin universel* : bazar, boutique où l'on vend de tout.

35 Ce magasin, avec ses comptoirs d'épicerie et de rouennerie[1], donnait par de nombreuses fenêtres sur la route et, par la
porte vitrée, sur la grande place de l'église. Mais, chose étrange,
quoique assez ordinaire dans ce pays pauvre, la terre battue dans
toute la boutique tenait lieu de plancher.

40 Par-derrière, c'étaient six chambres, chacune remplie d'une
seule et même marchandise : la chambre aux chapeaux, la
chambre au jardinage, la chambre aux lampes… que sais-je ? Il
me semblait, lorsque j'étais enfant et que je traversais ce dédale
d'objets de bazar, que je n'en épuiserais jamais du regard toutes
45 les merveilles. Et, à cette époque encore, je trouvais qu'il n'y avait
de vraies vacances que passées en ce lieu.

La famille vivait dans une grande cuisine dont la porte
s'ouvrait sur le magasin – cuisine où brillaient aux fins de
septembre de grandes flambées de cheminée, où les chasseurs et
50 les braconniers qui vendaient du gibier à Florentin venaient de
grand matin se faire servir à boire, tandis que les petites filles,
déjà levées, couraient, criaient, se passaient les unes aux autres
du «sent-y-bon» sur leurs cheveux lissés. Aux murs, de vieilles
photographies, de vieux «groupes scolaires» jaunis montraient
55 mon père – on mettait longtemps à le reconnaître en uniforme –
au milieu de ses camarades d'École normale…

C'est là que se passaient nos matinées ; et aussi dans la cour
où Florentin faisait pousser des dahlias[2] et élevait des pintades ;
où l'on torréfiait le café, assis sur des boîtes à savon ; où nous
60 déballions des caisses remplies d'objets divers précieusement
enveloppés et dont nous ne savions pas toujours le nom…

Toute la journée, le magasin était envahi par des paysans ou
par les cochers des châteaux voisins. À la porte vitrée s'arrêtaient
et s'égouttaient, dans le brouillard de septembre, des charrettes,
65 venues du fond de la campagne. Et de la cuisine nous écoutions

---

1. *Rouennerie* : toile en laine ou en coton.
2. *Dahlias* : fleurs d'ornement à longue tige.

ce que disaient les paysannes, curieux de toutes leurs histoires…

Mais le soir, après 8 heures, lorsqu'avec des lanternes on portait le foin aux chevaux dont la peau fumait dans l'écurie – tout le magasin nous appartenait !

70 Marie-Louise, qui était l'aînée de mes cousines mais une des plus petites, achevait de plier et de ranger les piles de drap dans la boutique ; elle nous encourageait à venir la distraire. Alors Firmin et moi avec toutes les filles, nous faisions irruption dans la grande boutique, sous les lampes d'auberge, tournant les moulins à café, 75 faisant des tours de force sur les comptoirs ; et parfois Firmin allait chercher dans les greniers, car la terre battue invitait à la danse, quelque vieux trombone plein de vert-de-gris…[1].

Je rougis encore à l'idée que, les années précédentes, Mlle de Galais eût pu venir à cette heure et nous surprendre au milieu de 80 ces enfantillages… Mais ce fut un peu avant la tombée de la nuit, un soir de ce mois d'août, tandis que je causais tranquillement avec Marie-Louise et Firmin que je la vis pour la première fois…

Dès le soir de mon arrivée au Vieux-Nançay, j'avais interrogé mon oncle Florentin sur le Domaine des Sablonnières.

85 « Ce n'est plus un Domaine, avait-il dit. On a tout vendu, et les acquéreurs, des chasseurs, ont fait abattre les vieux bâtiments pour agrandir leurs terrains de chasse ; la cour d'honneur n'est plus maintenant qu'une lande de bruyères et d'ajoncs. Les anciens possesseurs n'ont gardé qu'une petite maison d'un étage et la 90 ferme. Tu auras bien l'occasion de voir ici Mlle de Galais ; c'est elle-même qui vient faire ses provisions, tantôt en selle, tantôt en voiture, mais toujours avec le même cheval, le vieux Bélisaire… C'est un drôle d'équipage ! »

J'étais si troublé que je ne savais plus quelle question poser 95 pour en apprendre davantage.

---

1. *Vert-de-gris* : dépôt verdâtre dont se couvre le cuivre lorsqu'il s'oxyde, au contact de l'humidité.

«Ils étaient riches, pourtant ?

– Oui. M. de Galais donnait des fêtes pour amuser son fils, un garçon étrange, plein d'idées extraordinaires. Pour le distraire, il imaginait ce qu'il pouvait. On faisait venir des Parisiennes… des gars de Paris et d'ailleurs…

«Toutes les Sablonnières étaient en ruine, Mme de Galais près de sa fin, qu'ils cherchaient encore à l'amuser et lui passaient toutes ses fantaisies. C'est l'hiver dernier – non, l'autre hiver, qu'ils ont fait leur plus grande fête costumée. Ils avaient invité moitié gens de Paris et moitié gens de campagne. Ils avaient acheté ou loué des quantités d'habits merveilleux, des jeux, des chevaux, des bateaux. Toujours pour amuser Frantz de Galais. On disait qu'il allait se marier et qu'on fêtait là ses fiançailles. Mais il était bien trop jeune. Et tout a cassé d'un coup ; il s'est sauvé ; on ne l'a jamais revu… La châtelaine morte, Mlle de Galais est restée soudain toute seule avec son père, le vieux capitaine de vaisseau.

– N'est-elle pas mariée ? demandai-je enfin.

– Non, dit-il, je n'ai entendu parler de rien. Serais-tu un prétendant ?»

Tout déconcerté, je lui avouai aussi brièvement, aussi discrètement que possible, que mon meilleur ami, Augustin Meaulnes, peut-être, en serait un.

«Ah ! dit Florentin, en souriant, s'il ne tient pas à la fortune, c'est un joli parti[1]… Faudra-t-il que j'en parle à M. de Galais ? Il vient encore quelquefois jusqu'ici chercher du petit plomb pour la chasse. Je lui fais toujours goûter ma vieille eau-de-vie de marc[2].»

Mais je le priai bien vite de n'en rien faire, d'attendre. Et moi-même je ne me hâtai pas de prévenir Meaulnes. Tant d'heureuses chances accumulées m'inquiétaient un peu. Et cette

---

1. *Joli parti* : mariage intéressant.
2. *Marc* : résidu de raisin.

inquiétude me commandait de ne rien annoncer à Meaulnes que je n'eusse au moins vu la jeune fille.

Je n'attendis pas longtemps. Le lendemain, un peu avant le
130 dîner, la nuit commençait à tomber; une brume fraîche, plutôt de septembre que d'août, descendait avec la nuit. Firmin et moi, pressentant le magasin vide d'acheteurs un instant, nous étions venus voir Marie-Louise et Charlotte. Je leur avais confié le secret qui m'amenait au Vieux-Nançay à cette date prématurée. Accou-
135 dés sur le comptoir ou assis les deux mains à plat sur le bois ciré, nous nous racontions mutuellement ce que nous savions de la mystérieuse jeune fille – et cela se réduisait à fort peu de chose – lorsqu'un bruit de roues nous fit tourner la tête.

«La voici, c'est elle», dirent-ils à voix basse.

140 Quelques secondes après, devant la porte vitrée, s'arrêtait l'étrange équipage. Une vieille voiture de ferme, aux panneaux arrondis, avec de petites galeries moulées, comme nous n'en avions jamais vu dans cette contrée; un vieux cheval blanc qui semblait toujours vouloir brouter quelque herbe sur la route, tant
145 il baissait la tête pour marcher; et sur le siège – je le dis dans la simplicité de mon cœur, mais sachant bien ce que je dis – la jeune fille la plus belle qu'il y ait peut-être jamais eu au monde.

Jamais je ne vis tant de grâce s'unir à tant de gravité. Son costume lui faisait la taille si mince qu'elle semblait fragile. Un
150 grand manteau marron, qu'elle enleva en entrant, était jeté sur ses épaules. C'était la plus grave des jeunes filles, la plus frêle des femmes. Une lourde chevelure blonde pesait sur son front et sur son visage délicatement dessiné, finement modelé. Sur son teint très pur, l'été avait posé deux taches de rousseur... Je ne remar-
155 quai qu'un défaut à tant de beauté : aux moments de tristesse, de découragement ou seulement de réflexion profonde, ce visage si pur se marbrait[1] légèrement de rouge, comme il arrive chez

---

1. *Se marbrait* : se couvrait de marques semblables aux veines du marbre.

certains malades gravement atteints sans qu'on le sache. Alors
toute l'admiration de celui qui la regardait faisait place à une
160 sorte de pitié d'autant plus déchirante qu'elle surprenait davantage.

Voilà du moins ce que je découvrais, tandis qu'elle descendait
lentement de voiture et qu'enfin Marie-Louise, me présentant
avec aisance à la jeune fille, m'engageait à lui parler.

165 On lui avança une chaise cirée et elle s'assit, adossée au
comptoir, tandis que nous restions debout. Elle paraissait bien
connaître et aimer le magasin. Ma tante Julie, aussitôt prévenue,
arriva, et le temps qu'elle parla, sagement, les mains croisées sur
son ventre, hochant doucement sa tête de paysanne-commerçante
170 coiffée d'un bonnet blanc, retarda le moment – qui me faisait
trembler un peu – où la conversation s'engagerait avec moi…

Ce fut très simple.

«Ainsi, dit Mlle de Galais, vous serez bientôt instituteur?»

Ma tante allumait au-dessus de nos têtes la lampe de porce-
175 laine qui éclairait faiblement le magasin. Je voyais le doux visage
enfantin de la jeune fille, ses yeux bleus si ingénus[1], et j'étais
d'autant plus surpris de sa voix si nette, si sérieuse. Lorsqu'elle
cessait de parler, ses yeux se fixaient ailleurs, ne bougeaient plus
en attendant la réponse, et elle tenait sa lèvre un peu mordue.

180 «J'enseignerais, moi aussi, dit-elle, si M. de Galais voulait!
J'enseignerais les petits garçons, comme votre mère…»

Et elle sourit, montrant ainsi que mes cousins lui avaient parlé
de moi.

«C'est, continua-t-elle, que les villageois sont toujours avec
185 moi polis, doux et serviables. Et je les aime beaucoup. Mais aussi
quel mérite ai-je à les aimer?…

« Tandis qu'avec l'institutrice, ils sont, n'est-ce pas? chicaniers[2] et avares. Il y a sans cesse des histoires de porte-plume
perdus, de cahiers trop chers ou d'enfants qui n'apprennent

---

1. *Ingénus* : innocents.
2. *Chicaniers* : tracassiers.

190 pas… Eh bien, je me débattrais avec eux et ils m'aimeraient tout de même. Ce serait beaucoup plus difficile…»

Et, sans sourire, elle reprit sa pose songeuse et enfantine, son regard bleu, immobile.

Nous étions gênés tous les trois par cette aisance à parler des
195 choses délicates, de ce qui est secret, subtil, et dont on ne parle bien que dans les livres. Il y eut un instant de silence; et lentement une discussion s'engagea…

Mais avec une sorte de regret et d'animosité[1] contre je ne sais quoi de mystérieux dans sa vie, la jeune demoiselle poursuivit :
200 «Et puis j'apprendrais aux garçons à être sages, d'une sagesse que je sais. Je ne leur donnerais pas le désir de courir le monde, comme vous le ferez sans doute, monsieur Seurel, quand vous serez sous-maître[2]. Je leur enseignerais à trouver le bonheur qui est tout près d'eux et qui n'en a pas l'air…»
205 Marie-Louise et Firmin étaient interdits comme moi. Nous restions sans mot dire. Elle sentit notre gêne et s'arrêta, se mordit la lèvre, baissa la tête et puis elle sourit comme si elle se moquait de nous :

«Ainsi, dit-elle, il y a peut-être quelque grand jeune homme
210 fou qui me cherche au bout du monde, pendant que je suis ici dans le magasin de Mme Florentin, sous cette lampe, et que mon vieux cheval m'attend à la porte. Si ce jeune homme me voyait, il ne voudrait pas y croire, sans doute ?… »

De la voir sourire, l'audace me prit et je sentis qu'il était
215 temps de dire, en riant aussi :

«Et peut-être que ce grand jeune homme fou, je le connais, moi ?»

Elle me regarda vivement.

À ce moment le timbre de la porte sonna, deux bonnes femmes
220 entrèrent avec des paniers :

---

1. *Animosité* : emportement, aigreur.
2. *Sous-maître* : surveillant et remplaçant du maître d'école.

«Venez dans la "salle à manger", vous serez en paix», nous dit ma tante en poussant la porte de la cuisine.

Et comme Mlle de Galais refusait et voulait partir aussitôt, ma tante ajouta :

225 « M. de Galais est ici et cause avec Florentin, auprès du feu.»

Il y avait toujours, même au mois d'août, dans la grande cuisine, un éternel fagot de sapins qui flambait et craquait. Là aussi une lampe de porcelaine était allumée et un vieillard au doux visage, creusé et rasé, presque toujours silencieux comme

230 un homme accablé par l'âge et les souvenirs, était assis auprès de Florentin devant deux verres de marc.

Florentin salua :

«François ! cria-t-il de sa forte voix de marchand forain, comme s'il y avait eu entre nous une rivière ou plusieurs hecta-

235 res de terrain, je viens d'organiser une après-midi de plaisir au bord du Cher pour jeudi prochain. Les uns chasseront, les autres pêcheront, les autres danseront, les autres se baigneront !… Mademoiselle, vous viendrez à cheval ; c'est entendu avec M. de Galais. J'ai tout arrangé…

240 «Et, François ! ajouta-t-il comme s'il y eût seulement pensé, tu pourras amener ton ami, M. Meaulnes… C'est bien Meaulnes qu'il s'appelle ?»

Mlle de Galais s'était levée, soudain devenue très pâle. Et, à ce moment précis, je me rappelai que Meaulnes, autrefois, dans le

245 Domaine singulier, près de l'étang, lui avait dit son nom…

Lorsqu'elle me tendit la main, pour partir, il y avait entre nous, plus clairement que si nous avions dit beaucoup de paroles, une entente secrète que la mort seule devait briser et une amitié plus pathétique[1] qu'un grand amour.

250 … À 4 heures, le lendemain matin, Firmin frappait à la porte de la petite chambre que j'habitais dans la cour aux pintades. Il faisait nuit encore et j'eus grand-peine à retrouver mes affaires

---

1. Pathétique : émouvante, bouleversante.

sur la table encombrée de chandeliers de cuivre et de statuettes
de bons saints toutes neuves, choisies au magasin pour meubler
255 mon logis la veille de mon arrivée. Dans la cour, j'entendais
Firmin gonfler ma bicyclette, et ma tante dans la cuisine souffler
le feu. Le soleil se levait à peine lorsque je partis. Mais ma journée
devait être longue : j'allais d'abord déjeuner à Sainte-Agathe pour
expliquer mon absence prolongée et, poursuivant ma course je
260 devais arriver avant le soir à La Ferté-d'Angillon, chez mon ami
Augustin Meaulnes.

Chapitre III

Une apparition

Je n'avais jamais fait de longue course à bicyclette. Celle-ci était
la première. Mais, depuis longtemps, malgré mon mauvais genou,
en cachette, Jasmin m'avait appris à monter. Si déjà pour un jeune
homme ordinaire la bicyclette est un instrument bien amusant,
5 que ne devait-elle pas sembler à un pauvre garçon comme moi,
qui naguère encore traînais misérablement la jambe, trempé de
sueur, dès le quatrième kilomètre !... Du haut des côtes, descendre et s'enfoncer dans le creux des paysages ; découvrir comme à
coups d'ailes les lointains de la route qui s'écartent et fleurissent
10 à votre approche, traverser un village dans l'espace d'un instant
et l'emporter tout entier d'un coup d'œil... En rêve seulement
j'avais connu jusque-là course aussi charmante, aussi légère. Les
côtes mêmes me trouvaient plein d'entrain. Car c'était, il faut le
dire, le chemin du pays de Meaulnes que je buvais ainsi...
15   «Un peu avant l'entrée du bourg, me disait Meaulnes, lorsque
jadis il décrivait son village, on voit une grande roue à palettes[1]
que le vent fait tourner...» Il ne savait pas à quoi elle servait, ou

---

1. Palettes : petites planches.

peut-être feignait-il de n'en rien savoir pour piquer[1] ma curiosité davantage.

20 C'est seulement au déclin de cette journée de fin d'août que j'aperçus, tournant au vent dans une immense prairie, la grande roue qui devait monter l'eau pour une métairie[2] voisine. Derrière les peupliers du pré se découvraient déjà les premiers faubourgs. À mesure que je suivais le grand détour que faisait la route pour
25 contourner le ruisseau, le paysage s'épanouissait et s'ouvrait... Arrivé sur le pont, je découvris enfin la grand-rue du village.

Des vaches paissaient, cachées dans les roseaux de la prairie et j'entendais leurs cloches, tandis que, descendu de bicyclette, les deux mains sur mon guidon, je regardais le pays où j'allais porter
30 une si grave nouvelle. Les maisons, où l'on entrait en passant sur un petit pont de bois, étaient toutes alignées au bord d'un fossé qui descendait la rue, comme autant de barques, voiles carguées[3], amarrées dans le calme du soir. C'était l'heure où dans chaque cuisine on allume un feu.

35 Alors la crainte et je ne sais quel obscur regret de venir troubler tant de paix commencèrent à m'enlever tout courage. À point pour aggraver ma soudaine faiblesse, je me rappelai que la tante Moinel habitait là, sur une petite place de La Ferté-d'Angillon.

C'était une de mes grand-tantes. Tous ses enfants étaient
40 morts et j'avais bien connu Ernest, le dernier de tous, un grand garçon qui allait être instituteur. Mon grand-oncle Moinel, le vieux greffier[4], l'avait suivi de près. Et ma tante était restée toute seule dans sa bizarre petite maison où les tapis étaient faits d'échantillons cousus, les tables couvertes de coqs, de poules et
45 de chats en papier – mais où les murs étaient tapissés de vieux diplômes, de portraits de défunts, de médaillons en boucles de cheveux morts.

---

1. Piquer : exciter.
2. Métairie : ferme tenue par un métayer. Voir note 3 p. 61.
3. Carguées : pliées.
4. Greffier : fonctionnaire de justice, assistant du juge.

Avec tant de regrets et de deuil, elle était la bizarrerie et la bonne humeur mêmes. Lorsque j'eus découvert la petite place où se tenait sa maison, je l'appelai bien fort par la porte entrouverte, et je l'entendis tout au bout des trois pièces en enfilade pousser un petit cri suraigu :

«Eh là! Mon Dieu!»

Elle renversa son café dans le feu – à cette heure-là comment pouvait-elle faire du café? – et elle apparut... Très cambrée en arrière, elle portait une sorte de chapeau-capote-capeline sur le faîte de la tête, tout en haut de son front immense et cabossé où il y avait de la femme mongole et de la Hottentote[1]; et elle riait à petits coups, montrant le reste de ses dents très fines.

Mais tandis que je l'embrassais, elle me prit maladroitement, hâtivement, une main que j'avais derrière le dos. Avec un mystère parfaitement inutile puisque nous étions tous les deux seuls, elle me glissa une petite pièce que je n'osai pas regarder et qui devait être de un franc... Puis comme je faisais mine de demander des explications ou de la remercier, elle me donna une bourrade[2] en criant :

«Va donc! Ah! je sais bien ce que c'est!»

Elle avait toujours été pauvre, toujours empruntant, toujours dépensant.

«J'ai toujours été bête et toujours malheureuse», disait-elle sans amertume mais de sa voix de fausset[3].

Persuadée que les sous me préoccupaient comme elle, la brave femme n'attendait pas que j'eusse soufflé pour me cacher dans la main ses très minces économies de la journée. Et par la suite c'est toujours ainsi qu'elle m'accueillit.

Le dîner fut aussi étrange – à la fois triste et bizarre – que l'avait été la réception. Toujours une bougie à portée de la main, tantôt

---

1. *Hottentote* : femme issue d'une tribu africaine.

2. *Bourrade* : tape.

3. *Voix de fausset* : voix suraiguë.

elle l'enlevait, me laissant dans l'ombre, et tantôt la posait sur la petite table couverte de plats et de vases ébréchés ou fendus.

80 «Celui-là, disait-elle, les Prussiens[1] lui ont cassé les anses, en soixante-dix, parce qu'ils ne pouvaient pas l'emporter.»

Je me rappelai seulement alors, en revoyant ce grand vase à la tragique histoire, que nous avions dîné et couché là jadis. Mon père m'emmenait dans l'Yonne, chez un spécialiste qui devait 85 guérir mon genou. Il fallait prendre un grand express qui passait avant le jour… Je me souvins du triste dîner de jadis, de toutes les histoires du vieux greffier accoudé devant sa bouteille de boisson rose.

Et je me souvenais aussi de mes terreurs… Après le dîner, 90 assise devant le feu, ma grand-tante avait pris mon père à part pour lui raconter une histoire de revenants : «Je me retourne… Ah ! mon pauvre Louis, qu'est-ce que je vois, une petite femme grise…» Elle passait pour avoir la tête farcie de ces sornettes terrifiantes.

95 Et voici que ce soir-là, le dîner fini, lorsque, fatigué par la bicyclette, je fus couché dans la grande chambre avec une chemise de nuit à carreaux de l'oncle Moinel, elle vint s'asseoir à mon chevet et commença de sa voix la plus mystérieuse et la plus pointue :

100 «Mon pauvre François, il faut que je te raconte à toi ce que je n'ai jamais dit à personne…»

Je pensai :

«Mon affaire est bonne, me voilà terrorisé pour toute la nuit, comme il y a dix ans !… »

105 Et j'écoutai. Elle hochait la tête, regardant droit devant soi comme si elle se fût raconté l'histoire à elle-même :

«Je revenais d'une fête avec Moinel. C'était le premier mariage où nous allions tous les deux, depuis la mort de notre pauvre

---

1. *Prussiens* : les Allemands, qui envahirent partiellement la France pendant la guerre de 1870.

Ernest; et j'y avais rencontré ma sœur Adèle que je n'avais pas
vue depuis quatre ans! Un vieil ami de Moinel, très riche, l'avait
invité à la noce de son fils, au domaine des Sablonnières. Nous
avions loué une voiture. Cela nous avait coûté bien cher. Nous
revenions sur la route vers 7 heures du matin, en plein hiver.
Le soleil se levait. Il n'y avait absolument personne. Qu'est-ce
que je vois tout d'un coup devant nous, sur la route? Un petit
homme, un petit jeune homme arrêté, beau comme le jour, qui
ne bougeait pas, qui nous regardait venir. À mesure que nous
approchions, nous distinguions sa jolie figure, si blanche, si jolie
que cela faisait peur!…

« Je prends le bras de Moinel; je tremblais comme la feuille;
je croyais que c'était le Bon Dieu!… Je lui dis :

«"Regarde! C'est une apparition!"

« Il me répond tout bas, furieux :

«"Je l'ai bien vu! Tais-toi donc, vieille bavarde…"

«Il ne savait que faire; lorsque le cheval s'est arrêté… De
près, cela avait une figure pâle, le front en sueur, un béret sale et
un pantalon long. Nous entendîmes sa voix douce, qui disait :

«"Je ne suis pas un homme, je suis une jeune fille. Je me suis
sauvée et je n'en puis plus. Voulez-vous bien me prendre dans
votre voiture, monsieur et madame?"

« Aussitôt nous l'avons fait monter. À peine assise, elle a perdu
connaissance. Et devines-tu à qui nous avions affaire? C'était la
fiancée du jeune homme des Sablonnières, Frantz de Galais, chez
qui nous étions invités aux noces!

– Mais il n'y a pas eu de noces, dis-je, puisque la fiancée s'est
sauvée!

– Eh bien, non, fit-elle toute penaude en me regardant. Il n'y
a pas eu de noces. Puisque cette pauvre folle s'était mis dans la
tête mille folies qu'elle nous a expliquées. C'était une des filles
d'un pauvre tisserand. Elle était persuadée que tant de bonheur
était impossible; que le jeune homme était trop jeune pour elle;
que toutes les merveilles qu'il lui décrivait étaient imaginaires, et

lorsqu'enfin Frantz est venu la chercher, Valentine a pris peur. Il se promenait avec elle et sa sœur dans le jardin de l'Archevêché à Bourges, malgré le froid et le grand vent. Le jeune homme, par délicatesse certainement et parce qu'il aimait la cadette, était plein d'attentions pour l'aînée. Alors ma folle s'est imaginé je ne sais quoi ; elle a dit qu'elle allait chercher un fichu à la maison ; et là, pour être plus sûre de n'être pas suivie, elle a revêtu des habits d'homme et s'est enfuie à pied sur la route de Paris.

«Son fiancé a reçu d'elle une lettre où elle lui déclarait qu'elle allait rejoindre un jeune homme qu'elle aimait. Et ce n'était pas vrai…

«"Je suis plus heureuse de mon sacrifice, me disait-elle, que si j'étais sa femme." Oui, mon imbécile, mais en attendant, il n'avait pas du tout l'idée d'épouser sa sœur ; il s'est tiré une balle de pistolet ; on a vu le sang dans le bois ; mais on n'a jamais retrouvé son corps.

– Et qu'avez-vous fait de cette malheureuse fille ?

– Nous lui avons fait boire une goutte, d'abord. Puis nous lui avons donné à manger et elle a dormi auprès du feu quand nous avons été de retour. Elle est restée chez nous une bonne partie de l'hiver. Tout le jour, tant qu'il faisait clair, elle taillait, cousait des robes, arrangeait des chapeaux et nettoyait la maison avec rage. C'est elle qui a recollé toute la tapisserie que tu vois là. Et depuis son passage les hirondelles nichent dehors. Mais, le soir, à la tombée de la nuit, son ouvrage fini, elle trouvait toujours un prétexte pour aller dans la cour, dans le jardin, ou sur le devant de la porte, même quand il gelait à pierre fendre. Et on la découvrait là, debout, pleurant de tout son cœur.

«"Eh bien, qu'avez-vous encore ? Voyons ?

« – Rien, madame Moinel !"

« Et elle rentrait.

«Les voisins disaient :

«"Vous avez trouvé une bien jolie petite bonne, madame Moinel."

«Malgré nos supplications, elle a voulu continuer son chemin sur Paris, au mois de mars ; je lui ai donné des robes qu'elle a retaillées, Moinel lui a pris son billet à la gare et donné un peu d'argent.

«Elle ne nous a pas oubliés ; elle est couturière à Paris auprès de Notre-Dame ; elle nous écrit encore pour nous demander si nous ne savons rien des Sablonnières. Une bonne fois, pour la délivrer de cette idée, je lui ai répondu que le domaine était vendu, abattu, le jeune homme disparu pour toujours et la jeune fille mariée. Tout cela doit être vrai, je pense. Depuis ce temps ma Valentine écrit bien moins souvent…»

Ce n'était pas une histoire de revenants que racontait la tante Moinel de sa petite voix stridente si bien faite pour les raconter. J'étais cependant au comble du malaise. C'est que nous avions juré à Frantz le bohémien de le servir comme des frères et voici que l'occasion m'en était donnée…

Or, était-ce le moment de gâter la joie que j'allais porter à Meaulnes le lendemain matin, et de lui dire ce que je venais d'apprendre ? À quoi bon le lancer dans une entreprise mille fois impossible ? Nous avions en effet l'adresse de la jeune fille ; mais où chercher le bohémien qui courait le monde ?… Laissons les fous avec les fous, pensai-je… Delouche et Boujardon n'avaient pas tort. Que de mal nous a fait ce Frantz romanesque ! Et je résolus de ne rien dire tant que je n'aurais pas vu mariés Augustin Meaulnes et Mlle de Galais.

Cette résolution prise, il me restait encore l'impression pénible d'un mauvais présage – impression absurde que je chassai bien vite.

La chandelle était presque au bout ; un moustique vibrait ; mais la tante Moinel, la tête penchée sous sa capote de velours qu'elle ne quittait que pour dormir, les coudes appuyés sur ses genoux, recommençait son histoire… Par moments, elle relevait brusquement la tête et me regardait pour connaître mes

210 impressions, ou peut-être pour voir si je ne m'endormais pas. À la fin, sournoisement[1], la tête sur l'oreiller, je fermai les yeux, faisant semblant de m'assoupir.

«Allons! tu dors...», fit-elle d'un ton plus sourd et un peu déçu.

215 J'eus pitié d'elle et je protestai :

«Mais non, ma tante, je vous assure...

– Mais si! dit-elle. Je comprends bien d'ailleurs que tout cela ne t'intéresse guère. Je te parle là de gens que tu n'as pas connus...»

Et lâchement, cette fois, je ne répondis pas.

Chapitre IV

La grande nouvelle

Il faisait, le lendemain matin, quand j'arrivai dans la grand-rue, un si beau temps de vacances, un si grand calme, et sur tout le bourg passaient des bruits si paisibles, si familiers, que j'avais retrouvé toute la joyeuse assurance d'un porteur de bonne 5 nouvelle...

Augustin et sa mère habitaient l'ancienne maison d'école. À la mort de son père, retraité depuis longtemps, et qu'un héritage avait enrichi, Meaulnes avait voulu qu'on achetât l'école où le vieil instituteur avait enseigné pendant vingt années, où lui-même 10 avait appris à lire. Non pas qu'elle fût d'aspect fort aimable : c'était une grosse maison carrée comme une mairie qu'elle avait été ; les fenêtres du rez-de-chaussée qui donnaient sur la rue étaient si hautes que personne n'y regardait jamais ; et la cour de derrière, où il n'y avait pas un arbre et dont un haut préau barrait 15 la vue sur la campagne, était bien la plus sèche et la plus désolée cour d'école abandonnée que j'aie jamais vue...

---

1. Sournoisement : hypocritement.

Dans le couloir compliqué où s'ouvraient quatre portes, je trouvai la mère de Meaulnes rapportant du jardin un gros paquet de linge, qu'elle avait dû mettre sécher dès la première
20 heure de cette longue matinée de vacances. Ses cheveux gris étaient à demi défaits; des mèches lui battaient la figure; son visage régulier sous sa coiffure ancienne était bouffi et fatigué, comme par une nuit de veille; et elle baissait tristement la tête d'un air songeur.

25 Mais, m'apercevant soudain, elle me reconnut et sourit.

«Vous arrivez à temps, dit-elle. Voyez, je rentre le linge que j'ai fait sécher pour le départ d'Augustin. J'ai passé la nuit à régler ses comptes et à préparer ses affaires. Le train part à 5 heures, mais nous arriverons à tout apprêter…»

30 On eût dit, tant elle montrait d'assurance, qu'elle-même avait pris cette décision. Or, sans doute ignorait-elle même où Meaulnes devait aller.

«Montez, dit-elle, vous le trouverez dans la mairie en train d'écrire.»

35 En hâte je grimpai l'escalier, ouvris la porte de droite où l'on avait laissé l'écriteau *Mairie*, et me trouvai dans une grande salle à quatre fenêtres, deux sur le bourg, deux sur la campagne, ornée aux murs des portraits jaunis des présidents Grévy et Carnot[1]. Sur une longue estrade qui tenait tout le fond de la salle, il y avait
40 encore, devant une table à tapis vert, les chaises des conseillers municipaux. Au centre, assis sur un vieux fauteuil qui était celui du maire, Meaulnes écrivait, trempant sa plume au fond d'un encrier de faïence démodé, en forme de cœur. Dans ce lieu qui semblait fait pour quelque rentier de village, Meaulnes se retirait,
45 quand il ne battait pas la contrée, durant les longues vacances…

Il se leva, dès qu'il m'eut reconnu, mais non pas avec la précipitation que j'avais imaginée :

---

1. *Jules Grévy* (1807-1891), *Sadi Carnot* (1837-1894) : présidents de la République, dont les portraits étaient présents dans les mairies.

«Seurel!» dit-il seulement, d'un air de profond étonnement.

C'était le même grand gars au visage osseux, à la tête rasée. Une moustache inculte[1] commençait à lui traîner sur les lèvres. Toujours ce même regard loyal… Mais sur l'ardeur des années passées on croyait voir comme un voile de brume, que par instants sa grande passion de jadis dissipait…

Il paraissait très troublé de me voir. D'un bond j'étais monté sur l'estrade. Mais, chose étrange à dire, il ne songea même pas à me tendre la main. Il s'était tourné vers moi, les mains derrière le dos, appuyé contre la table, renversé en arrière, et l'air profondément gêné. Déjà, me regardant sans me voir, il était absorbé par ce qu'il allait me dire. Comme autrefois et comme toujours, homme lent à commencer de parler, ainsi que sont les solitaires, les chasseurs et les hommes d'aventures, il avait pris une décision sans se soucier des mots qu'il faudrait pour l'expliquer. Et maintenant que j'étais devant lui, il commençait seulement à ruminer péniblement les paroles nécessaires.

Cependant, je lui racontais avec gaieté comment j'étais venu, où j'avais passé la nuit et que j'avais été bien surpris de voir Mme Meaulnes préparer le départ de son fils…

«Ah! elle t'a dit?… demanda-t-il.

– Oui. Ce n'est pas, je pense, pour un long voyage?

– Si, un très long voyage.»

Un instant décontenancé, sentant que j'allais tout à l'heure, d'un mot, réduire à néant cette décision que je ne comprenais pas, je n'osais plus rien dire et ne savais par où commencer ma mission.

Mais lui-même parla enfin, comme quelqu'un qui veut se justifier.

«Seurel! dit-il, tu sais ce qu'était pour moi mon étrange aventure de Sainte-Agathe. C'était ma raison de vivre et d'avoir de l'espoir. Cet espoir-là perdu, que pouvais-je devenir?… Comment vivre à la façon de tout le monde!

---

1. *Inculte* : non soignée.

«Eh bien j'ai essayé de vivre là-bas, à Paris, quand j'ai vu que tout était fini et qu'il ne valait plus même la peine de chercher le Domaine perdu… Mais un homme qui a fait une fois un bond dans le Paradis, comment pourrait-il s'accommoder[1] ensuite de la vie de tout le monde ? Ce qui est le bonheur des autres m'a paru dérision. Et lorsque, sincèrement, délibérément, j'ai décidé un jour de faire comme les autres, ce jour-là j'ai amassé du remords pour longtemps… »

Assis sur une chaise de l'estrade, la tête basse, l'écoutant sans le regarder, je ne savais que penser de ces explications obscures :

«Enfin, dis-je, Meaulnes, explique-toi mieux ! Pourquoi ce long voyage ? As-tu quelque faute à réparer ? Une promesse à tenir ?

– Eh bien, oui, répondit-il. Tu te souviens de cette promesse que j'avais faite à Frantz ?…

Ah ! fis-je, soulagé, il ne s'agit que de cela ?…

– De cela. Et peut-être aussi d'une faute à réparer. Les deux en même temps… »

Suivit un moment de silence pendant lequel je décidai de commencer à parler et préparai mes mots.

«Il n'y a qu'une explication à laquelle je croie, dit-il encore. Certes, j'aurais voulu revoir une fois Mlle de Galais, seulement la revoir… Mais, j'en suis persuadé maintenant, lorsque j'avais découvert le Domaine sans nom, j'étais à une hauteur, à un degré de perfection et de pureté que je n'atteindrai jamais plus. Dans la mort seulement, comme je te l'écrivais un jour, je retrouverai peut-être la beauté de ce temps-là… »

Il changea de ton pour reprendre avec une animation étrange, en se rapprochant de moi :

«Mais, écoute, Seurel ! Cette intrigue nouvelle et ce grand voyage, cette faute que j'ai commise et qu'il faut réparer, c'est, en un sens, mon ancienne aventure qui se poursuit… »

---

1. S'accommoder : se contenter.

Un temps, pendant lequel péniblement il essaya de ressaisir ses souvenirs. J'avais manqué l'occasion précédente. Je ne voulais
115 pour rien au monde laisser passer celle-ci ; et, cette fois, je parlai – trop vite, car je regrettai amèrement plus tard, de n'avoir pas attendu ses aveux.

Je prononçai donc ma phrase, qui était préparée pour l'instant d'avant, mais qui n'allait plus maintenant. Je dis, sans un
120 geste, à peine en soulevant un peu la tête :

« Et si je venais t'annoncer que tout espoir n'est pas perdu ?... »

Il me regarda, puis, détournant brusquement les yeux, rougit comme je n'ai jamais vu quelqu'un rougir : une montée de sang
125 qui devait lui cogner à grands coups dans les tempes...

« Que veux-tu dire ? » demanda-t-il enfin, à peine distinctement.

Alors, tout d'un trait, je racontai ce que je savais, ce que j'avais fait, et comment, la face des choses ayant tourné, il semblait
130 presque que ce fût Yvonne de Galais qui m'envoyât vers lui.

Il était maintenant affreusement pâle.

Durant tout ce récit, qu'il écoutait en silence, la tête un peu rentrée, dans l'attitude de quelqu'un qu'on a surpris et qui ne sait comment se défendre, se cacher ou s'enfuir, il ne m'interrompit,
135 je me rappelle, qu'une seule fois. Je lui racontais, en passant, que toutes les Sablonnières avaient été démolies et que le Domaine d'autrefois n'existait plus :

« Ah ! dit-il, tu vois... (comme s'il eût guetté une occasion de justifier sa conduite et le désespoir où il avait sombré) tu vois : il
140 n'y a plus rien... »

Pour terminer, persuadé qu'enfin l'assurance de tant de facilité emporterait le reste de sa peine, je lui racontai qu'une partie de campagne était organisée par mon oncle Florentin, que Mlle de Galais devait y venir à cheval et que lui-même était invité... Mais
145 il paraissait complètement désemparé et continuait à ne rien répondre.

«Il faut tout de suite décommander ton voyage, dis-je avec impatience. Allons avertir ta mère…»

Et comme nous descendions tous les deux :

150 «Cette partie de campagne?… me demanda-t-il avec hésitation. Alors, vraiment, il faut que j'y aille?…

– Mais, voyons, répliquai-je, cela ne se demande pas…»

Il avait l'air de quelqu'un qu'on pousse par les épaules.

En bas, Augustin avertit Mme Meaulnes que je déjeunerais
155 avec eux, dînerais, coucherais là et que, le lendemain, lui-même louerait une bicyclette et me suivrait au Vieux-Nançay.

«Ah! très bien», fit-elle, en hochant la tête, comme si ces nouvelles eussent confirmé toutes ses prévisions.

Je m'assis dans la petite salle à manger, sous les calendriers
160 illustrés, les poignards ornementés et les outres soudanaises qu'un frère de M. Meaulnes, ancien soldat d'infanterie de marine, avait rapportés de ses lointains voyages.

Augustin me laissa là un instant, avant le repas, et, dans la chambre voisine, où sa mère avait préparé ses bagages, je l'enten-
165 dis qui lui disait, en baissant un peu la voix, de ne pas défaire sa malle – car son voyage pouvait être seulement retardé…

Chapitre v

La partie de plaisir

J'eus peine à suivre Augustin sur la route du Vieux-Nançay. Il allait comme un coureur de bicyclette. Il ne descendait pas aux côtes. À son inexplicable hésitation de la veille avaient succédé une fièvre, une nervosité, un désir d'arriver au plus vite, qui ne
5 laissaient pas de m'effrayer un peu. Chez mon oncle il montra la même impatience, il parut incapable de s'intéresser à rien jusqu'au moment où nous fûmes tous installés en voiture, vers dix heures, le lendemain matin, et prêts à partir pour les bords de la rivière.

On était à la fin du mois d'août, au déclin de l'été. Déjà les
10 fourreaux vides des châtaigniers jaunis commençaient à joncher
les routes blanches. Le trajet n'était pas long ; la ferme des
Aubiers, près du Cher où nous allions, ne se trouvait guère qu'à
deux kilomètres au-delà des Sablonnières. De loin en loin, nous
rencontrions d'autres invités en voiture, et même des jeunes gens
15 à cheval, que Florentin avait conviés audacieusement au nom de
M. de Galais… On s'était efforcé comme jadis de mêler riches et
pauvres, châtelains et paysans. C'est ainsi que nous vîmes arriver
à bicyclette Jasmin Delouche, qui, grâce au garde Baladier, avait
fait naguère la connaissance de mon oncle.

20   « Et voilà, dit Meaulnes en l'apercevant, celui qui tenait la
clef de tout, pendant que nous cherchions jusqu'à Paris. C'est à
désespérer ! »

Chaque fois qu'il le regardait sa rancune en était augmentée. L'autre, qui s'imaginait au contraire avoir droit à toute notre
25 reconnaissance, escorta notre voiture de très près, jusqu'au bout.
On voyait qu'il avait fait, misérablement, sans grand résultat, des
frais de toilette[1], et les pans de sa jaquette élimée[2] battaient le
garde-crotte de son vélocipède[3]…

Malgré la contrainte qu'il s'imposait pour être aimable, sa
30 figure vieillotte ne parvenait pas à plaire. Il m'inspirait plutôt à
moi une vague pitié. Mais de qui n'aurais-je pas eu pitié durant
cette journée-là ?…

Je ne me rappelle jamais cette partie de plaisir sans un obscur
regret, comme une sorte d'étouffement. Je m'étais fait de ce jour
35 tant de joie à l'avance ! Tout paraissait si parfaitement concerté
pour que nous soyons heureux. Et nous l'avons été si peu !…

---

1. *Des frais de toilette* : des efforts pour être élégant.
2. *Élimée* : usée.
3. *Vélocipède* : vélo.

Que les bords du Cher étaient beaux, pourtant! Sur la rive où l'on s'arrêta, le coteau venait finir en pente douce et la terre se divisait en petits prés verts, en saulaies séparées par des clôtures,
40 comme autant de jardins minuscules. De l'autre côté de la rivière les bords étaient formés de collines grises, abruptes, rocheuses; et sur les plus lointaines on découvrait, parmi les sapins, de petits châteaux romantiques avec une tourelle. Au loin, par instants, on entendait aboyer la meute[1] du château de Préveranges.
45 Nous étions arrivés en ce lieu par un dédale de petits chemins, tantôt hérissés de cailloux blancs, tantôt remplis de sable – chemins qu'aux abords de la rivière les sources vives transformaient en ruisseaux. Au passage, les branches des groseilliers sauvages nous agrippaient par la manche. Et tantôt nous étions
50 plongés dans la fraîche obscurité des fonds de ravins, tantôt au contraire, les haies interrompues, nous baignions dans la claire lumière de toute la vallée. Au loin sur l'autre rive, quand nous approchâmes, un homme accroché aux rocs, d'un geste lent, tendait des cordes à poissons. Qu'il faisait beau, mon Dieu!
55 Nous nous installâmes sur une pelouse, dans le retrait que formait un taillis de bouleaux. C'était une grande pelouse rase, où il semblait qu'il y eût place pour des jeux sans fin.

Les voitures furent dételées; les chevaux conduits à la ferme des Aubiers. On commença à déballer les provisions dans le bois,
60 et à dresser sur la prairie de petites tables pliantes que mon oncle avait apportées.

Il fallut, à ce moment, des gens de bonne volonté, pour aller à l'entrée du grand chemin voisin guetter les derniers arrivants et leur indiquer où nous étions. Je m'offris aussitôt; Meaulnes
65 me suivit, et nous allâmes nous poster près du pont suspendu, au carrefour de plusieurs sentiers et du chemin qui venait des Sablonnières.

---

1. *Meute* : troupe de chiens de chasse.

Marchant de long en large, parlant du passé, tâchant tant bien que mal de nous distraire, nous attendions. Il arriva encore une
70 voiture du Vieux-Nançay, des paysans inconnus avec une grande fille enrubannée. Puis plus rien. Si, trois enfants dans une voiture à âne, les enfants de l'ancien jardinier des Sablonnières.

«Il me semble que je les reconnais, dit Meaulnes. Ce sont eux, je crois bien, qui m'ont pris par la main, jadis, le premier soir de
75 la fête, et m'ont conduit au dîner...»

Mais à ce moment, l'âne ne voulant plus marcher, les enfants descendirent pour le piquer, le tirer, cogner sur lui tant qu'ils purent ; alors Meaulnes, déçu, prétendit s'être trompé...

Je leur demandai s'ils avaient rencontré sur la route M. et
80 Mlle de Galais. L'un d'eux répondait qu'il ne savait pas ; l'autre : «Je pense que oui, monsieur.» Et nous ne fûmes pas plus avancés. Ils descendirent enfin vers la pelouse, les uns tirant l'ânon par la bride, les autres poussant derrière la voiture. Nous reprîmes notre attente. Meaulnes regardait fixement le détour du chemin
85 des Sablonnières, guettant avec une sorte d'effroi la venue de la jeune fille qu'il avait tant cherchée jadis. Un énervement bizarre et presque comique, qu'il passait sur Jasmin, s'était emparé de lui. Du petit talus où nous étions grimpés pour voir au loin le chemin, nous apercevions sur la pelouse, en contrebas, un groupe
90 d'invités où Delouche essayait de faire bonne figure.

«Regarde-le pérorer[1], cet imbécile», me disait Meaulnes.

Et je lui répondais :

«Mais laisse-le. Il fait ce qu'il peut, le pauvre garçon.»

Augustin ne désarmait pas. Là-bas, un lièvre ou un écureuil
95 avait dû déboucher d'un fourré. Jasmin, pour assurer sa contenance[2], fit mine de le poursuivre :

«Allons, bon ! Il court, maintenant...», fit Meaulnes, comme si vraiment cette audace-là dépassait toutes les autres !

---

1. *Pérorer* : débiter des discours prétentieux.
2. *Pour assurer sa contenance* : pour continuer à faire bonne figure.

Et cette fois je ne pus m'empêcher de rire. Meaulnes aussi ;
100 mais ce ne fut qu'un éclair.

Après un nouveau quart d'heure :

«Si elle ne venait pas ?... », dit-il.

Je répondis :

«Mais puisqu'elle a promis. Sois donc plus patient ! »

105 Il recommença de guetter. Mais, à la fin, incapable de supporter plus longtemps cette attente intolérable :

«Écoute-moi, dit-il. Je redescends avec les autres. Je ne sais ce
qu'il y a maintenant contre moi : mais si je reste là, je sens qu'elle
ne viendra jamais – qu'il est impossible qu'au bout de ce chemin,
110 tout à l'heure, elle apparaisse.»

Et il s'en alla vers la pelouse, me laissant tout seul. Je fis
quelques cents mètres sur la petite route, pour passer le temps.
Et au premier détour j'aperçus Yvonne de Galais, montée en
amazone[1] sur son vieux cheval blanc, si fringant ce matin-là
115 qu'elle était obligée de tirer sur les rênes pour l'empêcher de
trotter. À la tête du cheval, péniblement, en silence, marchait M.
de Galais. Sans doute ils avaient dû se relayer sur la route, chacun
à tour de rôle se servant de la vieille monture.

Quand la jeune fille me vit tout seul, elle sourit, sauta preste-
120 ment à terre, et confiant les rênes à son père se dirigea vers moi
qui accourais :

«Je suis bien heureuse, dit-elle, de vous trouver seul. Car je ne
veux montrer à personne qu'à vous le vieux Bélisaire, ni le mettre
avec les autres chevaux. Il est trop laid et trop vieux d'abord ; puis
125 je crains toujours qu'il ne soit blessé par un autre. Or, je n'ose
monter que lui, et, quand il sera mort, je n'irai plus à cheval.»

Chez Mlle de Galais, comme chez Meaulnes, je sentais sous
cette animation charmante, sous cette grâce en apparence si
paisible, de l'impatience et presque de l'anxiété. Elle parlait plus

---

1. _Montée en amazone_ : montée à cheval avec les deux jambes du même
côté de la selle.

130 vite qu'à l'ordinaire. Malgré ses joues et ses pommettes roses, il
y avait autour de ses yeux, à son front, par endroits, une pâleur
violente où se lisait tout son trouble.

Nous convînmes d'attacher Bélisaire à un arbre dans un petit
bois, proche de la route. Le vieux M. de Galais, sans mot dire
135 comme toujours, sortit le licol[1] des fontes[2] et attacha la bête – un
peu bas à ce qu'il me sembla. De la ferme je promis d'envoyer
tout à l'heure du foin, de l'avoine, de la paille…

Et Mlle de Galais arriva sur la pelouse comme jadis, je l'imagine, elle descendit vers la berge du lac, lorsque Meaulnes l'aper-
140 çut pour la première fois.

Donnant le bras à son père, écartant de sa main gauche le
pan du grand manteau léger qui l'enveloppait, elle s'avançait vers
les invités, de son air à la fois si sérieux et si enfantin. Je marchais
auprès d'elle. Tous les invités éparpillés ou jouant au loin s'étaient
145 dressés et rassemblés pour l'accueillir; il y eut un bref instant de
silence pendant lequel chacun la regarda s'approcher.

Meaulnes s'était mêlé au groupe des jeunes hommes et rien
ne pouvait le distinguer de ses compagnons, sinon sa haute taille :
encore y avait-il là des jeunes gens presque aussi grands que lui. Il
150 ne fit rien qui pût le désigner à l'attention, pas un geste ni un pas
en avant. Je le voyais, vêtu de gris, immobile, regardant fixement,
comme tous les autres, la si belle jeune fille qui venait. À la fin,
pourtant, d'un mouvement inconscient et gêné, il avait passé sa
main sur sa tête nue, comme pour cacher, au milieu de ses compa-
155 gnons aux cheveux bien peignés, sa rude tête rasée de paysan.

Puis le groupe entoura Mlle de Galais. On lui présenta les
jeunes filles et les jeunes gens qu'elle ne connaissait pas… Le
tour allait venir de mon compagnon; et je me sentais aussi
anxieux qu'il pouvait l'être. Je me disposais à faire moi-même
160 cette présentation.

---

1. *Licol* : ensemble de courroies servant à attacher un cheval par la tête.
2. *Fontes* : sacoches attachées à la selle.

Mais, avant que j'eusse pu rien dire, la jeune fille s'avançait vers lui avec une décision et une gravité surprenantes :

«Je reconnais Augustin Meaulnes», dit-elle.

Et elle lui tendit la main.

Chapitre VI

La partie de plaisir (fin)

De nouveaux venus s'approchèrent presque aussitôt pour saluer Yvonne de Galais, et les deux jeunes gens se trouvèrent séparés. Un malheureux hasard voulut qu'ils ne fussent point réunis pour le déjeuner à la même petite table. Mais Meaulnes semblait avoir
5 repris confiance et courage. À plusieurs reprises, comme je me trouvais isolé entre Delouche et M. de Galais, je vis de loin mon compagnon qui me faisait, de la main, un signe d'amitié.

C'est vers la fin de la soirée seulement, lorsque les jeux, la baignade, les conversations, les promenades en bateau dans
10 l'étang voisin se furent un peu partout organisés, que Meaulnes, de nouveau, se trouva en présence de la jeune fille. Nous étions à causer avec Delouche, assis sur des chaises de jardin que nous avions apportées lorsque, quittant délibérément un groupe de jeunes gens où elle paraissait s'ennuyer, Mlle Yvonne de Galais
15 s'approcha de nous. Elle nous demanda, je me rappelle, pourquoi nous ne canotions pas sur le lac des Aubiers, comme les autres.

«Nous avons fait quelques tours cet après-midi, répondis-je. Mais cela est bien monotone et nous avons été vite fatigués.

– Eh bien ! pourquoi n'iriez-vous pas sur la rivière ? dit-elle.
20 – Le courant est trop fort, nous risquerions d'être emportés.

– Il nous faudrait, dit Meaulnes, un canot à pétrole ou un bateau à vapeur comme celui d'autrefois.

– Nous ne l'avons plus, dit-elle presque à voix basse, nous l'avons vendu.»

25 Et il se fit un silence gêné.

Jasmin en profita pour annoncer qu'il allait rejoindre M. de Galais.

«Je saurai bien, dit-il, où le retrouver.»

Bizarrerie du hasard! Ces deux êtres si parfaitement dissem-
30 blables s'étaient plu et depuis le matin ne se quittaient guère. M. de Galais m'avait pris à part un instant, au début de la soirée, pour me dire que j'avais là un ami plein de tact, de déférence[1] et de qualités. Peut-être même avait-il été jusqu'à lui confier le secret de l'existence de Bélisaire et le lieu de sa cachette.

35 Je pensai moi aussi à m'éloigner, mais je sentais les deux jeunes gens si gênés, si anxieux l'un en face de l'autre, que je jugeai prudent de ne pas le faire…

Tant de discrétion de la part de Jasmin, tant de précaution de la mienne servirent à peu de chose. Ils parlèrent. Mais invaria-
40 blement, avec un entêtement dont il ne se rendait certainement pas compte, Meaulnes en revenait à toutes les merveilles de jadis. Et chaque fois la jeune fille au supplice devait lui répéter que tout était disparu : la vieille demeure si étrange et si compliquée, abattue ; le grand étang, asséché, comblé ; et dispersés, les enfants
45 aux charmants costumes…

«Ah!» faisait simplement Meaulnes avec désespoir et comme si chacune de ces disparitions lui eût donné raison contre la jeune fille ou contre moi…

Nous marchions côte à côte… Vainement j'essayais de faire
50 diversion à la tristesse qui nous gagnait tous les trois. D'une question abrupte, Meaulnes, de nouveau, cédait à son idée fixe. Il demandait des renseignements sur tout ce qu'il avait vu autrefois : les petites filles, le conducteur de la vieille berline, les poneys de la course. «Les poneys sont vendus aussi? Il n'y a plus
55 de chevaux au Domaine?… »

---

1. **Déférence** : respect.

Elle répondit qu'il n'y en avait plus. Elle ne parla pas de Bélisaire.

Alors il évoqua les objets de sa chambre : les candélabres, la grande glace, le vieux luth brisé... Il s'enquérait de tout cela, avec
60 une passion insolite, comme s'il eût voulu se persuader que rien ne subsistait de sa belle aventure, que la jeune fille ne lui rapporterait pas une épave, capable de prouver qu'ils n'avaient pas rêvé tous les deux, comme le plongeur rapporte du fond de l'eau un caillou et des algues.

65 Mlle de Galais et moi, nous ne pûmes nous empêcher de sourire tristement : elle se décida à lui expliquer :

«Vous ne reverrez pas le beau château que nous avions arrangé, M. de Galais et moi, pour le pauvre Frantz.

«Nous passions notre vie à faire ce qu'il demandait. C'était
70 un être si étrange, si charmant! Mais tout a disparu avec lui le soir de ses fiançailles manquées.

«Déjà M. de Galais était ruiné sans que nous le sachions. Frantz avait fait des dettes et ses anciens camarades – apprenant sa disparition... ont aussitôt réclamé auprès de nous. Nous
75 sommes devenus pauvres; Mme de Galais est morte et nous avons perdu tous nos amis en quelques jours.

«Que Frantz revienne, s'il n'est pas mort. Qu'il retrouve ses amis et sa fiancée; que la noce interrompue se fasse et peut-être tout redeviendra-t-il comme c'était autrefois. Mais le passé peut-il
80 renaître?

– Qui sait!» dit Meaulnes, pensif. Et il ne demanda plus rien.

Sur l'herbe courte et légèrement jaunie déjà, nous marchions tous les trois sans bruit : Augustin avait à sa droite près de lui
85 la jeune fille qu'il avait crue perdue pour toujours. Lorsqu'il posait une de ces dures questions, elle tournait vers lui lentement, pour lui répondre, son charmant visage inquiet; et une fois, en lui parlant, elle avait posé doucement sa main sur son bras, d'un geste plein de confiance et de faiblesse. Pourquoi le

90 grand Meaulnes était-il là comme un étranger, comme quelqu'un qui n'a pas trouvé ce qu'il cherchait et que rien d'autre ne peut intéresser ? Ce bonheur-là, trois ans plus tôt, il n'eût pu le supporter sans effroi, sans folie, peut-être. D'où venait donc ce vide, cet éloignement, cette impuissance à être heureux, qu'il y avait en
95 lui, à cette heure ?

Nous approchions du petit bois où le matin M. de Galais avait attaché Bélisaire ; le soleil vers son déclin allongeait nos ombres sur l'herbe ; à l'autre bout de la pelouse, nous entendions, assourdis par l'éloignement, comme un bourdonnement heureux, les
100 voix des joueurs et des fillettes, et nous restions silencieux dans ce calme admirable, lorsque nous entendîmes chanter de l'autre côté du bois, dans la direction des Aubiers, la ferme du bord de l'eau. C'était la voix jeune et lointaine de quelqu'un qui mène ses bêtes à l'abreuvoir, un air rythmé comme un air de danse, mais
105 que l'homme étirait et alanguissait[1] comme une vieille ballade triste :

> Mes souliers sont rouges…
> Adieu, mes amours…
> Mes souliers sont rouges…
110 > Adieu, sans retour !

Meaulnes avait levé la tête et écoutait. Ce n'était rien qu'un de ces airs que chantaient les paysans attardés, au Domaine sans nom, le dernier soir de la fête, quand déjà tout s'était écroulé…[2]. Rien qu'un souvenir – le plus misérable – de ces beaux jours qui
115 ne reviendraient plus.

« Mais vous l'entendez ? dit Meaulnes à mi-voix. Oh ! je vais aller voir qui c'est. » Et tout de suite, il s'engagea dans le petit bois. Presque aussitôt la voix se tut ; on entendit encore une seconde l'homme siffler ses bêtes en s'éloignant ; puis plus rien…

---

1. *Alanguissait* : amollissait.
2. Voir p. 112.

120　　　Je regardai la jeune fille. Pensive et accablée, elle avait les yeux fixés sur le taillis où Meaulnes venait de disparaître. Que de fois, plus tard, elle devait regarder ainsi, pensivement, le passage par où s'en irait à jamais le grand Meaulnes !

　　　Elle se retourna vers moi :

125　　　« Il n'est pas heureux », dit-elle douloureusement.

　　　Elle ajouta :

　　　« Et peut-être que je ne puis rien faire pour lui ?... »

　　　J'hésitais à répondre, craignant que Meaulnes, qui devait d'un saut avoir gagné la ferme et qui maintenant revenait par le bois,

130　　　ne surprît notre conversation. Mais j'allais l'encourager cependant ; lui dire de ne pas craindre de brusquer le grand gars ; qu'un secret sans doute le désespérait et que jamais de lui-même il ne se confierait à elle ni à personne – lorsque soudain, de l'autre côté du bois, partit un cri ; puis nous entendîmes un piétinement comme

135　　　d'un cheval qui pétarade[1] et le bruit d'une dispute à voix entrecoupées... Je compris tout de suite qu'il était arrivé un accident au vieux Bélisaire et je courus vers l'endroit d'où venait tout le tapage. Mlle de Galais me suivit de loin. Du fond de la pelouse on avait dû remarquer notre mouvement, car j'entendis, au moment

140　　　où j'entrai dans le taillis, les cris des gens qui accouraient.

　　　Le vieux Bélisaire, attaché trop bas, s'était pris une patte de devant dans sa longe[2] ; il n'avait pas bougé jusqu'au moment où M. de Galais et Delouche, au cours de leur promenade, s'étaient approchés de lui ; effrayé, excité par l'avoine insolite

145　　　qu'on lui avait donnée, il s'était débattu furieusement ; les deux hommes avaient essayé de le délivrer, mais si maladroitement qu'ils avaient réussi à l'empêtrer davantage, tout en risquant d'essuyer de dangereux coups de sabots. C'est à ce moment que par hasard Meaulnes, revenant des Aubiers, était tombé sur le

150　　　groupe. Furieux de tant de gaucherie, il avait bousculé les deux

---

1. *Pétarade* : fait une série de pets en ruant.
2. *Longe* : corde reliant le licol (voir note 1, p. 202) à l'attache.

hommes au risque de les envoyer rouler dans le buisson. Avec précaution mais en un tour de main il avait délivré Bélisaire. Trop tard, car le mal était déjà fait ; le cheval devait avoir un nerf foulé, quelque chose de brisé peut-être, car il se tenait piteusement la

155 tête basse, sa selle à demi dessanglée sur le dos, une patte repliée sous son ventre et toute tremblante. Meaulnes, penché, le tâtait et l'examinait sans rien dire.

Lorsqu'il releva la tête, presque tout le monde était là, rassemblé, mais il ne vit personne. Il était fâché rouge.

160 « Je me demande, cria-t-il, qui a bien pu l'attacher de la sorte ! Et lui laisser sa selle sur le dos toute la journée ? Et qui a eu l'audace de seller ce vieux cheval, bon tout au plus pour une carriole. »

Delouche voulut dire quelque chose – tout prendre sur lui.

165 « Tais-toi donc ! C'est ta faute encore. Je t'ai vu tirer bêtement sur sa longe pour le dégager. »

Et se baissant de nouveau, il se remit à frotter le jarret[1] du cheval avec le plat de la main.

M. de Galais, qui n'avait rien dit encore, eut le tort de vouloir

170 sortir de sa réserve. Il bégaya :

« Les officiers de marine ont l'habitude… Mon cheval…

– Ah ! il est à vous ? » dit Meaulnes un peu calmé, très rouge, en tournant la tête de côté vers le vieillard.

Je crus qu'il allait changer de ton, faire des excuses. Il souffla

175 un instant. Et je vis alors qu'il prenait un plaisir amer et désespéré à aggraver la situation, à tout briser à jamais, en disant avec insolence :

« Eh bien je ne vous fais pas mon compliment. »

Quelqu'un suggéra :

180 « Peut-être que de l'eau fraîche… En le baignant dans le gué…

– Il faut, dit Meaulnes sans répondre, emmener tout de suite ce vieux cheval, pendant qu'il peut encore marcher, – et il n'y a

---

1. *Jarret* : articulation de la jambe.

pas de temps à perdre! – le mettre à l'écurie et ne jamais plus l'en sortir.»

185 Plusieurs jeunes gens s'offrirent aussitôt. Mais Mlle de Galais les remercia vivement. Le visage en feu, prête à fondre en larmes, elle dit au revoir à tout le monde, et même à Meaulnes, décontenancé, qui n'osa pas la regarder. Elle prit la bête par les rênes, comme on donne à quelqu'un la main, plutôt pour s'approcher
190 d'elle davantage, que pour la conduire… Le vent de cette fin d'été était si tiède sur le chemin des Sablonnières qu'on se serait cru au mois de mai, et les feuilles des haies tremblaient à la brise du sud… Nous la vîmes partir ainsi, son bras à demi sorti du manteau, tenant dans sa main étroite la grosse rêne de cuir. Son
195 père marchait péniblement à côté d'elle…

Triste fin de soirée! Peu à peu, chacun ramassa ses paquets, ses couverts; on plia les chaises, on démonta les tables; une à une, les voitures chargées de bagages et de gens partirent, avec des chapeaux levés et des mouchoirs agités. Les derniers
200 nous restâmes sur le terrain avec mon oncle Florentin, qui ruminait comme nous, sans rien dire, ses regrets et sa grosse déception.

Nous aussi, nous partîmes, emportés vivement dans notre voiture bien suspendue, par notre beau cheval alezan[1]. La roue
205 grinça au tournant dans le sable et bientôt, Meaulnes et moi, qui étions assis sur le siège de derrière, nous vîmes disparaître sur la petite route l'entrée du chemin de traverse que le vieux Bélisaire et ses maîtres avaient pris…

Mais alors mon compagnon – l'être que je sache au monde le
210 plus incapable de pleurer – tourna soudain vers moi son visage bouleversé par une irrésistible montée de larmes.

«Arrêtez, voulez-vous? dit-il en mettant la main sur l'épaule de Florentin. Ne vous occupez pas de moi. Je reviendrai tout seul, à pied.»

---

1. *Alezan* : roux.

215 Et d'un bond, la main au garde-boue de la voiture, il sauta à
terre. À notre stupéfaction, rebroussant chemin, il se prit à courir,
et courut jusqu'au petit chemin que nous venions de passer, le
chemin des Sablonnières. Il dut arriver au Domaine par cette allée
de sapins qu'il avait suivie jadis où il avait entendu, vagabond
220 caché dans les basses branches, la conversation mystérieuse des
beaux enfants inconnus…

Et c'est ce soir-là, avec des sanglots, qu'il demanda en mariage
Mlle de Galais.

Chapitre VII

Le jour des noces

C'est un jeudi, au commencement de février, un beau jeudi
soir glacé, où le grand vent souffle. Il est trois heures et demie,
quatre heures… Sur les haies, auprès des bourgs, les lessives sont
étendues depuis midi et sèchent à la bourrasque. Dans chaque
5 maison, le feu de la salle à manger fait luire tout un reposoir de
joujoux vernis. Fatigué de jouer, l'enfant s'est assis auprès de sa
mère et il lui fait raconter la journée de son mariage…

Pour celui qui ne veut pas être heureux, il n'a qu'à monter
dans son grenier et il entendra, jusqu'au soir, siffler et gémir les
10 naufrages ; il n'a qu'à s'en aller dehors, sur la route, et le vent
lui rabattra son foulard sur la bouche comme un chaud baiser
soudain qui le fera pleurer. Mais pour celui qui aime le bonheur,
il y a, au bord d'un chemin boueux, la maison des Sablonnières,
où mon ami Meaulnes est rentré avec Yvonne de Galais, qui est
15 sa femme depuis midi.

Les fiançailles ont duré cinq mois. Elles ont été paisibles,
aussi paisibles que la première entrevue avait été mouvementée.
Meaulnes est venu très souvent aux Sablonnières, à bicyclette
ou en voiture. Plus de deux fois par semaine, cousant ou lisant

près de la grande fenêtre qui donne sur la lande et les sapins, Mlle de Galais a vu tout d'un coup sa haute silhouette rapide passer derrière le rideau, car il vient toujours par l'allée détournée qu'il a prise autrefois. Mais c'est la seule allusion – tacite[1] – qu'il fasse au passé. Le bonheur semble avoir endormi son étrange tourment.

De petits événements ont fait date pendant ces cinq calmes mois. On m'a nommé instituteur au hameau de Saint-Benoist-des-Champs. Saint-Benoist n'est pas un village. Ce sont des fermes disséminées à travers la campagne, et la maison d'école est complètement isolée sur une côte au bord de la route. Je mène une vie bien solitaire ; mais, en passant par les champs, il ne faut que trois quarts d'heure de marche pour gagner les Sablonnières.

Delouche est maintenant chez son oncle, qui est entrepreneur de maçonnerie au Vieux-Nançay. Ce sera bientôt lui le patron. Il vient souvent me voir. Meaulnes, sur la prière de Mlle de Galais, est maintenant très aimable avec lui.

Et ceci explique comment nous sommes là tous deux à rôder, vers quatre heures de l'après-midi, alors que les gens de la noce sont déjà tous repartis.

Le mariage s'est fait à midi, avec le plus de silence possible, dans l'ancienne chapelle des Sablonnières qu'on n'a pas abattue et que les sapins cachent à moitié sur le versant de la côte prochaine. Après un déjeuner rapide, la mère de Meaulnes, M. Seurel et Millie, Florentin et les autres sont remontés en voiture. Il n'est resté que Jasmin et moi...

Nous errons à la lisière des bois qui sont derrière la maison des Sablonnières, au bord du grand terrain en friche, emplacement ancien du Domaine aujourd'hui abattu. Sans vouloir l'avouer et sans savoir pourquoi, nous sommes remplis d'inquiétude. En vain nous essayons de distraire nos pensées et de tromper notre angoisse en nous montrant, au cours de notre promenade

---

1. *Tacite* : sans paroles, muette.

errante, les bauges[1] des lièvres et les petits sillons de sable où les lapins ont gratté fraîchement... un collet[2] tendu... la trace d'un braconnier... Mais sans cesse nous revenons à ce bord du taillis, d'où l'on découvre la maison silencieuse et fermée...

Au bas de la grande croisée qui donne sur les sapins, il y a un balcon de bois, envahi par les herbes folles que couche le vent. Une lueur comme d'un feu allumé se reflète sur les carreaux de la fenêtre. De temps à autre, une ombre passe. Tout autour, dans les champs environnants, dans le potager, dans la seule ferme qui reste des anciennes dépendances, silence et solitude. Les métayers sont partis au bourg pour fêter le bonheur de leurs maîtres.

De temps à autre, le vent chargé d'une buée qui est presque de la pluie nous mouille la figure et nous apporte la parole perdue d'un piano. Là-bas, dans la maison fermée, quelqu'un joue. Je m'arrête un instant pour écouter en silence. C'est d'abord comme une voix tremblante qui, de très loin, ose à peine chanter sa joie... C'est comme le rire d'une petite fille qui, dans sa chambre, a été chercher tous ses jouets et les répand devant son ami. Je pense aussi à la joie craintive encore d'une femme qui a été mettre une belle robe et qui vient la montrer et ne sait pas si elle plaira... Cet air que je ne connais pas, c'est aussi une prière, une supplication au bonheur de ne pas être trop cruel, un salut et comme un agenouillement devant le bonheur...

Je pense : «Ils sont heureux enfin. Meaulnes est là-bas près d'elle...»

Et savoir cela, en être sûr, suffit au contentement parfait du brave enfant que je suis.

À ce moment, tout absorbé, le visage mouillé par le vent de la plaine comme par l'embrun[3] de la mer, je sens qu'on me touche l'épaule :

---

1. Bauges : tanières.
2. Collet : ici, nœud coulant, piège à gibier.
3. Embrun : gouttes d'eau arrachées aux vagues par le vent.

«Écoute !» dit Jasmin tout bas.

Je le regarde. Il me fait signe de ne pas bouger ; et lui-même, la tête inclinée, le sourcil froncé, il écoute...

Chapitre VIII

L'appel de Frantz

«Hou-ou !»

Cette fois, j'ai entendu. C'est un signal, un appel sur deux notes, haute et basse, que j'ai déjà entendu jadis... Ah ! je me souviens : c'est le cri du grand comédien lorsqu'il hélait son
5 jeune compagnon à la grille de l'école. C'est l'appel à quoi Frantz nous avait fait jurer de nous rendre, n'importe où et n'importe quand. Mais que demande-t-il ici, aujourd'hui, celui-là ?

« Cela vient de la grande sapinière à gauche, dis-je à mi-voix. C'est un braconnier sans doute »

10 Jasmin secoue la tête :

«Tu sais bien que non», dit-il.

Puis, plus bas :

«Ils sont dans le pays, tous les deux, depuis ce matin. J'ai surpris Ganache à 11 heures en train de guetter dans un champ
15 auprès de la chapelle. Il a détalé en m'apercevant. Ils sont venus de loin peut-être en bicyclette, car il était couvert de boue jusqu'au milieu du dos...

– Mais que cherchent-ils ?

– Je n'en sais rien. Mais à coup sûr il faut que nous les
20 chassions. Il ne faut pas les laisser rôder aux alentours. Ou bien toutes les folies vont recommencer...»

Je suis de cet avis, sans l'avouer.

«Le mieux, dis-je, serait de les joindre, de voir ce qu'ils veulent et de leur faire entendre raison...»

25 Lentement, silencieusement, nous nous glissons donc en nous
baissant à travers le taillis jusqu'à la grande sapinière, d'où part,
à intervalles réguliers, ce cri prolongé qui n'est pas en soi plus
triste qu'autre chose, mais qui nous semble à tous les deux de
sinistre augure[1].

30 Il est difficile, dans cette partie du bois de sapins, où le regard
s'enfonce entre les troncs régulièrement plantés, de surprendre
quelqu'un et de s'avancer sans être vu. Nous n'essayons même
pas. Je me poste à l'angle du bois. Jasmin va se placer à l'angle
opposé, de façon à commander comme moi, de l'extérieur, deux
35 des côtés du rectangle et à ne pas laisser fuir l'un des bohémiens
sans le héler. Ces dispositions prises, je commence à jouer mon
rôle d'éclaireur pacifique et j'appelle :
«Frantz !…
« … Frantz ! Ne craignez rien. C'est moi, Seurel ; je voudrais
40 vous parler…»
Un instant de silence ; je vais me décider à crier encore,
lorsque, au cœur même de la sapinière, où mon regard n'atteint
pas tout à fait, une voix commande :
«Restez où vous êtes : il va venir vous trouver.»
45 Peu à peu, entre les grands sapins que l'éloignement fait
paraître serrés, je distingue la silhouette du jeune homme qui
s'approche. Il paraît couvert de boue et mal vêtu ; des épingles de
bicyclette serrent le bas de son pantalon, une vieille casquette à
ancre est plaquée sur ses cheveux trop longs ; je vois maintenant
50 sa figure amaigrie… Il semble avoir pleuré.
S'approchant de moi, résolument :
«Que voulez-vous ? demande-t-il d'un air très insolent.
– Et vous-même, Frantz, que faites-vous ici ? Pourquoi venez-
vous troubler ceux qui sont heureux ? Qu'avez-vous à deman-
55 der ? Dites-le.»

––––––––––––––––––––

1. *Augure* : présage.

Ainsi interrogé directement, il rougit un peu, balbutie[1], répond seulement :

«Je suis malheureux, moi, je suis malheureux.»

Puis, la tête dans le bras, appuyé à un tronc d'arbre, il se
60 prend à sangloter amèrement. Nous avons fait quelques pas dans la sapinière. L'endroit est parfaitement silencieux. Pas même la voix du vent que les grands sapins de la lisière arrêtent. Entre les troncs réguliers se répète et s'éteint le bruit des sanglots étouffés du jeune homme. J'attends que cette crise s'apaise et je dis, en lui
65 mettant la main sur l'épaule :

«Frantz, vous viendrez avec moi. Je vous mènerai auprès d'eux. Ils vous accueilleront comme un enfant perdu qu'on a retrouvé et tout sera fini.»

Mais il ne voulait rien entendre. D'une voix assourdie par les
70 larmes, malheureux, entêté, colère, il reprenait :

«Ainsi Meaulnes ne s'occupe plus de moi? Pourquoi ne répond-il pas quand je l'appelle? Pourquoi ne tient-il pas sa promesse?

– Voyons, Frantz, répondis-je, le temps des fantasmagories[2]
75 et des enfantillages est passé. Ne troublez pas avec des folies le bonheur de ceux que vous aimez; de votre sœur et d'Augustin Meaulnes.

– Mais lui seul peut me sauver, vous le savez bien. Lui seul est capable de retrouver la trace que je cherche. Voilà bientôt trois
80 ans que Ganache et moi nous battons toute la France sans résultat. Je n'avais plus confiance qu'en votre ami. Et voici qu'il ne répond plus. Il a retrouvé son amour, lui. Pourquoi, maintenant, ne pense-t-il pas à moi? Il faut qu'il se mette en route. Yvonne le laissera bien partir… Elle ne m'a jamais rien refusé.»

85 Il me montrait un visage où, dans la poussière et la boue, les larmes avaient tracé des sillons sales, un visage de vieux gamin

---

1. Balbutie : bafouille.
2. Fantasmagories : inventions extraordinaires.

épuisé et battu. Ses yeux étaient cernés de taches de rousseur ;
son menton, mal rasé ; ses cheveux trop longs traînaient sur son
col sale. Les mains dans les poches, il grelottait. Ce n'était plus
90 ce royal enfant en guenilles des années passées. De cœur, sans
doute, il était plus enfant que jamais : impérieux[1], fantasque
et tout de suite désespéré. Mais cet enfantillage était pénible à
supporter chez ce garçon déjà légèrement vieilli... Naguère, il y
avait en lui tant d'orgueilleuse jeunesse que toute folie au monde
95 lui paraissait permise. À présent, on était d'abord tenté de le
plaindre pour n'avoir pas réussi sa vie ; puis de lui reprocher ce
rôle absurde de jeune héros romantique où je le voyais s'entêter... Et enfin je pensais malgré moi que notre beau Frantz aux
belles amours avait dû se mettre à voler pour vivre, tout comme
100 son compagnon Ganache... Tant d'orgueil avait abouti à cela !

« Si je vous promets, dis-je enfin, après avoir réfléchi, que dans
quelques jours Meaulnes se mettra en campagne pour vous, rien
que pour vous ?...

– Il réussira, n'est-ce pas ? Vous en êtes sûr ? me demanda-t-il
105 en claquant des dents.

– Je le pense. Tout devient possible avec lui !

– Et comment le saurai-je ? Qui me le dira ?

– Vous reviendrez ici dans un an exactement, à cette même
heure : vous trouverez la jeune fille que vous aimez. »

110 Et, en disant ceci, je pensais non pas troubler les nouveaux
époux, mais m'enquérir auprès de la tante Moinel et faire
diligence[2] moi-même pour trouver la jeune fille.

Le bohémien me regardait dans les yeux avec une volonté de
confiance vraiment admirable. Quinze ans, il avait encore et tout
115 de même quinze ans ! – l'âge que nous avions à Sainte-Agathe, le
soir du balayage des classes, quand nous fîmes tous les trois ce
terrible serment enfantin.

---

1. *Impérieux* : autoritaire.
2. *Faire diligence* : me hâter.

Le désespoir le reprit lorsqu'il fut obligé de dire :

«Eh bien, nous allons partir.»

120   Il regarda, certainement avec un grand serrement de cœur, tous ces bois d'alentour qu'il allait de nouveau quitter.

«Nous serons dans trois jours, dit-il, sur les routes d'Allemagne. Nous avons laissé nos voitures au loin. Et depuis trente heures, nous marchions sans arrêt. Nous pensions arriver à temps
125   pour emmener Meaulnes avant le mariage et chercher avec lui ma fiancée, comme il a cherché le Domaine des Sablonnières.»

Puis, repris par sa terrible puérilité :

«Appelez votre Delouche, dit-il en s'en allant, parce que si je le rencontrais ce serait affreux.»

130   Peu à peu, entre les sapins, je vis disparaître sa silhouette grise. J'appelai Jasmin et nous allâmes reprendre notre faction[1]. Mais presque aussitôt, nous aperçûmes, là-bas, Augustin qui fermait les volets de la maison et nous fûmes frappés par l'étrangeté de son allure.

Chapitre ix

Les gens heureux

Plus tard, j'ai su par le menu tout ce qui s'était passé là-bas.

Dans le salon des Sablonnières, dès le début de l'après-midi, Meaulnes et sa femme, que j'appelle encore Mlle de Galais, sont restés complètement seuls. Tous les invités partis, le vieux M.
5   de Galais a ouvert la porte, laissant une seconde le grand vent pénétrer dans la maison et gémir ; puis il s'est dirigé vers le Vieux-Nançay et ne reviendra qu'à l'heure du dîner, pour fermer tout à clef et donner des ordres à la métairie. Aucun bruit du dehors n'arrive plus maintenant jusqu'aux jeunes gens. Il y a tout juste

---

1. *Faction* : garde.

10 une branche de rosier sans feuilles qui cogne la vitre, du côté de
la lande. Comme deux passagers dans un bateau à la dérive, ils
sont, dans le grand vent d'hiver, deux amants enfermés avec le
bonheur.

«Le feu menace de s'éteindre», dit Mlle de Galais, et elle
15 voulut prendre une bûche dans le coffre.

Mais Meaulnes se précipita et plaça lui-même le bois dans le
feu.

Puis il prit la main tendue de la jeune fille et ils restèrent
là, debout, l'un devant l'autre, étouffés comme par une grande
20 nouvelle qui ne pouvait pas se dire.

Le vent roulait avec le bruit d'une rivière débordée. De temps
à autre une goutte d'eau, diagonalement, comme sur la portière
d'un train, rayait la vitre.

Alors la jeune fille s'échappa. Elle ouvrit la porte du couloir
25 et disparut avec un sourire mystérieux. Un instant, dans la demi-
obscurité, Augustin resta seul... Le tic-tac d'une petite pendule
faisait penser à la salle à manger de Sainte-Agathe... Il songea
sans doute : «C'est donc ici la maison tant cherchée, le couloir
jadis plein de chuchotements et de passages étranges...»

30 C'est à ce moment qu'il dut entendre – Mlle de Galais me
dit plus tard l'avoir entendu aussi – le premier cri de Frantz, tout
près de la maison.

La jeune femme, alors, eut beau lui montrer toutes les choses
merveilleuses dont elle était chargée : ses jouets de petite fille,
35 toutes ses photographies d'enfant : elle, en cantinière[1], elle et
Frantz sur les genoux de leur mère, qui était si jolie... puis tout
ce qui restait de ses sages petites robes de jadis : «jusqu'à celle-ci
que je portais, voyez, vers le temps où vous alliez bientôt me
connaître, où vous arriviez, je crois, au cours de Sainte-Agathe...»
40 Meaulnes ne voyait plus rien et n'entendait plus rien.

---

1. Cantinière : femme chargée de l'approvisionnement d'une armée en campagne.

Un instant pourtant il parut ressaisi par la pensée de son extraordinaire, inimaginable bonheur :

«Vous êtes là – dit-il sourdement, comme si le dire seulement donnait le vertige –, vous passez auprès de la table et votre main 45 s'y pose un instant...»

Et encore :

«Ma mère, lorsqu'elle était jeune femme, penchait ainsi légèrement son buste sur sa taille pour me parler... Et quand elle se mettait au piano...»

50 Alors Mlle de Galais proposa de jouer avant que la nuit ne vînt. Mais il faisait sombre dans ce coin du salon et l'on fut obligé d'allumer une bougie. L'abat-jour rose, sur le visage de la jeune fille, augmentait ce rouge dont elle était marquée aux pommettes et qui était le signe d'une grande anxiété.

55 Là-bas, à la lisière du bois, je commençai d'entendre cette chanson tremblante que nous apportait le vent, coupée bientôt par le second cri des deux fous, qui s'étaient rapprochés de nous dans les sapins.

Longtemps Meaulnes écouta la jeune fille en regardant silen-60 cieusement par une fenêtre. Plusieurs fois il se tourna vers le doux visage plein de faiblesse et d'angoisse. Puis il s'approcha d'Yvonne et, très légèrement, il mit sa main sur son épaule. Elle sentit doucement peser auprès de son cou cette caresse à laquelle il aurait fallu savoir répondre.

65 «Le jour tombe, dit-il enfin. Je vais fermer les volets. Mais ne cessez pas de jouer...»

Que se passa-t-il alors dans ce cœur obscur et sauvage ? Je me le suis souvent demandé et je ne l'ai su que lorsqu'il fut trop tard. Remords ignorés ? Regrets inexplicables ? Peur de voir s'évanouir 70 bientôt entre ses mains ce bonheur inouï qu'il tenait si serré ? Et alors tentation terrible de jeter irrémédiablement à terre, tout de suite, cette merveille qu'il avait conquise ?

Il sortit lentement, silencieusement, après avoir regardé sa jeune femme une fois encore. Nous le vîmes, de la lisière du bois,

75 fermer d'abord avec hésitation un volet, puis regarder vaguement vers nous, en fermer un autre, et soudain s'enfuir à toutes jambes dans notre direction. Il arriva près de nous avant que nous eussions pu songer à nous dissimuler davantage. Il nous aperçut, comme il allait franchir une petite haie récemment plantée et qui
80 formait la limite d'un pré. Il fit un écart. Je me rappelle son allure hagarde, son air de bête traquée... Il fit mine de revenir sur ses pas pour franchir la haie du côté du petit ruisseau.

Je l'appelai :

«Meaulnes!... Augustin!...»

85 Mais il ne tournait pas même la tête. Alors, persuadé que cela seulement pourrait le retenir :

«Frantz est là, criai-je. Arrête!»

Il s'arrêta enfin. Haletant et sans me laisser le temps de préparer ce que je pourrais dire :

90 «Il est là! dit-il. Que réclame-t-il?

– Il est malheureux, répondis-je. Il venait te demander de l'aide, pour retrouver ce qu'il a perdu.

– Ah! fit-il, baissant la tête. Je m'en doutais bien. J'avais beau essayer d'endormir cette pensée-là... Mais où est-il? Raconte
95 vite.»

Je dis que Frantz venait de partir et que certainement on ne le rejoindrait plus maintenant. Ce fut pour Meaulnes une grande déception. Il hésita, fit deux ou trois pas, s'arrêta. Il paraissait au comble de l'indécision et du chagrin. Je lui racontai ce que j'avais
100 promis en son nom au jeune homme. Je dis que je lui avais donné rendez-vous dans un an à la même place.

Augustin, si calme en général, était maintenant dans un état de nervosité et d'impatience extraordinaires :

«Ah! pourquoi avoir fait cela! dit-il. Mais oui, sans doute, je
105 puis le sauver. Mais il faut que ce soit tout de suite. Il faut que je le voie, que je lui parle, qu'il me pardonne et que je répare tout... Autrement je ne peux plus me présenter là-bas...»

Et il se tourna vers la maison des Sablonnières.

«Ainsi, dis-je, pour une promesse enfantine que tu lui as faite,
110 tu es en train de détruire ton bonheur.

– Ah ! si ce n'était que cette promesse», fit-il.

Et ainsi je connus qu'autre chose liait les deux jeunes hommes,
mais sans pouvoir deviner quoi.

«En tout cas, dis-je, il n'est plus temps de courir. Ils sont
115 maintenant en route pour l'Allemagne.»

Il allait répondre, lorsqu'une figure échevelée, hagarde, se
dressa entre nous. C'était Mlle de Galais. Elle avait dû courir,
car elle avait le visage baigné de sueur. Elle avait dû tomber et se
blesser, car elle avait le front écorché au-dessus de l'œil droit et
120 du sang figé dans les cheveux.

Il m'est arrivé, dans les quartiers pauvres de Paris, de voir
soudain, descendu dans la rue, séparé par des agents intervenus
dans la bataille, un ménage qu'on croyait heureux, uni, honnête.
Le scandale a éclaté tout d'un coup, n'importe quand, à l'instant
125 de se mettre à table, le dimanche avant de sortir, au moment de
souhaiter la fête du petit garçon... et maintenant tout est oublié,
saccagé. L'homme et la femme, au milieu du tumulte, ne sont
plus que deux démons pitoyables et les enfants en larmes se
jettent contre eux, les embrassent étroitement, les supplient de se
130 taire et de ne plus se battre.

Mlle de Galais, quand elle arriva près de Meaulnes, me fit
penser à un de ces enfants-là, à un de ces pauvres enfants affolés.
Je crois que tous ses amis, tout un village, tout un monde l'eût
regardée, qu'elle fût accourue tout de même, qu'elle fût tombée
135 de la même façon, échevelée, pleurante, salie.

Mais quand elle eut compris que Meaulnes était bien là, que
cette fois du moins, il ne l'abandonnerait pas, alors elle passa son
bras sous le sien, puis elle ne put s'empêcher de rire au milieu
de ses larmes comme un petit enfant. Ils ne dirent rien ni l'un ni
140 l'autre. Mais, comme elle avait tiré son mouchoir, Meaulnes le
lui prit doucement des mains : avec précaution et application, il
essuya le sang qui tachait la chevelure de la jeune fille.

«Il faut rentrer maintenant», dit-il.

Et je les laissai retourner tous les deux, dans le beau grand
145 vent du soir d'hiver qui leur fouettait le visage – lui, l'aidant de la
main aux passages difficiles ; elle, souriant et se hâtant – vers leur
demeure pour un instant abandonnée.

Chapitre X

La «maison de Frantz»

Mal rassuré, en proie à une sourde inquiétude, que l'heureux
dénouement du tumulte de la veille n'avait pas suffi à dissiper, il
me fallut rester enfermé dans l'école pendant toute la journée du
lendemain. Sitôt après l'heure d'«étude» qui suit la classe du soir,
5 je pris le chemin des Sablonnières. La nuit tombait quand j'arrivai dans l'allée de sapins qui menait à la maison. Tous les volets
étaient déjà clos. Je craignis d'être importun, en me présentant
à cette heure tardive, le lendemain d'un mariage. Je restai fort
tard à rôder sur la lisière du jardin et dans les terres avoisinantes,
10 espérant toujours voir sortir quelqu'un de la maison fermée...
Mais mon esprit fut déçu. Dans la métairie voisine elle-même,
rien ne bougeait. Et je dus rentrer chez moi, hanté par les imaginations les plus sombres.

Le lendemain, samedi, mêmes incertitudes. Le soir, je pris en
15 hâte ma pèlerine, mon bâton, un morceau de pain, pour manger
en route, et j'arrivai, quand la nuit tombait déjà, pour trouver tout
fermé aux Sablonnières, comme la veille... Un peu de lumière au
premier étage ; mais aucun bruit ; pas un mouvement... Pourtant,
de la cour de la métairie je vis cette fois la porte de la ferme
20 ouverte, le feu allumé dans la grande cuisine et j'entendis le bruit
habituel des voix et des pas à l'heure de la soupe. Ceci me rassura
sans me renseigner. Je ne pouvais rien dire ni rien demander à
ces gens. Et je retournai guetter encore, attendre en vain, pensant

toujours voir la porte s'ouvrir et surgir enfin la haute silhouette
25 d'Augustin.

C'est le dimanche seulement, dans l'après-midi, que je résolus
de sonner à la porte des Sablonnières. Tandis que je grimpais
les coteaux dénudés, j'entendais sonner au loin les vêpres du
dimanche d'hiver. Je me sentais solitaire et désolé. Je ne sais
30 quel pressentiment triste m'envahissait. Et je ne fus qu'à demi
surpris lorsque, à mon coup de sonnette, je vis M. de Galais tout
seul paraître et me parler presque à voix basse : Mlle de Galais
était alitée, avec une fièvre violente; Meaulnes avait dû partir
dès vendredi matin pour un long voyage; on ne savait quand il
35 reviendrait...

Et comme le vieillard, très embarrassé, très triste, ne m'offrait
pas d'entrer, je pris aussitôt congé de lui. La porte refermée, je
restai un instant sur le perron, le cœur serré, dans un désarroi
absolu, à regarder sans savoir pourquoi une branche de glycine[1]
40 desséchée que le vent balançait tristement dans un rayon de
soleil.

Ainsi ce remords secret que Meaulnes portait depuis son
séjour à Paris avait fini par être le plus fort. Il avait fallu que mon
grand compagnon échappât à la fin à son bonheur tenace...

45 Chaque jeudi et chaque dimanche, je vins demander des
nouvelles d'Yvonne de Galais, jusqu'au soir où, convalescente
enfin, elle me fit prier d'entrer. Je la trouvai, assise auprès du feu,
dans le salon dont la grande fenêtre basse donnait sur la terre et
les bois. Elle n'était point pâle comme je l'avais imaginé, mais
50 toute enfiévrée, au contraire, avec de vives taches rouges sous les
yeux, et dans un état d'agitation extrême. Bien qu'elle parût très
faible encore, elle s'était habillée comme pour sortir. Elle parlait
peu, mais elle disait chaque phrase avec une animation extraordinaire, comme si elle eût voulu se persuader à elle-même que le
55 bonheur n'était pas évanoui encore... Je n'ai pas gardé le souvenir

---

1. *Glycine* : plante grimpante à grosses fleurs mauves, blanches ou roses.

de ce que nous avons dit. Je me rappelle seulement que j'en vins à demander avec hésitation quand Meaulnes serait de retour.

«Je ne sais pas quand il reviendra», répondit-elle vivement.

Il y avait une supplication dans ses yeux, et je me gardai d'en demander davantage.

Souvent, je revins la voir. Souvent je causai avec elle auprès du feu, dans ce salon bas où la nuit venait plus vite que partout ailleurs. Jamais elle ne parlait d'elle-même ni de sa peine cachée. Mais elle ne se lassait pas de me faire conter par le détail notre existence d'écoliers de Sainte-Agathe.

Elle écoutait gravement, tendrement, avec un intérêt quasi maternel, le récit de nos misères de grands enfants. Elle ne paraissait jamais surprise, pas même de nos enfantillages les plus audacieux, les plus dangereux. Cette tendresse attentive qu'elle tenait de M. de Galais, les aventures déplorables de son frère ne l'avaient point lassée. Le seul regret que lui inspirât le passé, c'était, je pense, de n'avoir point encore été pour son frère une confidente assez intime, puisque, au moment de sa grande débâcle, il n'avait rien osé lui dire non plus qu'à personne et s'était jugé perdu sans recours. Et c'était là, quand j'y songe, une lourde tâche qu'avait assumée la jeune femme – tâche périlleuse, de seconder un esprit follement chimérique[1] comme son frère ; tâche écrasante, quand il s'agissait de lier partie avec ce cœur aventureux qu'était mon ami le grand Meaulnes.

De cette foi qu'elle gardait dans les rêves enfantins de son frère, de ce soin qu'elle apportait à lui conserver au moins des bribes de ce rêve dans lequel il avait vécu jusqu'à vingt ans, elle me donna un jour la preuve la plus touchante et je dirai presque la plus mystérieuse.

Ce fut par une soirée d'avril désolée comme une fin d'automne. Depuis près d'un mois nous vivions dans un doux printemps

---

1. *Chimérique* : qui se laisse égarer par des rêves.

prématuré, et la jeune femme avait repris en compagnie de M. de Galais les longues promenades qu'elle aimait. Mais ce jour-là, le vieillard se trouvant fatigué et moi-même libre, elle me demanda de l'accompagner malgré le temps menaçant. À plus d'une demi-lieue des Sablonnières, en longeant l'étang, l'orage, la pluie, la grêle nous surprirent. Sous le hangar où nous nous étions abrités contre l'averse interminable, le vent nous glaçait, debout l'un près de l'autre, pensifs, devant le paysage noirci. Je la revois, dans sa douce robe sévère, toute pâlie, toute tourmentée.

«Il faut rentrer, disait-elle. Nous sommes partis depuis si longtemps. Qu'a-t-il pu se passer?»

Mais, à mon étonnement, lorsqu'il nous fut possible enfin de quitter notre abri, la jeune femme, au lieu de revenir vers les Sablonnières, continua son chemin et me demanda de la suivre. Nous arrivâmes, après avoir longtemps marché, devant une maison que je ne connaissais pas, isolée au bord d'un chemin défoncé qui devait aller vers Préveranges. C'était une petite maison bourgeoise, couverte en ardoises, et que rien ne distinguait du type usuel dans ce pays, sinon son éloignement et son isolement.

À voir Yvonne de Galais, on eût dit que cette maison nous appartenait et que nous l'avions abandonnée durant un long voyage. Elle ouvrit, en se penchant, une petite grille, et se hâta d'inspecter avec inquiétude le lieu solitaire. Une grande cour herbeuse, où des enfants avaient dû venir jouer pendant les longues et lentes soirées de la fin de l'hiver, était ravinée par l'orage. Un cerceau trempait dans une flaque d'eau. Dans les jardinets où les enfants avaient semé des fleurs et des pois, la grande pluie n'avait laissé que des traînées de gravier blanc. Et enfin nous découvrîmes, blottie contre le seuil d'une des portes mouillées, toute une couvée de poussins transpercée par l'averse. Presque tous étaient morts sous les ailes raidies et les plumes fripées de la mère.

À ce spectacle pitoyable, la jeune femme eut un cri étouffé. Elle se pencha et, sans souci de l'eau ni de la boue, triant les

poussins vivants d'entre les morts, elle les mit dans un pan de
son manteau. Puis nous entrâmes dans la maison dont elle avait
la clef. Quatre portes ouvraient sur un étroit couloir où le vent
s'engouffra en sifflant. Yvonne de Galais ouvrit la première à
125 notre droite et me fit pénétrer dans une chambre sombre, où
je distinguai, après un moment d'hésitation, une grande glace
et un petit lit recouvert, à la mode campagnarde, d'un édredon
de soie rouge. Quant à elle, après avoir cherché un instant dans
le reste de l'appartement, elle revint, portant la couvée malade
130 dans une corbeille garnie de duvet, qu'elle glissa précieusement
sous l'édredon. Et, tandis qu'un rayon de soleil languissant[1], le
premier et le dernier de la journée, faisait plus pâles nos visages
et plus obscure la tombée de la nuit, nous étions là, debout,
glacés et tourmentés, dans la maison étrange!

135 D'instant en instant, elle allait regarder dans le nid fiévreux,
enlever un nouveau poussin mort pour l'empêcher de faire
mourir les autres. Et chaque fois il nous semblait que quelque
chose comme un grand vent par les carreaux cassés du grenier,
comme un chagrin mystérieux d'enfants inconnus, se lamentait
140 silencieusement.

«C'était ici, me dit enfin ma compagne, la maison de Frantz
quand il était petit. Il avait voulu une maison pour lui tout seul,
loin de tout le monde, dans laquelle il pût aller jouer, s'amuser
et vivre quand cela lui plairait. Mon père avait trouvé cette fantai-
145 sie si extraordinaire, si drôle, qu'il n'avait pas refusé. Et quand
cela lui plaisait, un jeudi, un dimanche, n'importe quand, Frantz
partait habiter dans sa maison comme un homme. Les enfants
des fermes d'alentour venaient jouer avec lui, l'aider à faire son
ménage, travailler dans le jardin. C'était un jeu merveilleux! Et le
150 soir venu, il n'avait pas peur de coucher tout seul. Quant à nous,
nous l'admirions tellement que nous ne pensions pas même à
être inquiets.

---

1. *Languissant* : affaibli, mourant.

«Maintenant et depuis longtemps, poursuivit-elle avec un soupir, la maison est vide. M. de Galais, frappé par l'âge et le chagrin, n'a jamais rien fait pour retrouver ni rappeler mon frère. Et que pourrait-il tenter ?

« Moi je passe ici bien souvent. Les petits paysans des environs viennent jouer dans la cour comme autrefois. Et je me plais à imaginer que ce sont les anciens amis de Frantz ; que lui-même est encore un enfant et qu'il va revenir bientôt avec la fiancée qu'il s'était choisie.

«Ces enfants-là me connaissent bien. Je joue avec eux. Cette couvée de petits poulets était à nous...»

Tout ce grand chagrin dont elle n'avait jamais rien dit, ce grand regret d'avoir perdu son frère si fou, si charmant et si admiré, il avait fallu cette averse et cette débâcle enfantine pour qu'elle me les confiât. Et je l'écoutais sans rien répondre, le cœur tout gonfle de sanglots...

Les portes et la grille refermées, les poussins remis dans la cabane en planches qu'il y avait derrière la maison, elle reprit tristement mon bras et je la reconduisis...

Des semaines, des mois passèrent. Époque passée ! Bonheur perdu ! De celle qui avait été la fée, la princesse et l'amour mystérieux de toute notre adolescence, c'est à moi qu'il était échu de[1] prendre le bras et de dire ce qu'il fallait pour adoucir son chagrin, tandis que mon compagnon avait fui. De cette époque, de ces conversations, le soir, après la classe que je faisais sur la côte de Saint-Benoist-des-Champs, de ces promenades où la seule chose dont il eût fallu parler était la seule sur laquelle nous étions décidés à nous taire, que pourrais-je dire à présent ? Je n'ai pas gardé d'autre souvenir que celui, à demi effacé déjà, d'un beau visage amaigri, de deux yeux dont les paupières s'abaissent lentement tandis qu'ils me regardent, comme pour déjà ne plus voir qu'un monde intérieur.

---

1. *Qu'il était échu de* : que revenait le privilège de.

185 Et je suis demeuré son compagnon fidèle – compagnon d'une attente dont nous ne parlions pas – durant tout un printemps et tout un été comme il n'y en aura jamais plus. Plusieurs fois, nous retournâmes, l'après-midi, à la maison de Frantz. Elle ouvrait les portes pour donner de l'air, pour que rien ne fût moisi quand le
190 jeune ménage reviendrait. Elle s'occupait de la volaille à demi sauvage qui gîtait[1] dans la basse-cour. Et le jeudi ou le dimanche, nous encouragions les jeux des petits campagnards d'alentour, dont les cris et les rires, dans le site solitaire, faisaient paraître plus déserte et plus vide encore la petite maison abandonnée.

Chapitre XI

Conversation sous la pluie

Le mois d'août, époque des vacances, m'éloigna des Sablonnières et de la jeune femme. Je dus aller passer à Sainte-Agathe mes deux mois de congé. Je revis la grande cour sèche, le préau, la classe vide… Tout parlait du grand Meaulnes. Tout était rempli
5 de souvenirs de notre adolescence déjà finie. Pendant ces longues journées jaunies, je m'enfermais comme jadis, avant la venue de Meaulnes, dans le cabinet des Archives, dans les classes désertes. Je lisais, j'écrivais, je me souvenais… Mon père était à la pêche au loin. Millie dans le salon cousait ou jouait du piano comme
10 jadis… Et dans le silence absolu de la classe, où les couronnes de papier vert déchirées, les enveloppes des livres de prix, les tableaux épongés, tout disait que l'année était finie, les récompenses distribuées, tout attendait l'automne, la rentrée d'octobre et le nouvel effort – je pensais de même que notre jeunesse était finie et le
15 bonheur manqué ; moi aussi j'attendais la rentrée aux Sablonnières et le retour d'Augustin qui peut-être ne reviendrait jamais…

---

1. *Gîtait* : vivait, habitait.

Il y avait cependant une nouvelle heureuse que j'annonçai à Millie, lorsqu'elle se décida à m'interroger sur la nouvelle mariée. Je redoutais ses questions, sa façon à la fois très innocente et très maligne[1] de vous plonger soudain dans l'embarras, en mettant le doigt sur votre pensée la plus secrète. Je coupai court à tout, en annonçant que la jeune femme de mon ami Meaulnes serait mère au mois d'octobre.

À part moi, je me rappelai le jour où Yvonne de Galais m'avait fait comprendre cette grande nouvelle. Il y avait eu un silence ; de ma part, un léger embarras de jeune homme. Et j'avais dit tout de suite, inconsidérément, pour le dissiper – songeant trop tard à tout le drame que je remuais ainsi :

«Vous devez être bien heureuse ?»

Mais elle, sans arrière-pensée, sans regret, ni remords, ni rancune, elle avait répondu avec un beau sourire de bonheur :

«Oui, bien heureuse.»

Durant cette dernière semaine des vacances qui est en général la plus belle et la plus romantique, semaine de grandes pluies, semaine où l'on commence à allumer les feux, et que je passais d'ordinaire à chasser dans les sapins noirs et mouillés du Vieux-Nançay, je fis mes préparatifs pour rentrer directement à Saint-Benoist-des-Champs. Firmin, ma tante Julie et mes cousines du Vieux-Nançay m'eussent posé trop de questions auxquelles je ne voulais pas répondre. Je renonçai pour cette fois à mener durant huit jours la vie enivrante de chasseur campagnard et je regagnai ma maison d'école quatre jours avant la rentrée des classes.

J'arrivai avant la nuit dans la cour déjà tapissée de feuilles jaunies. Le voiturier parti, je déballai tristement dans la salle à manger sonore et «renfermée» le paquet de provisions que m'avait fait maman... Après un léger repas du bout des dents, impatient,

---

1. *Maligne* : sournoise, perverse.

anxieux, je mis ma pèlerine et partis pour une fiévreuse promenade qui me mena tout droit aux abords des Sablonnières.

50 Je ne voulus pas m'y introduire en intrus dès le premier soir de mon arrivée. Cependant, plus hardi qu'en février, après avoir tourné tout autour du Domaine où brillait seule la fenêtre de la jeune femme, je franchis, derrière la maison, la clôture du jardin et m'assis sur un banc, contre la haie, dans l'ombre commençante,
55 heureux simplement d'être là, tout près de ce qui me passionnait et m'inquiétait le plus au monde.

La nuit venait. Une pluie fine commençait à tomber. La tête basse, je regardais, sans y songer, mes souliers se mouiller peu à peu et luire d'eau. L'ombre m'entourait lentement et la fraîcheur
60 me gagnait sans troubler ma rêverie. Tendrement, tristement, je rêvais aux chemins boueux de Sainte-Agathe, par ce même soir de fin septembre ; j'imaginais la place pleine de brume, le garçon boucher qui siffle en allant à la pompe, le café illuminé, la joyeuse voiturée[1] avec sa carapace de parapluies ouverts qui
65 arrivait avant la fin des vacances, chez l'oncle Florentin… Et je me disais tristement : « Qu'importe tout ce bonheur, puisque Meaulnes, mon compagnon, ne peut pas y être, ni sa jeune femme… »

C'est alors que, levant la tête, je la vis à deux pas de moi.
70 Ses souliers, dans le sable, faisaient un bruit léger que j'avais confondu avec celui des gouttes d'eau de la haie. Elle avait sur la tête et les épaules un grand fichu de laine noire, et la pluie fine poudrait sur son front ses cheveux. Sans doute, de sa chambre, m'avait-elle aperçu par la fenêtre qui donnait sur le jardin. Et
75 elle venait vers moi. Ainsi ma mère, autrefois, s'inquiétait et me cherchait pour me dire : « Il faut rentrer », mais ayant pris goût à cette promenade sous la pluie et dans la nuit, elle disait seulement avec douceur : « Tu vas prendre froid ! » et restait en ma compagnie à causer longuement…

---

1. **Voiturée** : ensemble des passagers d'une voiture.

80   Yvonne de Galais me tendit une main brûlante, et, renonçant à me faire entrer aux Sablonnières, elle s'assit sur le banc moussu et vert-de-grisé, du côté le moins mouillé, tandis que debout, appuyé du genou à ce même banc, je me penchais vers elle pour l'entendre.

85   Elle me gronda d'abord amicalement pour avoir ainsi écourté mes vacances :

«Il fallait bien, répondis-je, que je vinsse au plus tôt pour vous tenir compagnie.

– Il est vrai, dit-elle presque tout bas avec un soupir, je suis 90 seule encore. Augustin n'est pas revenu...»

Prenant ce soupir pour un regret, un reproche étouffé, je commençais à dire lentement :

«Tant de folies dans une si noble tête. Peut-être le goût des aventures plus fort que tout...»

95   Mais la jeune femme m'interrompit. Et ce fut en ce lieu, ce soir-là, que pour la première et la dernière fois, elle me parla de Meaulnes.

«Ne parlez pas ainsi, dit-elle doucement, François Seurel, mon ami. Il n'y a que nous – il n'y a que moi de coupable. Songez à 100 ce que nous avons fait...

«Nous lui avons dit : "Voici le bonheur, voici ce que tu as cherché pendant toute ta jeunesse, voici la jeune fille qui était à la fin de tous tes rêves !"

« Comment celui que nous poussions ainsi par les épaules 105 n'aurait-il pas été saisi d'hésitation, puis de crainte, puis d'épouvante et n'aurait-il pas cédé à la tentation de s'enfuir !

– Yvonne, dis-je tout bas, vous saviez bien que vous étiez ce bonheur-là, cette jeune fille-là.

– Ah ! soupira-t-elle. Comment ai-je pu un instant avoir cette 110 pensée orgueilleuse ! C'est cette pensée-là qui est cause de tout.

«Je vous disais : "Peut-être que je ne puis rien faire pour lui." Et au fond de moi, je pensais : "Puisqu'il m'a tant cherchée et puisque je l'aime, il faudra bien que je fasse son bonheur." Mais

quand je l'ai vu près de moi, avec toute sa fièvre, son inquié-
115 tude, son remords mystérieux, j'ai compris que je n'étais qu'une
pauvre femme comme les autres...

«"Je ne ne suis pas digne de vous", répétait-il quand ce fut le
petit jour et la fin de la nuit de nos noces.

«Et j'essayais de le consoler, de le rassurer. Rien ne calmait son
120 angoisse. Alors j'ai dit : "S'il faut que vous partiez, si je suis venue
vers vous au moment où rien ne pouvait vous rendre heureux,
s'il faut que vous m'abandonniez un temps pour ensuite revenir
apaisé près de moi, c'est moi qui vous demande de partir..."»

Dans l'ombre je vis qu'elle avait levé les yeux sur moi. C'était
125 comme une confession[1] qu'elle m'avait faite, et elle attendait,
anxieusement, que je l'approuve ou la condamne. Mais que
pouvais-je dire? Certes, au fond de moi, je revoyais le grand
Meaulnes de jadis, gauche et sauvage, qui se faisait toujours punir
plutôt que de s'excuser ou de demander une permission qu'on lui
130 eût certainement accordée. Sans doute aurait-il fallu qu'Yvonne
de Galais lui fît violence et, lui prenant la tête entre ses mains,
lui dît : «Qu'importe ce que vous avez fait; je vous aime; tous
les hommes ne sont-ils pas des pécheurs?» Sans doute avait-elle
eu grand tort, par générosité, par esprit de sacrifice, de le rejeter
135 ainsi sur la route des aventures... Mais comment aurais-je pu
désapprouver tant de bonté, tant d'amour!...

Il y eut un long moment de silence, pendant lequel, troublés
jusques au fond du cœur, nous entendions la pluie froide dégoutter dans les haies et sous les branches des arbres.

140 «Il est donc parti au matin, poursuivit-elle. Plus rien ne nous
séparait désormais. Et il m'a embrassée, simplement, comme un
mari qui laisse sa jeune femme, avant un long voyage...»

Elle se levait. Je pris dans la mienne sa main fiévreuse, puis
son bras, et nous remontâmes l'allée dans l'obscurité profonde.

145 «Pourtant il ne vous a jamais écrit? demandai-je.

---

1. *Confession* : aveu d'un péché.

« – Jamais », répondit-elle.

Et alors, la pensée nous venant à tous deux de la vie aventureuse qu'il menait à cette heure sur les routes de France ou d'Allemagne, nous commençâmes à parler de lui comme nous ne
150 l'avions jamais fait. Détails oubliés, impressions anciennes nous revenaient en mémoire, tandis que lentement nous regagnions la maison, faisant à chaque pas de longues stations pour mieux échanger nos souvenirs... Longtemps   jusqu'aux barrières du jardin – dans l'ombre, j'entendis la précieuse voix basse de la
155 jeune femme ; et moi, repris par mon vieil enthousiasme, je lui parlais sans me lasser, avec une amitié profonde, de celui qui nous avait abandonnés...

Chapitre XII

Le fardeau

La classe devait recommencer le lundi. Le samedi soir, vers 5 heures, une femme du Domaine entra dans la cour de l'école où j'étais occupé à scier du bois pour l'hiver. Elle venait m'annoncer qu'une petite fille était née aux Sablonnières. L'accouchement
5 avait été difficile. À 9 heures du soir, il avait fallu demander la sage-femme[1] de Préveranges. À minuit, on avait attelé[2] de nouveau pour aller chercher le médecin de Vierzon. Il avait dû appliquer les fers[3]. La petite fille avait la tête blessée et criait beaucoup mais elle paraissait bien en vie. Yvonne de Galais était
10 maintenant très affaissée[4], mais elle avait souffert et résisté avec une vaillance extraordinaire.

---

1. Sage-femme : accoucheuse.
2. On avait attelé : ... une voiture
3. Appliquer les fers : extraire l'enfant avec une pince.
4. Affaissée : diminuée.

Je laissai là mon travail, courus revêtir un autre paletot, et content, en somme, de ces nouvelles, je suivis la bonne femme jusqu'aux Sablonnières. Avec précaution, de crainte que quel-
15 qu'un des deux blessés ne fût endormi, je montai par l'étroit escalier de bois qui menait au premier étage. Et là, M. de Galais, le visage fatigué mais heureux, me fit entrer dans la chambre où l'on avait provisoirement installé le berceau entouré de rideaux.

Je n'étais jamais entré dans une maison où fût né le jour même
20 un petit enfant. Que cela me paraissait bizarre et mystérieux et bon! Il faisait un soir si beau – un véritable soir d'été – que M. de Galais n'avait pas craint d'ouvrir la fenêtre qui donnait sur la cour. Accoudé près de moi sur l'appui de la croisée, il me racontait, avec épuisement et bonheur, le drame de la nuit; et moi qui
25 l'écoutais, je sentais obscurément que quelqu'un d'étranger était maintenant avec nous dans la chambre…

Sous les rideaux, cela se mit à crier, un petit cri aigre et prolongé… Alors M. de Galais me dit à demi-voix :

«C'est cette blessure à la tête qui la fait crier.»

30 Machinalement – on sentait qu'il faisait cela depuis le matin et que déjà il en avait pris l'habitude – il se mit à bercer le petit paquet de rideaux.

«Elle a ri déjà, dit-il, et elle prend le doigt. Mais vous ne l'avez pas vue?»

35 Il ouvrit les rideaux et je vis une rouge petite figure bouffie, un petit crâne allongé et déformé par les fers :

«Ce n'est rien, dit M. de Galais, le médecin a dit que tout cela s'arrangerait de soi-même… Donnez-lui votre doigt, elle va le serrer.»

40 Je découvrais là comme un monde ignoré. Je me sentais le cœur gonflé d'une joie étrange que je ne connaissais pas auparavant…

M. de Galais entrouvrit avec précaution la porte de la chambre de la jeune femme. Elle ne dormait pas.

45 «Vous pouvez entrer», dit-il.

Elle était étendue, le visage enfiévré, au milieu de ses cheveux blonds épars. Elle me tendit la main en souriant d'un air las. Je lui fis compliment de sa fille. D'une voix un peu rauque[1], et avec une rudesse inaccoutumée – la rudesse de quelqu'un qui revient 50 du combat :

«Oui, mais on me l'a abîmée», dit-elle en souriant.

Il fallut bientôt partir pour ne pas la fatiguer.

Le lendemain dimanche, dans l'après-midi, je me rendis avec une hâte presque joyeuse aux Sablonnières. À la porte, un écriteau 55 fixé avec des épingles arrêta le geste que je faisais déjà :

Prière de ne pas sonner

Je ne devinai pas de quoi il s'agissait. Je frappai assez fort. J'entendis dans l'intérieur des pas étouffés qui accouraient. Quelqu'un que je ne connaissais pas – et qui était le médecin de 60 Vierzon – m'ouvrit :

«Eh bien, qu'y a-t-il? fis-je vivement.

– Chut! chut! – me répondit-il tout bas, l'air fâché. – La petite fille a failli mourir cette nuit. Et la mère est très mal.»

Complètement déconcerté, je le suivis sur la pointe des pieds 65 jusqu'au premier étage. La petite fille endormie dans son berceau était toute pâle, toute blanche, comme un petit enfant mort. Le médecin pensait la sauver. Quant à la mère, il n'affirmait rien... Il me donna de longues explications comme au seul ami de la famille. Il parla de congestion pulmonaire[2], d'embolie[3]. 70 Il hésitait, il n'était pas sûr... M. de Galais entra, affreusement vieilli en deux jours, hagard et tremblant.

Il m'emmena dans la chambre sans trop savoir ce qu'il faisait :

«Il faut, me dit-il tout bas, qu'elle ne soit pas effrayée; il faut, 75 a ordonné le médecin, lui persuader que cela va bien.»

---

1. *Rauque* : rude et éraillée.
2. *Congestion pulmonaire* : hémorragie, afflux de sang dans les poumons.
3. *Embolie* : obstruction d'un vaisseau sanguin.

Tout le sang à la figure, Yvonne de Galais était étendue, la tête renversée comme la veille. Les joues et le front rouge sombre, les yeux par instants révulsés[1], comme quelqu'un qui étouffe, elle se défendait contre la mort avec un courage et une douceur
80 indicibles.

Elle ne pouvait parler, mais elle me tendait sa main en feu, avec tant d'amitié que je faillis éclater en sanglots.

«Eh bien! eh bien! dit M. de Galais très fort, avec un enjouement affreux, qui semblait de folie, vous voyez que pour une
85 malade elle n'a pas trop mauvaise mine!»

Et je ne savais que répondre, mais je gardais dans la mienne la main horriblement chaude de la jeune femme mourante...

Elle voulut faire un effort pour me dire quelque chose, me demander je ne sais quoi; elle tourna les yeux vers moi,
90 puis vers la fenêtre, comme pour me faire signe d'aller dehors chercher quelqu'un... Mais alors une affreuse crise d'étouffement la saisit; ses beaux yeux bleus qui, un instant, m'avaient appelé si tragiquement, se révulsèrent; ses joues et son front noircirent, et elle se débattit doucement, cherchant à contenir
95 jusqu'à la fin son épouvante et son désespoir. On se précipita – le médecin et les femmes – avec un ballon d'oxygène, des serviettes, des flacons; tandis que le vieillard penché sur elle criait – criait comme si déjà elle eût été loin de lui, de sa voix rude et tremblante :
100 «N'aie pas peur, Yvonne. Ce ne sera rien. Tu n'as pas besoin d'avoir peur!»

Puis la crise s'apaisa. Elle put souffler un peu, mais elle continua à suffoquer à demi, les yeux blancs, la tête renversée, luttant toujours, mais incapable, fût-ce un instant, pour me regarder et
105 me parler, de sortir du gouffre où elle était déjà plongée.

... Et comme je n'étais utile à rien, je dus me décider à partir. Sans doute, j'aurais pu rester un instant encore; et à cette pensée

---

1. Révulsés : retournés.

je me sens étreint[1] par un affreux regret. Mais quoi ? J'espérais encore. Je me persuadais que tout n'était pas si proche.

En arrivant à la lisière des sapins, derrière la maison, songeant au regard de la jeune femme tourné vers la fenêtre, j'examinai avec l'attention d'une sentinelle ou d'un chasseur d'hommes la profondeur de ce bois par où Augustin était venu jadis et par où il avait fui l'hiver précédent. Hélas ! Rien ne bougea. Pas une ombre suspecte ; pas une branche qui remue. Mais, à la longue, là-bas, vers l'allée qui venait de Préveranges, j'entendis le son très fin d'une clochette ; bientôt parut au détour du sentier un enfant avec une calotte[2] rouge et une blouse d'écolier qui suivait un prêtre... Et je partis, dévorant mes larmes.

Le lendemain était le jour de la rentrée des classes. À 7 heures, il y avait déjà deux ou trois gamins dans la cour. J'hésitai longuement à descendre, à me montrer. Et lorsque je parus enfin, tournant la clef de la classe moisie, qui était fermée depuis deux mois, ce que je redoutais le plus au monde arriva : je vis le plus grand des écoliers se détacher du groupe qui jouait sous le préau et s'approcher de moi. Il venait me dire que « la jeune dame des Sablonnières était morte hier à la tombée de la nuit ».

Tout se mêle pour moi, tout se confond dans cette douleur. Il me semble maintenant que jamais plus je n'aurai le courage de recommencer la classe. Rien que traverser la cour aride de l'école c'est une fatigue qui va me briser les genoux. Tout est pénible, tout est amer puisqu'elle est morte. Le monde est vide, les vacances sont finies. Finies, les longues courses perdues en voiture ; finie, la fête mystérieuse... Tout redevient la peine que c'était.

J'ai dit aux enfants qu'il n'y aurait pas de classe ce matin. Ils s'en vont, par petits groupes, porter cette nouvelle aux autres à travers la campagne. Quant à moi, je prends mon chapeau noir,

---

1. *Étreint* : possédé.
2. *Calotte* : petit bonnet rond qui couvre le sommet du crâne.

une jaquette bordée[1] que j'ai, et je m'en vais misérablement vers les Sablonnières…

140 … Me voici devant la maison que nous avions tant cherchée il y a trois ans ! C'est dans cette maison qu'Yvonne de Galais, la femme d'Augustin Meaulnes, est morte hier soir. Un étranger la prendrait pour une chapelle, tant il s'est fait de silence depuis hier dans ce lieu désolé.

145 Voilà donc ce que nous réservait ce beau matin de rentrée, ce perfide[2] soleil d'automne qui glisse sous les branches. Comment lutterais-je contre cette affreuse révolte, cette suffocante montée de larmes ! Nous avions retrouvé la belle jeune fille. Nous l'avions conquise. Elle était la femme de mon compagnon et moi je 150 l'aimais de cette amitié profonde et secrète qui ne se dit jamais. Je la regardais et j'étais content, comme un petit enfant. J'aurais un jour peut-être épousé une autre jeune fille, et c'est à elle la première que j'aurais confié la grande nouvelle secrète…

Près de la sonnette, au coin de la porte, on a laissé l'écriteau 155 d'hier. On a déjà apporté le cercueil dans le vestibule, en bas. Dans la chambre du premier, c'est la nourrice de l'enfant qui m'accueille, qui me raconte la fin et qui entrouvre doucement la porte… La voici. Plus de fièvre ni de combats. Plus de rougeur, ni d'attente… Rien que le silence, et, entouré d'ouate[3], un dur 160 visage insensible et blanc, un front mort d'où sortent les cheveux drus et durs.

M. de Galais, accroupi dans un coin, nous tournant le dos, est en chaussettes, sans souliers, et il fouille avec une terrible obstination dans des tiroirs en désordre, arrachés d'une armoire. Il en 165 sort de temps à autre, avec une crise de sanglots qui lui secoue les épaules comme une crise de rire, une photographie ancienne, déjà jaunie, de sa fille.

---

1. *Jaquette bordée* : veste élégante, aux bords cousus de galons.
2. *Perfide* : traître, menteur.
3. *Ouate* : coton.

L'enterrement est pour midi. Le médecin craint la décomposition rapide, qui suit parfois les embolies. C'est pourquoi le visage, comme tout le corps d'ailleurs, est entouré d'ouate imbibée de phénol[1].

L'habillage terminé – on lui a mis son admirable robe de velours bleu sombre, semée par endroits de petites étoiles d'argent, mais il a fallu aplatir et friper les belles manches à gigot[2] maintenant démodées – au moment de faire monter le cercueil, on s'est aperçu qu'il ne pourrait pas tourner dans le couloir trop étroit. Il faudrait avec une corde le hisser du dehors par la fenêtre et de la même façon le faire descendre ensuite... Mais M. de Galais, toujours penché sur de vieilles choses parmi lesquelles il cherche on ne sait quels souvenirs perdus, intervient alors avec une véhémence[3] terrible.

«Plutôt, dit-il d'une voix coupée par les larmes et la colère, plutôt que de laisser faire une chose aussi affreuse, c'est moi qui la prendrai et la descendrai dans mes bras...»

Et il ferait ainsi, au risque de tomber en faiblesse, à mi-chemin, et de s'écrouler avec elle !

Mais alors je m'avance, je prends le seul parti possible : avec l'aide du médecin et d'une femme, passant un bras sous le dos de la morte étendue, l'autre sous ses jambes, je la charge contre ma poitrine. Assise sur mon bras gauche, les épaules appuyées contre mon bras droit, sa tête retombante retournée sous mon menton, elle pèse terriblement sur mon cœur. Je descends lentement, marche par marche, le long escalier raide, tandis qu'en bas on apprête tout.

J'ai bientôt les deux bras cassés par la fatigue. À chaque marche avec ce poids sur la poitrine, je suis un peu plus essoufflé. Agrippé au corps inerte[4] et pesant, je baisse la tête sur la tête

---

1. Phénol : solution désinfectante.
2. Manches à gigot : manches serrées aux bras et bouffantes aux épaules.
3. Véhémence : emportement, violence.
4. Inerte : sans vie.

de celle que j'emporte, je respire fortement et ses cheveux blonds
aspirés m'entrent dans la bouche – des cheveux morts qui ont un
200 goût de terre. Ce goût de terre et de mort, ce poids sur le cœur,
c'est tout ce qui reste pour moi de la grande aventure, et de vous,
Yvonne de Galais, jeune femme tant cherchée – tant aimée.

Chapitre XIII

Le cahier de devoirs mensuels

Dans la maison pleine de tristes souvenirs, où des femmes,
tout le jour, berçaient et consolaient un tout petit enfant malade,
le vieux M. de Galais ne tarda pas à s'aliter[1]. Aux premiers grands
froids de l'hiver il s'éteignit paisiblement et je ne pus me tenir de
5 verser des larmes au chevet de ce vieil homme charmant, dont la
pensée indulgente[2] et la fantaisie alliée à celle de son fils avaient
été la cause de toute notre aventure. Il mourut, fort heureusement,
dans une incompréhension complète de tout ce qui s'était passé
et, d'ailleurs, dans un silence presque absolu. Comme il n'avait
10 plus depuis longtemps ni parents ni amis dans cette région de
la France, il m'institua par testament son légataire universel[3]
jusqu'au retour de Meaulnes, à qui je devais rendre compte de
tout, s'il revenait jamais... Et c'est aux Sablonnières désormais
que j'habitai. Je n'allais plus à Saint-Benoist que pour y faire la
15 classe, partant le matin de bonne heure, déjeunant à midi d'un
repas préparé au Domaine, que je faisais chauffer sur le poêle,
et rentrant le soir aussitôt après l'étude. Ainsi je pus garder près
de moi l'enfant que les servantes de la ferme soignaient. Surtout
j'augmentais mes chances de rencontrer Augustin, s'il rentrait un
20 jour aux Sablonnières.

---

1. *S'aliter* : prendre le lit ; se dit d'un malade.
2. *Indulgente* : tolérante.
3. *Légataire universel* : héritier.

Je ne désespérais pas, d'ailleurs, de découvrir à la longue dans les meubles, dans les tiroirs de la maison, quelque papier, quelque indice qui me permît de connaître l'emploi de son temps, durant le long silence des années précédentes – et peut-être ainsi de saisir les raisons de sa fuite ou tout au moins de retrouver sa trace... J'avais déjà vainement inspecté je ne sais combien de placards et d'armoires, ouvert, dans les cabinets de débarras, une quantité d'anciens cartons de toutes formes, qui se trouvaient tantôt remplis de liasses de vieilles lettres et de photographies jaunies de la famille de Galais, tantôt bondés de fleurs artificielles, de plumes, d'aigrettes[1] et d'oiseaux démodés. Il s'échappait de ces boîtes je ne sais quelle odeur fanée, quel parfum éteint, qui, soudain, réveillaient en moi pour tout un jour les souvenirs, les regrets, et arrêtaient mes recherches...

Un jour de congé, enfin, j'avisai[2] au grenier une vieille petite malle longue et basse, couverte de poils de porc à demi rongés, et que je reconnus pour être la malle d'écolier d'Augustin. Je me reprochai de n'avoir point commencé par là mes recherches. J'en fis sauter facilement la serrure rouillée. La malle était pleine jusqu'au bord des cahiers et des livres de Sainte-Agathe. Arithmétiques, littératures, cahiers de problèmes, que sais-je?... Avec attendrissement plutôt que par curiosité, je me mis à fouiller dans tout cela, relisant les dictées que je savais encore par cœur, tant de fois nous les avions recopiées! «L'Aqueduc» de Rousseau, «Une aventure en Calabre» de P.-L. Courier, «Lettre de George Sand[3] à son fils»...

Il y avait aussi un «Cahier de Devoirs mensuels». J'en fus surpris, car ces cahiers restaient au Cours et les élèves ne les emportaient jamais au-dehors. C'était un cahier vert tout jauni sur les bords. Le nom de l'élève, *Augustin Meaulnes*, était écrit

---

1. *Aigrettes* : ornements de plumes.
2. *J'avisai* : j'aperçus.
3. *George Sand* (1804-1876) : romancière française.

sur la couverture en ronde[1] magnifique. Je l'ouvris. À la date des devoirs, avril 189…, je reconnus que Meaulnes l'avait commencé peu de jours avant de quitter Sainte-Agathe. Les premières pages étaient tenues avec le soin religieux qui était de règle lorsqu'on
55 travaillait sur ce cahier de compositions. Mais il n'y avait pas plus de trois pages écrites, le reste était blanc et voilà pourquoi Meaulnes l'avait emporté.

Tout en réfléchissant, agenouillé par terre, à ces coutumes, à ces règles puériles qui avaient tenu tant de place dans notre
60 adolescence, je faisais tourner sous mon pouce le bord des pages du cahier inachevé. Et c'est ainsi que je découvris de l'écriture sur d'autres feuillets. Après quatre pages laissées en blanc on avait recommencé à écrire.

C'était encore l'écriture de Meaulnes, mais rapide, mal formée,
65 à peine lisible ; de petits paragraphes de largeurs inégales, séparés par des lignes blanches. Parfois ce n'était qu'une phrase inachevée. Quelquefois une date. Dès la première ligne, je jugeai qu'il pouvait y avoir là des renseignements sur la vie passée de Meaulnes à Paris, des indices sur la piste que je cherchais, et je descen-
70 dis dans la salle à manger pour parcourir à loisir, à la lumière du jour, l'étrange document. Il faisait un jour d'hiver clair et agité. Tantôt le soleil vif dessinait les croix des carreaux sur les rideaux blancs de la fenêtre, tantôt un vent brusque jetait aux vitres une averse glacée. Et c'est devant cette fenêtre, auprès du feu, que je
75 lus ces lignes qui m'expliquèrent tant de choses et dont voici la copie très exacte…

---

1. **Ronde** : belle écriture à longs traits et à boucles.

Chapitre XIV

Le secret

Je suis passé une fois encore sous sa fenêtre. La vitre est toujours poussiéreuse et blanchie par le double rideau qui est derrière. Yvonne de Galais l'ouvrirait-elle que je n'aurais rien à lui dire puisqu'elle est mariée… Que faire maintenant ? Comment vivre ?…

Samedi 13 février – J'ai rencontré, sur le quai, cette jeune fille qui m'avait renseigné au mois de juin, qui attendait comme moi devant la maison fermée… Je lui ai parlé. Tandis qu'elle marchait, je regardais de côté les légers défauts de son visage : une petite ride au coin des lèvres, un peu d'affaissement aux joues, et de la poudre accumulée aux ailes du nez. Elle s'est retournée tout d'un coup et me regardant bien en face, peut-être parce qu'elle est plus belle de face que de profil, elle m'a dit d'une voix très brève :

«Vous m'amusez beaucoup, Vous me rappelez un jeune homme qui me faisait la cour, autrefois, à Bourges. Il était même mon fiancé…»

Cependant, à la nuit pleine, sur le trottoir désert et mouillé qui reflète la lueur d'un bec de gaz[1], elle s'est approchée de moi tout d'un coup, pour me demander de l'emmener ce soir au théâtre avec sa sœur. Je remarque pour la première fois qu'elle est habillée de deuil, avec un chapeau de dame trop vieux pour sa jeune figure, un haut parapluie fin, pareil à une canne. Et comme je suis tout près d'elle, quand je fais un geste mes ongles griffent le crêpe[2] de son corsage… Je fais des difficultés pour accorder ce qu'elle demande. Fâchée, elle veut partir tout de suite. Et c'est

---

1. *Bec de gaz* : réverbère à gaz.
2. *Crêpe* : tissu serré.

moi, maintenant, qui la retiens et la prie. Alors un ouvrier qui passe dans l'obscurité plaisante à mi-voix :

« N'y va pas, ma petite, il te ferait mal ! »

Et nous sommes restés, tous les deux, interdits.

30   Au théâtre. – Les deux jeunes filles, mon amie qui s'appelle Valentine Blondeau et sa sœur, sont arrivées avec de pauvres écharpes.

Valentine est placée devant moi. À chaque instant elle se retourne, inquiète, comme se demandant ce que je lui veux. Et 35   moi, je me sens, près d'elle, presque heureux ; je lui réponds chaque fois par un sourire.

Tout autour de nous, il y avait des femmes trop décolletées. Et nous plaisantions. Elle souriait d'abord, puis elle a dit : « Il ne faut pas que je rie. Moi aussi je suis trop décolletée. » Et elle s'est 40   enveloppée dans son écharpe. En effet, sous le carré de dentelle noire, on voyait que, dans sa hâte à changer de toilette, elle avait refoulé le haut de sa simple chemise montante.

Il y a en elle je ne sais quoi de pauvre et de puéril ; il y a dans son regard je ne sais quel air souffrant et hasardeux qui m'attire. 45   Près d'elle, le seul être au monde qui ait pu me renseigner sur les gens du Domaine, je ne cesse de penser à mon étrange aventure de jadis… J'ai voulu l'interroger de nouveau sur le petit hôtel du boulevard. Mais, à son tour, elle m'a posé des questions si gênantes que je n'ai su rien répondre. Je sens que désormais nous 50   serons, tous les deux, muets sur ce sujet. Et pourtant je sais aussi que je la reverrai. À quoi bon ? Et pourquoi ?… Suis-je condamné maintenant à suivre à la trace tout être qui portera en soi le plus vague, le plus lointain relent de mon aventure manquée ?…

À minuit, seul, dans la rue déserte, je me demande ce que 55   me veut cette nouvelle et bizarre histoire ? Je marche le long des maisons pareilles à des boîtes en carton alignées, dans lesquelles

tout un peuple dort. Et je me souviens tout à coup d'une décision que j'avais prise l'autre mois : j'avais résolu d'aller là-bas en pleine nuit, vers une heure du matin, de contourner l'hôtel, d'ouvrir
60 la porte du jardin, d'entrer comme un voleur et de chercher un indice quelconque qui me permît de retrouver le Domaine perdu, pour la revoir, seulement la revoir… Mais je suis fatigué. J'ai faim. Moi aussi je me suis hâté de changer de costume, avant le théâtre, et je n'ai pas dîné… Agité, inquiet pourtant, je reste longtemps
65 assis sur le bord de mon lit, avant de me coucher, en proie à un vague remords. Pourquoi ?

Je note encore ceci : elles n'ont pas voulu ni que je les reconduise, ni me dire où elles demeuraient. Mais je les ai suivies aussi longtemps que j'ai pu. Je sais qu'elles habitent une petite rue qui
70 tourne aux environs de Notre-Dame. Mais à quel numéro ?… J'ai deviné qu'elles étaient couturières ou modistes[1].

En se cachant de sa sœur, Valentine m'a donné rendez-vous pour jeudi, à 4 heures, devant le même théâtre où nous sommes allés.

« Si je n'étais pas là demain, a-t-elle dit, revenez vendredi à la
75 même heure, puis samedi, et ainsi de suite, tous les jours. »

Jeudi 18 février. – Je suis parti pour l'attendre dans le grand vent qui charrie[2] de la pluie. On se disait à chaque instant : il va finir par pleuvoir…

Je marche dans la demi-obscurité des rues, un poids sur le cœur.
80 Il tombe une goutte d'eau. Je crains qu'il ne pleuve : une averse peut l'empêcher de venir. Mais le vent se reprend à souffler et la pluie ne tombe pas cette fois encore. Là-haut, dans la grise après-midi du ciel – tantôt grise et tantôt éclatante – un grand nuage a dû céder au vent. Et je suis ici terré[3] dans une attente misérable.

---

1. Modistes : ouvrières fabricant des chapeaux.
2. Charrie : entraîne.
3. Terré : caché, blotti ; se dit d'un animal.

85 Devant le théâtre. – Au bout d'un quart d'heure je suis certain
qu'elle ne viendra pas. Du quai où je suis, je surveille au loin,
sur le pont par lequel elle aurait dû venir, le défilé des gens qui
passent. J'accompagne du regard toutes les jeunes femmes en
deuil que je vois venir et je me sens presque de la reconnaissance
90 pour celles qui, le plus longtemps, le plus près de moi, lui ont
ressemblé et m'ont fait espérer…

Une heure d'attente. – Je suis las. À la tombée de la nuit, un
gardien de la paix traîne au poste voisin un voyou qui lui jette
d'une voix étouffée toutes les injures, toutes les ordures qu'il sait.
95 L'agent est furieux, pâle, muet… Dès le couloir il commence à
cogner, puis il referme sur eux la porte pour battre le misérable
tout à l'aise… Il me vient cette pensée affreuse que j'ai renoncé au
paradis et que je suis en train de piétiner aux portes de l'enfer.

De guerre lasse, je quitte l'endroit et je gagne cette rue étroite
100 et basse, entre la Seine et Notre-Dame, où je connais à peu près
la place de leur maison. Tout seul, je vais et viens. De temps à
autre une bonne ou une ménagère sort sous la petite pluie pour
faire avant la nuit ses emplettes[1]… Il n'y a rien, ici, pour moi, et
je m'en vais… Je repasse, dans la pluie claire qui retarde la nuit,
105 sur la place où nous devions nous attendre. Il y a plus de monde
que tout à l'heure – une foule noire…

Suppositions – Désespoir – Fatigue. Je me raccroche à cette
pensée : demain. Demain, à la même heure, en ce même endroit,
je reviendrai l'attendre. Et j'ai grand-hâte que demain soit arrivé.
110 Avec ennui j'imagine la soirée d'aujourd'hui, puis la matinée du
lendemain, que je vais passer dans le désœuvrement… Mais déjà
cette journée n'est-elle pas presque finie ? Rentré chez moi, près
du feu, j'entends crier les journaux du soir. Sans doute, de sa
maison perdue quelque part dans la ville, auprès de Notre-Dame,
115 elle les entend aussi.

---

1. *Emplettes* : petits achats.

Elle... je veux dire : Valentine.

Cette soirée que j'avais voulu escamoter[1] me pèse étrangement. Tandis que l'heure avance, que ce jour-là va bientôt finir et que déjà je le voudrais fini, il y a des hommes qui lui ont confié
120 tout leur espoir, tout leur amour et leurs dernières forces. Il y a des hommes mourants, d'autres qui attendent une échéance, et qui voudraient que ce ne soit jamais demain. Il y en a d'autres pour qui demain pointera comme un remords. D'autres qui sont fatigués, et cette nuit ne sera jamais assez longue pour leur
125 donner tout le repos qu'il faudrait. Et moi, moi qui ai perdu ma journée, de quel droit est-ce que j'ose appeler demain ?

Vendredi soir. – J'avais pensé écrire à la suite : «Je ne l'ai pas revue.» Et tout aurait été fini.

Mais en arrivant ce soir, à 4 heures, au coin du théâtre : la
130 voici. Fine et grave, vêtue de noir, mais avec de la poudre au visage et une collerette qui lui donne l'air d'un pierrot coupable. Un air à la fois douloureux et malicieux.

C'est pour me dire qu'elle veut me quitter tout de suite, qu'elle ne viendra plus.

. . . .

135 Et pourtant, à la tombée de la nuit, nous voici encore tous les deux, marchant lentement l'un près de l'autre, sur le gravier des Tuileries. Elle me raconte son histoire mais d'une façon si enveloppée[2] que je comprends mal. Elle dit : «mon amant» en parlant de ce fiancé qu'elle n'a pas épousé. Elle le fait exprès, je pense, pour
140 me choquer et pour que je ne m'attache point à elle.

Il y a des phrases d'elle que je transcris de mauvaise grâce[3] :

---

1. *Escamoter* : faire passer rapidement (au sujet d'un moment désagréable).
2. *Enveloppée* : voilée, dissimulée.
3. *De mauvaise grâce* : à contrecœur.

«N'ayez aucune confiance en moi, dit-elle, je n'ai jamais fait que des folies.

«J'ai couru des chemins, toute seule.

145 «J'ai désespéré mon fiancé. Je l'ai abandonné parce qu'il m'admirait trop; il ne me voyait qu'en imagination et non point telle que j'étais. Or, je suis pleine de défauts. Nous aurions été très malheureux.»

À chaque instant, je la surprends en train de se faire plus 150 mauvaise qu'elle n'est. Je pense qu'elle veut se prouver à elle-même qu'elle a eu raison jadis de faire la sottise dont elle parle, qu'elle n'a rien à regretter et n'était pas digne du bonheur qui s'offrait à elle.

Une autre fois :

«Ce qui me plaît en vous, m'a-t-elle dit en me regardant 155 longuement, ce qui me plaît en vous, je ne puis savoir pourquoi, ce sont mes souvenirs…»

Une autre fois :

«Je l'aime encore, disait-elle, plus que vous ne pensez.»

Et puis soudain, brusquement, brutalement, tristement :

160 «Enfin, qu'est-ce que vous voulez? Est-ce que vous m'aimez, vous aussi? Vous aussi, vous allez demander ma main?… »

J'ai balbutié. Je ne sais pas ce que j'ai répondu. Peut-être ai-je dit : «Oui.»

Cette espèce de journal s'interrompait là. Commençaient 165 alors des brouillons de lettres, illisibles, informes, raturés. Précaires[1] fiançailles!… La jeune fille, sur la prière de Meaulnes, avait abandonné son métier. Lui, s'était occupé des préparatifs du mariage. Mais sans cesse repris par le désir de chercher encore, de partir encore sur la trace de son amour perdu, il avait dû, 170 sans doute, plusieurs fois disparaître; et, dans ces lettres, avec un embarras tragique, il cherchait à se justifier devant Valentine.

---

1. *Précaires* : fragiles.

Chapitre xv

Le secret (suite)

Puis le journal reprenait.

Il avait noté des souvenirs sur un séjour qu'ils avaient fait tous deux à la campagne, je ne sais où. Mais, chose étrange, à partir de cet instant, peut être par un sentiment de pudeur secrète, le journal était rédigé de façon si hachée, si informe, griffonné si hâtivement aussi, que j'ai dû reprendre moi-même et reconstituer toute cette partie de son histoire.

14 juin. Lorsqu'il s'éveilla de grand matin dans la chambre de l'auberge, le soleil avait allumé les dessins rouges du rideau noir. Des ouvriers agricoles, dans la salle du bas, parlaient fort en prenant le café du matin : ils s'indignaient, en phrases rudes et paisibles, contre un de leurs patrons. Depuis longtemps sans doute Meaulnes entendait, dans son sommeil, ce calme bruit. Car il n'y prit point garde d'abord. Ce rideau semé de grappes rougies par le soleil, ces voix matinales montant dans la chambre silencieuse, tout cela se confondait dans l'impression unique d'un réveil à la campagne, au début de délicieuses grandes vacances.

Il se leva, frappa doucement à la porte voisine, sans obtenir de réponse, et l'entrouvrit sans bruit. Il aperçut alors Valentine et comprit d'où lui venait tant de paisible bonheur. Elle dormait, absolument immobile et silencieuse, sans qu'on l'entendît respirer, comme un oiseau doit dormir. Longtemps, il regarda ce visage d'enfant aux yeux fermés, ce visage si quiet[1] qu'on eût souhaité ne l'éveiller et ne le troubler jamais.

Elle ne fit pas d'autre mouvement pour montrer qu'elle ne dormait plus que d'ouvrir les yeux et de regarder.

---

1. *Quiet* : paisible.

Dès qu'elle fut habillée, Meaulnes revint près de la jeune fille. «Nous sommes en retard», dit-elle.

Et ce fut aussitôt comme une ménagère dans sa demeure.

30 Elle mit de l'ordre dans les chambres, brossa les habits que Meaulnes avait portés la veille et quand elle en vint au pantalon se désola. Le bas des jambes était couvert d'une boue épaisse. Elle hésita, puis, soigneusement, avec précaution, avant de le brosser, elle commença par râper la première épaisseur de terre
35 avec un couteau.

«C'est ainsi, dit Meaulnes, que faisaient les gamins de Sainte-Agathe quand ils s'étaient flanqués dans la boue.

– Moi, c'est ma mère qui m'a enseigné cela», dit Valentine.

... Et telle était bien la compagne que devait souhaiter, avant
40 son aventure mystérieuse, le chasseur et le paysan qu'était le grand Meaulnes.

15 juin. – À ce dîner, à la ferme, où grâce à leurs amis qui les avaient présentés comme mari et femme, ils furent conviés, à leur grand ennui, elle se montra timide comme une nouvelle mariée.
45 On avait allumé les bougies de deux candélabres, à chaque bout de la table couverte de toile blanche, comme à une paisible noce de campagne. Les visages, dès qu'ils se penchaient, sous cette faible clarté, baignaient dans l'ombre.

Il y avait à la droite de Patrice (le fils du fermier) Valentine
50 puis Meaulnes, qui demeura taciturne jusqu'au bout, bien qu'on s'adressât presque toujours à lui. Depuis qu'il avait résolu, dans ce village perdu, afin d'éviter les commentaires, de faire passer Valentine pour sa femme, un même regret, un même remords le désolaient. Et tandis que Patrice, à la façon d'un gentilhomme
55 campagnard, dirigeait le dîner :

«C'est moi, pensait Meaulnes, qui devrais, ce soir, dans une salle basse comme celle-ci, une belle salle que je connais bien, présider le repas de mes noces.»

Près de lui, Valentine refusait timidement tout ce qu'on
60 lui offrait. On eût dit une jeune paysanne. À chaque tentative
nouvelle, elle regardait son ami et semblait vouloir se réfugier
contre lui. Depuis longtemps, Patrice insistait vainement pour
qu'elle vidât son verre, lorsqu'enfin Meaulnes se pencha vers elle
et lui dit doucement :

65   « Il faut boire, ma petite Valentine. »

Alors, docilement[1], elle but. Et Patrice félicita en souriant le
jeune homme d'avoir une femme aussi obéissante.

Mais tous les deux, Valentine et Meaulnes, restaient silencieux
et pensifs. Ils étaient fatigués, d'abord ; leurs pieds trempés par
70 la boue de la promenade étaient glacés sur les carreaux lavés de
la cuisine. Et puis, de temps à autre, le jeune homme était obligé
de dire :

« Ma femme, Valentine, ma femme... »

Et chaque fois, en prononçant sourdement ce mot, devant ces
75 paysans inconnus, dans cette salle obscure, il avait l'impression
de commettre une faute.

17 juin. – L'après-midi de ce dernier jour commença mal.

Patrice et sa femme les accompagnèrent à la promenade. Peu
à peu, sur la pente inégale couverte de bruyère, les deux couples
80 se trouvèrent séparés. Meaulnes et Valentine s'assirent entre les
genévriers, dans un petit taillis.

Le vent portait des gouttes de pluie et le temps était bas. La
soirée avait un goût amer, semblait-il, le goût d'un tel ennui que
l'amour même ne le pouvait distraire.

85   Longtemps ils restèrent là, dans leur cachette, abrités sous les
branches, parlant peu. Puis le temps se leva. Il fit beau. Ils crurent
que, maintenant, tout irait bien.

Et ils commencèrent à parler d'amour, Valentine parlait,
parlait...

---

1. **Docilement** : avec obéissance.

90 «Voici, disait-elle, ce que me promettait mon fiancé, comme
un enfant qu'il était : tout de suite nous aurions eu une maison,
comme une chaumière perdue dans la campagne. "Elle était toute
prête", disait-il. Nous y serions arrivés comme au retour d'un
grand voyage, le soir de notre mariage, vers cette heure-ci qui
95 est proche de la nuit. Et par les chemins, dans la cour, cachés
dans les bosquets[1], des enfants inconnus nous auraient fait fête,
criant : "Vive la mariée !..." Quelles folies ! n'est-ce pas ? »

Meaulnes, interdit, soucieux, l'écoutait. Il retrouvait, dans tout
cela, comme l'écho d'une voix déjà entendue. Et il y avait aussi,
100 dans le ton de la jeune fille, lorsqu'elle contait cette histoire, un
vague regret.

Mais elle eut peur de l'avoir blessé. Elle se retourna vers lui,
avec élan, avec douceur.

« À vous, dit-elle, je veux donner tout ce que j'ai : quelque
105 chose qui ait été pour moi plus précieux que tout..., et vous le
brûlerez ! »

Alors, en le regardant fixement, d'un air anxieux, elle sortit
de sa poche un petit paquet de lettres qu'elle lui tendit, les lettres
de son fiancé.

110 Ah ! tout de suite, il reconnut la fine écriture. Comment
n'y avait-il jamais pensé plus tôt ! C'était l'écriture de Frantz le
bohémien, qu'il avait vue jadis sur le billet désespéré laissé dans
la chambre du Domaine...

Ils marchaient maintenant sur une petite route étroite entre
115 les pâquerettes et les foins éclairés obliquement par le soleil de
5 heures. Si grande était sa stupeur que Meaulnes ne comprenait
pas encore quelle déroute pour lui tout cela signifiait. Il lisait
parce qu'elle lui avait demandé de lire. Des phrases enfantines,
sentimentales, pathétiques... Celle-ci, dans la dernière lettre :

---

1. *Bosquets* : petits bois d'agréments.

120   … Ah! vous avez perdu le petit cœur, impardonnable petite
Valentine. Que va-t-il nous arriver? Enfin je ne suis pas supers-
titieux…

Meaulnes lisait, à demi aveuglé de regret et de colère, le visage
immobile, mais tout pâle, avec des frémissements sous les yeux.
125 Valentine, inquiète de le voir ainsi, regarda où il en était, et ce qui
le fâchait ainsi.

«C'est, expliqua-t-elle très vite, un bijou qu'il m'avait donné
en me faisant jurer de le garder toujours. C'étaient là de ses idées
folles.»
130   Mais elle ne fit qu'exaspérer Meaulnes.

«Folles! dit-il en mettant les lettres dans sa poche. Pourquoi
répéter ce mot? Pourquoi n'avoir jamais voulu croire en lui? Je
l'ai connu, c'était le garçon le plus merveilleux du monde!

– Vous l'avez connu, dit-elle au comble de l'émoi[1], vous avez
135 connu Frantz de Galais?

– C'était mon ami le meilleur, c'était mon frère d'aventures, et
voilà que je lui ai pris sa fiancée!

«Ah! poursuivit-il avec fureur, quel mal vous nous avez fait,
vous qui n'avez voulu croire à rien. Vous êtes cause de tout. C'est
140 vous qui avez tout perdu! tout perdu!»

Elle voulut lui parler, lui prendre la main, mais il la repoussa
brutalement.

«Allez vous-en. Laissez-moi.

– Eh bien! s'il en est ainsi, dit-elle, le visage en feu, bégayant
145 et pleurant à demi, je partirai en effet. Je rentrerai à Bourges,
chez nous, avec ma sœur. Et si vous ne revenez pas me chercher,
vous savez, n'est-ce pas? que mon père est trop pauvre pour me
garder; eh bien! je repartirai pour Paris, je battrai les chemins
comme je l'ai déjà fait une fois, je deviendrai certainement une
150 fille perdue[2], moi qui n'ai plus de métier…»

---

1. *Émoi* : émotion.
2. *Une fille perdue* : une prostituée.

Et elle s'en alla chercher ses paquets pour prendre le train, tandis que Meaulnes, sans même la regarder partir, continuait à marcher au hasard.

Le journal s'interrompait de nouveau.

Suivaient encore des brouillons de lettres, lettres d'un homme indécis, égaré. Rentré à La Ferté-d'Angillon, Meaulnes écrivait à Valentine en apparence pour lui affirmer sa résolution de ne jamais la revoir et lui en donner des raisons précises, mais en réalité, peut-être, pour qu'elle lui répondît. Dans une de ces lettres, il lui demandait ce que, dans son désarroi, il n'avait pas même songé d'abord à lui demander : savait-elle où se trouvait le Domaine tant cherché ? Dans une autre, il la suppliait de se réconcilier avec Frantz de Galais. Lui-même se chargeait de le retrouver… Toutes les lettres dont je voyais les brouillons n'avaient pas dû être envoyées. Mais il avait dû écrire deux ou trois fois, sans jamais obtenir de réponse. Ç'avait été pour lui une période de combats affreux et misérables, dans un isolement absolu. L'espoir de revoir jamais Yvonne de Galais s'étant complètement évanoui, il avait dû peu à peu sentir sa grande résolution faiblir. Et d'après les pages qui vont suivre – les dernières de son journal – j'imagine qu'il dut, un beau matin du début des vacances, louer une bicyclette pour aller à Bourges, visiter la cathédrale.

Il était parti à la première heure, par la belle route droite entre les bois, inventant en chemin mille prétextes à se présenter dignement, sans demander une réconciliation, devant celle qu'il avait chassée.

Les quatre dernières pages, que j'ai pu reconstituer, racontaient ce voyage et cette dernière faute…

Chapitre XVI

Le secret (fin)

25 août. – De l'autre côté de Bourges, à l'extrémité des nouveaux faubourgs, il découvrit, après avoir longtemps cherché, la maison de Valentine Blondeau. Une femme – la mère de Valentine – sur le pas de la porte, semblait l'attendre. C'était une
5 bonne figure de ménagère, lourde, fripée, mais belle encore. Elle le regardait venir avec curiosité, et lorsqu'il lui demanda : «si Mlles Blondeau étaient ici», elle lui expliqua doucement, avec bienveillance, qu'elles étaient rentrées à Paris depuis le 15 août.

«Elles m'ont défendu de dire où elles allaient, ajouta-t-elle, mais
10 en écrivant à leur ancienne adresse, on fera suivre leurs lettres.»

En revenant sur ses pas, sa bicyclette à la main, à travers le jardinet, il pensait :

«Elle est partie… Tout est fini comme je l'ai voulu… C'est moi qui l'ai forcée à cela. "Je deviendrai certainement une fille
15 perdue", disait-elle. Et c'est moi qui l'ai jetée là ! C'est moi qui ai perdu la fiancée de Frantz !»

Et tout bas il se répétait avec folie : «Tant mieux ! Tant mieux !» avec la certitude que c'était bien «tant pis» au contraire et que, sous les yeux de cette femme, avant d'arriver à la grille, il allait
20 buter des deux pieds et tomber sur les genoux.

Il ne pensa pas à déjeuner et s'arrêta dans un café où il écrivit longuement à Valentine, rien que pour crier, pour se délivrer du cri désespéré qui l'étouffait. Sa lettre répétait indéfiniment : «Vous avez pu ! Vous avez pu !… Vous avez pu vous résigner à
25 cela ! Vous avez pu vous perdre ainsi !»

Près de lui des officiers buvaient. L'un d'eux racontait bruyamment une histoire de femme qu'on entendait par bribes : «… Je lui ai dit… Vous devez bien me connaître… Je fais la partie[1] avec

---

1. Je fais la partie : je joue aux cartes.

votre mari tous les soirs!» Les autres riaient et, détournant la
30 tête, crachaient derrière les banquettes. Hâve[1] et poussiéreux,
Meaulnes les regardait comme un mendiant. Il les imagina tenant
Valentine sur leurs genoux.

Longtemps, à bicyclette, il erra autour de la cathédrale, se
disant obscurément : «En somme, c'est pour la cathédrale que
35 j'étais venu.» Au bout de toutes les rues, sur la place déserte, on
la voyait monter énorme et indifférente. Ces rues étaient étroites et souillées comme les ruelles qui entourent les églises de
village. Il y avait çà et là l'enseigne d'une maison louche, une
lanterne rouge... Meaulnes sentait sa douleur perdue, dans ce
40 quartier malpropre, vicieux[2], réfugié, comme aux anciens âges,
sous les arcs-boutants[3] de la cathédrale. Il lui venait une crainte
de paysan, une répulsion pour cette église de la ville, où tous
les vices sont sculptés dans des cachettes, qui est bâtie entre
les mauvais lieux et qui n'a pas de remède pour les plus pures
45 douleurs d'amour.

Deux filles vinrent à passer, se tenant par la taille et le
regardant effrontément. Par dégoût ou par jeu, pour se venger
de son amour ou pour l'abîmer, Meaulnes les suivit lentement
à bicyclette et l'une d'elles, une misérable fille dont les rares
50 cheveux blonds étaient tirés en arrière par un faux chignon, lui
donna rendez-vous pour 6 heures au Jardin de l'Archevêché, le
jardin où Frantz, dans une de ses lettres, donnait rendez-vous à
la pauvre Valentine.

Il ne dit pas non, sachant qu'à cette heure il aurait depuis
55 longtemps quitté la ville. Et de sa fenêtre basse, dans la rue en
pente, elle resta longtemps à lui faire des signes vagues.

---

1. *Hâve* : maigre et pâle.
2. *Vicieux* : mal famé.
3. *Arcs-boutants* : contreforts en forme d'arches.

Il avait hâte de reprendre son chemin.

Avant de partir, il ne put résister au morne désir de passer une dernière fois devant la maison de Valentine. Il regarda de tous ses
60 yeux et put faire provision de tristesse. C'était une des dernières maisons du faubourg et la rue devenait une route à partir de cet endroit... En face, une sorte de terrain vague formait comme une petite place. Il n'y avait personne aux fenêtres, ni dans la cour, nulle part. Seule, le long d'un mur, traînant deux gamins en
65 guenilles, une sale fille poudrée passa.

C'est là que l'enfance de Valentine s'était écoulée, là qu'elle avait commencé à regarder le monde de ses yeux confiants et sages. Elle avait travaillé, cousu, derrière ces fenêtres. Et Frantz était passé pour la voir, lui sourire, dans cette rue de faubourg.
70 Mais maintenant il n'y avait plus rien, rien... La triste soirée durait et Meaulnes savait seulement que quelque part, perdue, durant ce même après-midi, Valentine regardait passer dans son souvenir cette place morne où jamais elle ne viendrait plus.

Le long voyage qu'il lui restait à faire pour rentrer devait être
75 son dernier recours contre sa peine, sa dernière distraction forcée avant de s'y enfoncer tout entier.

Il partit. Aux environs de la route, dans la vallée, de délicieuses maisons fermières, entre les arbres, au bord de l'eau, montraient leurs pignons pointus garnis de treillis verts. Sans doute, là-bas,
80 sur les pelouses, des jeunes filles attentives parlaient de l'amour. On imaginait, là-bas, des âmes, de belles âmes...

Mais, pour Meaulnes, à ce moment, il n'existait plus qu'un seul amour, cet amour mal satisfait qu'on venait de souffleter[1] si cruellement, et la jeune fille entre toutes qu'il eût dû protéger, sauvegar-
85 der, était justement celle-là qu'il venait d'envoyer à sa perte.

Quelques lignes hâtives du journal m'apprenaient encore qu'il avait formé le projet de retrouver Valentine coûte que coûte avant

---

1. *Souffleter* : gifler.

qu'il fût trop tard. Une date, dans un coin de page, me faisait croire que c'était là ce long voyage pour lequel Mme Meaulnes
90 faisait des préparatifs, lorsque j'étais venu à La Ferté-d'Angillon pour tout déranger. Dans la mairie abandonnée, Meaulnes notait ses souvenirs et ses projets par un beau matin de la fin du mois d'août – lorsque j'avais poussé la porte et lui avais apporté la grande nouvelle qu'il n'attendait plus. Il avait été repris, immobi-
95 lisé, par son ancienne aventure, sans oser rien faire ni rien avouer. Alors avaient commencé le remords, le regret et la peine, tantôt étouffés, tantôt triomphants, jusqu'au jour des noces où le cri du bohémien dans les sapins lui avait théâtralement rappelé son premier serment de jeune homme.

100   Sur ce même cahier de devoirs mensuels, il avait encore griffonné quelques mots en hâte, à l'aube, avant de quitter, avec sa permission – mais pour toujours –, Yvonne de Galais, son épouse depuis la veille :

«Je pars. Il faudra bien que je retrouve la piste des deux
105 bohémiens qui sont venus hier dans la sapinière et qui sont partis vers l'est à bicyclette. Je ne reviendrai près d'Yvonne que si je puis ramener avec moi et installer dans la "maison de Frantz" Frantz et Valentine mariés.

«Ce manuscrit, que j'avais commencé comme un journal
110 secret et qui est devenu ma confession, sera, si je ne reviens pas, la propriété de mon ami François Seurel.»

Il avait dû glisser le cahier en hâte sous les autres, refermer à clef son ancienne petite malle d'étudiant, et disparaître.

ÉPILOGUE

Le temps passa. Je perdais l'espoir de revoir jamais mon compagnon, et de mornes jours s'écoulaient dans l'école paysanne, de tristes jours dans la maison déserte. Frantz ne vint pas au rendez-vous que je lui avais fixé, et d'ailleurs ma tante Moinel ne savait plus depuis longtemps où habitait Valentine.

La seule joie des Sablonnières, ce fut bientôt la petite fille qu'on avait pu sauver. À la fin de septembre, elle s'annonçait même comme une solide et jolie petite fille. Elle allait avoir un an. Cramponnée aux barreaux des chaises, elle les poussait toute seule, s'essayant à marcher sans prendre garde aux chutes, et faisait un tintamarre qui réveillait longuement les échos sourds de la demeure abandonnée. Lorsque je la tenais dans mes bras, elle ne souffrait[1] jamais que je lui donne un baiser. Elle avait une façon sauvage et charmante en même temps de frétiller et de me repousser la figure avec sa petite main ouverte, en riant aux éclats. De toute sa gaieté, de toute sa violence enfantine, on eût dit qu'elle allait chasser le chagrin qui pesait sur la maison depuis sa naissance. Je me disais parfois : «Sans doute, malgré cette sauvagerie, sera-t-elle un peu mon enfant.» Mais une fois encore la Providence en décida autrement.

Un dimanche matin de la fin de septembre, je m'étais levé de fort bonne heure, avant même la paysanne qui avait la garde de la petite fille. Je devais aller pêcher au Cher avec deux hommes de Saint-Benoist et Jasmin Delouche. Souvent ainsi les villageois d'alentour s'entendaient avec moi pour de grandes parties de

---

1. *Souffrait* : supportait.

braconnage : pêches à la main, la nuit, pêches aux éperviers prohibés[1]… Tout le temps de l'été, nous partions les jours de congé, dès l'aube, et nous ne rentrions qu'à midi. C'était le gagne-pain de presque tous ces hommes. Quant à moi, c'était mon seul passe-temps, les seules aventures qui me rappelassent les équipées de jadis. Et j'avais fini par prendre goût à ces randonnées, à ces longues pêches le long de la rivière ou dans les roseaux de l'étang.

Ce matin-là, j'étais donc debout, à cinq heures et demie, devant la maison, sous un petit hangar adossé au mur qui séparait le jardin anglais des Sablonnières du jardin potager de la ferme. J'étais occupé à démêler mes filets que j'avais jetés en tas, le jeudi d'avant.

Il ne faisait pas jour tout à fait ; c'était le crépuscule d'un beau matin de septembre ; et le hangar où je démêlais à la hâte mes engins se trouvait à demi plongé dans la nuit.

J'étais là silencieux et affairé lorsque soudain j'entendis la grille s'ouvrir, un pas crier sur le gravier.

«Oh ! oh ! me dis-je, voici mes gens plus tôt que je n'aurais cru. Et moi qui ne suis pas prêt !… »

Mais l'homme qui entrait dans la cour m'était inconnu. C'était, autant que je pus distinguer, un grand gaillard barbu habillé comme un chasseur ou un braconnier. Au lieu de venir me trouver là où les autres savaient que j'étais toujours, à l'heure de nos rendez-vous, il gagna directement la porte d'entrée.

«Bon ! pensai-je ; c'est quelqu'un de leurs amis qu'ils auront convié sans me le dire et ils l'auront envoyé en éclaireur.»

L'homme fit jouer doucement, sans bruit, le loquet de la porte. Mais je l'avais refermée, aussitôt sorti. Il fit de même à l'entrée de la cuisine. Puis, hésitant un instant, il tourna vers moi, éclairée par le demi-jour, sa figure inquiète. Et c'est alors seulement que je reconnus le grand Meaulnes.

---

1. *Prohibés* : interdits.

Un long moment je restai là, effrayé, désespéré, repris soudain par toute la douleur qu'avait réveillée son retour. Il avait
60 disparu derrière la maison, en avait fait le tour, et il revenait, hésitant.

Alors je m'avançai vers lui et, sans rien dire, je l'embrassai en sanglotant. Tout de suite, il comprit.

«Ah! dit-il d'une voix brève, elle est morte, n'est-ce pas?»

65 Et il resta là, debout, sourd, immobile et terrible. Je le pris par le bras et doucement je l'entraînai vers la maison. Il faisait jour maintenant. Tout de suite, pour que le plus dur fût accompli, je lui fis monter l'escalier qui menait vers la chambre de la morte. Sitôt entré, il tomba à deux genoux devant le lit, et, longtemps,
70 resta la tête enfouie dans ses deux bras.

Il se releva enfin, les yeux égarés, titubant, ne sachant où il était. Et, toujours le guidant par le bras, j'ouvris la porte qui faisait communiquer cette chambre avec celle de la petite fille. Elle s'était éveillée toute seule – pendant que sa nourrice était en
75 bas – et, délibérément, s'était assise dans son berceau. On voyait tout juste sa tête étonnée, tournée vers nous.

«Voici ta fille», dis-je.

Il eut un sursaut et me regarda.

Puis il la saisit et l'enleva dans ses bras. Il ne put pas bien la
80 voir d'abord, parce qu'il pleurait. Alors, pour détourner un peu ce grand attendrissement et ce flot de larmes, tout en la tenant très serrée contre lui, assise sur son bras droit, il tourna vers moi sa tête baissée et me dit :

«Je les ai ramenés, les deux autres... Tu iras les voir dans leur
85 maison.»

Et en effet, au début de la matinée, lorsque je m'en allai, tout pensif et presque heureux vers la maison de Frantz qu'Yvonne de Galais m'avait jadis montrée déserte, j'aperçus de loin une manière de jeune ménagère en collerette, qui balayait le pas de sa porte, objet de curiosité et d'enthousiasme pour plusieurs petits vachers[1] endimanchés[2] qui s'en allaient à la messe...

Cependant la petite fille commençait à s'ennuyer d'être serrée ainsi, et comme Augustin, la tête penchée de côté pour cacher et arrêter ses larmes, continuait à ne pas la regarder, elle lui flanqua une grande tape de sa petite main sur sa bouche barbue et mouillée.

Cette fois le père leva bien haut sa fille, la fit sauter au bout de ses bras et la regarda avec une espèce de rire. Satisfaite, elle battit des mains...

Je m'étais légèrement reculé pour mieux les voir. Un peu déçu et pourtant émerveillé, je comprenais que la petite fille avait enfin trouvé là le compagnon qu'elle attendait obscurément... La seule joie que m'eût laissée le grand Meaulnes, je sentais bien qu'il était revenu pour me la prendre. Et déjà je l'imaginais, la nuit, enveloppant sa fille dans un manteau, et partant avec elle pour de nouvelles aventures.

---

1. *Vachers* : gardiens de vaches.
2. *Endimanchés* : habillés avec soin, comme pour un dimanche.

DOSSIER

Un roman autobiographique ?

En écrivant *Le Grand Meaulnes*, Alain-Fournier semble avoir fait le roman de sa vie : aux souvenirs de son enfance se mêlent ceux, plus récents, de ses amours, parfois consignés tels quels, mais le plus souvent transformés pour être mieux intégrés à la fiction. Essayons d'en retrouver la trace.

Les lieux de l'enfance

Relisez le début de la biographie de l'auteur (« Un enfant du Berry » et « La vie à Épineuil : une enfance rêvée ») puis observez la carte du Cher, p. 36, pour retrouver les lieux réels qui ont servi de modèle à ceux du roman.

L'ancrage dans la réalité
Trois villes, présentes sur la carte sont évoquées dans le roman, sans modification apparente de nom ni de localisation : lesquelles ?

1. . . . .
2. . . . .
3. . . . .

Les lieux re-baptisés
Les lieux principaux du roman sont tous fictifs, mais leur nom et leurs caractéristiques s'inspirent de lieux réels : lesquels ?

Dans le roman...	En réalité...
La Ferté-d'Angillon	. . . .
Le Vieux-Nançay	. . . .
Les Sablonnières	. . . .
Sainte-Agathe	. . . .

Les lieux déplacés

Comparez la localisation des lieux du roman, telle qu'elle est suggérée par la narration dans les extraits qui suivent, avec l'emplacement des lieux réels qui leur ont servi de modèle. Répondez ensuite aux questions suivantes :

1. Quels lieux paraissent avoir été déplacés ?
2. Quel village paraît difficilement localisable ? Pourquoi ?
(Pour vous aider : une lieue = environ 4 kilomètres ; vitesse moyenne d'un piéton et d'un cheval au pas : 5 km / h ; d'un cycliste : 15 km / h.)

A. «Nous descendions [au Vieux-Nançay] chez l'oncle Florentin et la tante Julie […]. Ils tenaient un très grand magasin à l'une des entrées de ce bourg de Sologne, devant l'église – un magasin universel, auquel s'approvisionnaient tous les châtelains-chasseurs de la région, isolés dans la contrée perdue, à trente kilomètres de toute gare.» (p. 177)

B. «Dans la cour [de la maison de l'oncle Florentin], j'entendais Firmin gonfler ma bicyclette […]. Le soleil se levait à peine lorsque je partis. Mais ma journée devait être longue : j'allais d'abord déjeuner à Sainte-Agathe pour expliquer mon absence prolongée et, poursuivant ma course je devais arriver avant le soir à La Ferté-d'Angillon, chez mon ami Augustin Meaulnes.» (p. 185)

C. «Ils étaient venus tous les deux, en voiture, de La Ferté-d'Angillon, à quatorze kilomètres de Sainte-Agathe.» (p. 46)

D. «L'ouvrier fit remarquer, lentement, pour dire quelque chose : "Avec la jument de Fromentin on aurait pu aller les chercher à Vierzon. Il y a une heure d'arrêt. C'est à quinze kilomètres."» (p. 55)

E. «C'était l'âne de Dumas, mais il le prêtait à Jasmin quand nous allions nous baigner au Cher, en été. […] Et nous partions, huit ou dix grands élèves du Cours, accompagnés de M. Seurel, les uns à pied, les autres grimpés dans la voiture à âne […], et nous marchions sur la route en chantant, sans savoir quoi ni pourquoi, au début d'un bel après-midi de jeudi.» (p. 172)

F. «Dès le petit jour, il se reprit à marcher. Mais son genou enflé lui faisait mal ; il lui fallait s'arrêter et s'asseoir à chaque moment tant la douleur était vive. L'endroit où il se trouvait était d'ailleurs le plus désolé de la Sologne.» (p. 83)

G. «[...] un domaine à demi abandonné aux environs du Vieux-Nançay [...].» (p. 175)

H. «Comptons! reprit la première sans s'émouvoir. Une heure et demie de chemin de fer de Bourges à Vierzon, et sept lieues de voiture, de Vierzon jusqu'ici [c'est-à-dire le domaine des Sablonnières]...» (p. 96)

I. «"Nous étions partis à minuit, répondit-il vivement. On m'a déposé à 4 heures du matin, à environ six kilomètres à l'ouest de Sainte-Agathe, tandis que j'étais parti par la route de la gare à l'est. Il faut donc compter ces six kilomètres en moins entre Sainte-Agathe et le pays perdu.

«"Vraiment, il me semble qu'en sortant du bois des Communaux, on ne doit pas être à plus de deux lieues de ce que nous cherchons.

«– Ce sont précisément ces deux lieues-là qui manquent sur ta carte.

«– C'est vrai. Et la sortie du bois est bien à une lieue et demie d'ici, mais pour un bon marcheur, cela peut se faire en une matinée..."» (p. 153)

Géographie héroïque
Quel lieu a servi d'inspiration à Alain-Fournier pour dénommer l'un de ses personnages?

Les modèles et les masques

Relisez à présent l'ensemble de la biographie de l'auteur (présentation, p. 7-21) : vous y retrouverez les personnages qui ont servi de modèles à ceux du roman.

Vue d'ensemble
Quelles transformations Alain-Fournier a-t-il fait subir à la réalité en l'intégrant à la fiction? Faites correspondre chaque caractéristique à une personne réelle et à un personnage du roman :

	Dans la vie de l'auteur					Dans le roman			
	Jeanne Bruneau	Henri Fournier	Isabelle Fournier	Grand-mère Barthe	Yvonne de Quiévrecourt	François Seurel	Augustin Meaulnes	Yvonne de Galais	Valentine
La beauté idéale					X			X	
Mlle Blondeau									
Amoureux d'Yvonne									
Une coxalgie									
En admiration devant son grand compagnon de jeu									
Fiancée à un aristocrate... pour un jour									
Il guette sous les fenêtres de celle qu'il aime									
Fils d'un instituteur									
Avec elle, l'amour est vécu comme coupable d'impureté									
Couturière à Paris									
Né à La Chapelle- (ou La Ferté-) d'Angillon									

L'adolescent naufragé

1. Observez la photo d'Henri Fournier pendant l'été 1902, p. 6, et lisez le commentaire qu'en a fait Isabelle Rivière. À quel épisode de la biographie (dans la présentation de l'édition) correspondent-ils ?

2. Quelles ressemblances peut-on noter entre cet épisode de la vie d'Henri Fournier et les extraits du roman mentionnés ci-dessous, qui évoquent le personnage de Frantz de Galais ?

A. Extrait n° 1 : de « La discussion continua. Meaulnes n'en perdait pas une parole » à « tout à sa guise dans le Domaine. » (l. 48-54, p. 96-97, Meaulnes écoutant la conversation, au cours de la fête)

B. Extrait n° 2 : de « Quelqu'un était entré par là, par la fenêtre sans doute » à « Qu'on ne me dérange pas. » (l. 37-78, p. 109-110, Meaulnes apercevant Frantz, à la fin de la fête).

C. Extrait n° 3 : de « Peu à peu, entre les grands sapins que l'éloignement fait paraître serrés » à « ce rôle absurde de jeune héros romantique où je le voyais s'entêter… » (l. 45-98, p. 214-216, Frantz apparaissant à François Seurel, le soir des noces)

La belle histoire réinventée

Relisez le récit de la rencontre entre Alain-Fournier et Yvonne de Quiévrecourt (voir « L'aventure capitale », présentation, p. 14-15), puis, dans le roman, celui de la rencontre entre Meaulnes et Yvonne de Galais (de « Désœuvré, le promeneur erra » à « Ou peut-être avait-elle quelque chose encore à lui dire ?… », l. 58-205, p. 102-107).

1. Comment le roman a-t-il transformé le cadre spatio-temporel de la rencontre ? Pourquoi ?

2. Comparez les réponses que fait dans les deux cas la femme à l'amoureux :

– Yvonne de Quiévrecourt : « Mais… à quoi bon ? […] Je pars demain… Je ne suis pas de Paris. »

– Yvonne de Galais : « "À quoi bon ? À quoi bon ?" répondait-elle doucement aux projets que faisait Meaulnes. Mais lorsqu'enfin il osa lui demander la permission de revenir un jour vers ce beau domaine : "Je vous attendrai", répondit-elle simplement. » (l. 189-193, p. 106)

La suite du roman confirme-t-elle cet écart entre l'expérience réelle et la fiction ?

Les deux femmes

En quoi la double relation que Meaulnes entretient avec Yvonne et Valentine figure-t-elle le dilemme qui caractérisa longtemps la vie amoureuse d'Alain-Fournier ?

Les trois doubles

1. Trois personnages masculins présentent une grande ressemblance avec l'auteur : lesquels ?

2. Quels liens unissent ces trois personnages ?

3. En quoi s'opposent-ils et pourquoi peut-on dire qu'ils correspondent à trois aspects différents de la personnalité d'Alain-Fournier ?

Un certain regard

Plus encore que les souvenirs précis de la vie d'Alain-Fournier, on retrouve dans *Le Grand Meaulnes* le regard à la fois enfantin et nostalgique qu'il portait sur le monde et sur sa propre vie...

Le monde est un terrain d'aventures

Dans les extraits suivants, quelles images caractérisent l'aventure des personnages du *Grand Meaulnes* ? En quoi sont-elles insolites dans une histoire se déroulant en Sologne ? Comment peut-on en expliquer l'emploi ?

A. « [...] tel est le plan sommaire de cette demeure où s'écoulèrent les jours les plus tourmentés et les plus chers de ma vie – demeure d'où partirent et où revinrent se briser, comme des vagues sur un rocher désert, nos aventures.» (p. 41)

B. «[...] je pensai soudain à cette image de *Robinson Crusoé*, où l'on voit l'adolescent anglais, avant son grand départ, "fréquentant la boutique d'un vannier"...» (p. 55)

C. «[…] la classe du Cours supérieur est claire, au milieu du paysage gelé, comme une barque sur l'océan. On n'y sent pas la saumure ni le cambouis, comme sur un bateau de pêche, mais les harengs grillés sur le poêle […].» (p. 55)

D. «[…] je regardais avec les autres cet attelage perdu qui nous revenait, telle une épave qu'eût ramenée la haute mer – la première épave et la dernière, peut-être, de l'aventure de Meaulnes.» (p. 62)

E. «Il y avait, épars le long des tables, quelques vieillards avec des favoris, et d'autres complètement rasés qui pouvaient être d'anciens marins.» (p. 95)

F. «[…] je le trouvai ainsi, vers une heure du matin, déambulant à travers la chambre et les greniers – comme ces marins qui n'ont pu se déshabituer de faire le quart et qui, au fond de leurs propriétés bretonnes, se lèvent et s'habillent à l'heure réglementaire pour surveiller la nuit terrienne.» (p. 71)

G. «Enfin, par-derrière, dans le jardin, une troupe retardataire arriva, qui fit la même sarabande, criant cette fois : "À l'abordage !" » (p. 119)

H. «Les maisons, où l'on entrait en passant sur un petit pont de bois, étaient toutes alignées au bord d'un fossé qui descendait la rue, comme autant de barques, voiles carguées, amarrées dans le calme du soir.» (p. 186)

I. «Il s'enquérait de tout cela, avec une passion insolite, comme s'il eût voulu se persuader que rien ne subsistait de sa belle aventure, que la jeune fille ne lui rapporterait pas une épave, capable de prouver qu'ils n'avaient pas rêvé tous les deux, comme le plongeur rapporte du fond de l'eau un caillou et des algues.» (p. 205)

J. « M. de Galais, qui n'avait rien dit encore, eut le tort de vouloir sortir de sa réserve. Il bégaya :

«"Les officiers de marine ont l'habitude… Mon cheval…"» (p. 208)

K. «[…] les poignards ornementés et les outres soudanaises qu'un frère de M. Meaulnes, ancien soldat d'infanterie de marine, avait rapportés de ses lointains voyages.» (p. 197)

L. «Pour celui qui ne veut pas être heureux, il n'a qu'à monter dans son grenier et il entendra, jusqu'au soir, siffler et gémir les naufrages» (p. 210)

M. «Comme deux passagers dans un bateau à la dérive, ils sont, dans le grand vent d'hiver, deux amants enfermés avec le bonheur.» (p. 218)

Le passé peut-il renaître ?

Comme le héros de son roman, Alain-Fournier n'avait de cesse de faire renaître ses souvenirs, tout en pressentant, avec fatalisme, qu'il s'agissait d'une entreprise impossible. Voici trois textes de nature différente qui évoquent cette passion mélancolique pour le passé : une lettre de Jacques Rivière à Alain-Fournier (30 mars 1910) ; une lettre d'Alain-Fournier à Isabelle Rivière (4 avril 1910) ; *Le Grand Meaulnes*.

1. Essayez de retrouver de quel texte est issu chaque extrait.

2. À quelles questions posées dans le roman les lettres permettent-elle de répondre ? Pourquoi le roman laisse-t-il ces questions en suspens ?

A. «Ce que Jacques dit de mon enfance est très vrai et très beau. Meaulnes, le grand Meaulnes, le héros de mon livre, est un homme dont l'enfance fut trop belle. Pendant toute son adolescence, il la traîne après lui. Par instants, il semble que tout ce paradis imaginaire qui fut le monde de son enfance va surgir au bout de ses aventures, ou se lever sur un de ses gestes. Ainsi, le matin d'hiver où, après trois jours d'absence inexplicable, il rentre à son cours comme un jeune dieu mystérieux et insolent. – Mais il sait déjà que ce paradis ne peut plus être. Il a renoncé au bonheur. Il est dans le monde comme quelqu'un qui va s'en aller. C'est là le secret de sa cruauté. Il découvre la trame et révèle la supercherie de tous les petits paradis qui s'offrent à lui. Et le jour où le bonheur indéniable, inéluctable se dresse devant lui, et appuie contre le sien son visage humain, le grand Meaulnes s'enfuit, non point par héroïsme mais par terreur, parce qu'il sait que la véritable joie n'est pas de ce monde.»

B. «"Déjà M. de Galais était ruiné sans que nous le sachions. Frantz avait fait des dettes et ses anciens camarades – apprenant sa disparition… ont aussitôt réclamé auprès de nous. Nous sommes devenus pauvres ; Mme de Galais est morte et nous avons perdu tous nos amis en quelques jours. Que Frantz revienne, s'il n'est pas mort. Qu'il retrouve ses amis et sa fiancée ; que la noce interrompue se fasse et peut-être tout redeviendra-t-il comme c'était autrefois. Mais le passé peut-il renaître ?

« – Qui sait !" dit Meaulnes, pensif. Et il ne demanda plus rien. Sur l'herbe courte et légèrement jaunie déjà, nous marchions tous les trois sans bruit : Augustin avait à sa droite près de lui la jeune fille qu'il avait crue perdue pour toujours. […] Pourquoi le grand Meaulnes était-il là comme un étranger, comme quelqu'un qui n'a pas trouvé ce qu'il cherchait et que rien d'autre ne peut intéresser ? Ce bonheur-là, trois ans plus tôt, il n'eût pu le supporter sans effroi, sans folie, peut-être. D'où venait donc ce vide, cet éloignement, cette impuissance à être heureux, qu'il y avait en lui, à cette heure ? »

C. « Tu as eu une enfance si belle, si lourde d'imaginations et de paradis, qu'en la quittant la maigreur de la vie t'a découragé. Ç'a été comme si tu avais déjà vécu ta vie ; comme si tu n'avais plus qu'à la répéter en mémoire, qu'à te la raconter immuablement à toi-même. C'est terrible. Mais il ne faut pas accepter cela. »

Un récit complexe

Le Grand Meaulnes est un récit à la composition très savante, qu'il s'agit de considérer indépendamment de la vie et de la personnalité de son auteur. Trois questions permettront d'en révéler quelques secrets de fabrication : qui raconte l'histoire ? Quel personnage mène l'action ? Comment l'ensemble du récit est-il structuré ?

Les voix du récit

Le narrateur

1. Quel personnage raconte l'histoire d'un bout à l'autre du roman ?

2. Dans quelle situation spatiale et temporelle se trouve-t-il par rapport aux événements qu'il rapporte ?

La parole au héros

Dans chacune des trois parties, le narrateur laisse un moment la parole à Meaulnes. Identifiez ces trois passages et rappelez leurs caractéristiques dans le tableau suivant.

	Chapitres	Type de discours : lettre, discours rapporté	Que raconte Meaulnes ?	Dans quel lieu Meaulnes se trouve-t-il au moment où il raconte ?	À qui s'adresse-t-il ?
Première partie	VIII-XVII				
Deuxième partie					
Troisième partie					

La fiancée en question

Chacun des extraits reproduits ci-dessous appartient à l'un des passages que vous venez d'identifier, où Meaulnes prend la parole. Lisez-les attentivement puis répondez aux questions qui suivent.

A. «La jeune fille de qui je t'ai parlé était là encore, attendant comme moi. Je pensai qu'elle devait connaître la maison et je l'interrogeai :

«"Je sais, a-t-elle dit, qu'autrefois, dans cette maison une jeune fille et son frère venaient passer les vacances. Mais j'ai appris que le frère avait fui le château de ses parents sans qu'on puisse jamais le retrouver, et la jeune fille s'est mariée. C'est ce qui vous explique que l'appartement soit fermé."»

B. «Et elles continuaient ainsi à se tenir tête sans la moindre humeur. Meaulnes intervint dans l'espoir d'en apprendre davantage :

«"Est-elle aussi jolie qu'on le dit, la fiancée de Frantz ?"

« Elles le regardèrent, interloquées. Personne d'autre que Frantz n'avait vu la jeune fille. Lui-même, en revenant de Toulon, l'avait rencontrée un soir, désolée, dans un de ces jardins de Bourges qu'on appelle "Les Marais". Son père, un tisserand, l'avait chassée de chez lui. Elle était fort jolie et Frantz avait décidé aussitôt de l'épouser. C'était une étrange histoire ; mais son père, M. de Galais, et sa sœur Yvonne ne lui avaient-ils pas toujours tout accordé !… »

C. « Il avait noté des souvenirs sur un séjour qu'ils avaient fait tous deux à la campagne, je ne sais où. Mais, chose étrange, à partir de cet instant, peut-être par un sentiment de pudeur secrète, le journal était rédigé de façon si hachée, si informe, griffonné si hâtivement aussi, que j'ai dû reprendre moi-même et reconstituer toute cette partie de son histoire […].

«"Voici, disait-elle, ce que me promettait mon fiancé, comme un enfant qu'il était : tout de suite nous aurions eu une maison, comme une chaumière perdue dans la campagne. 'Elle était toute prête', disait-il. Nous y serions arrivés comme au retour d'un grand voyage, le soir de notre mariage, vers cette heure-ci qui est proche de la nuit. Et par les chemins, dans la cour, cachés dans les bosquets, des enfants inconnus nous auraient fait fête, criant : 'Vive la mariée !…' Quelles folies ! n'est-ce pas ?".

« Meaulnes, interdit, soucieux, l'écoutait. Il retrouvait, dans tout cela, comme l'écho d'une voix déjà entendue. Et il y avait aussi, dans le ton de la jeune fille, lorsqu'elle contait cette histoire, un vague regret.

«Mais elle eut peur de l'avoir blessé. Elle se retourna vers lui, avec élan, avec douceur.

«"À vous, dit-elle, je veux donner tout ce que j'ai : quelque chose qui ait été pour moi plus précieux que tout…, et vous le brûlerez !"

« Alors, en le regardant fixement, d'un air anxieux, elle sortit de sa poche un petit paquet de lettres qu'elle lui tendit, les lettres de son fiancé.

«Ah! Tout de suite, il reconnut la fine écriture. Comment n'y avait-il jamais pensé plus tôt! C'était l'écriture de Frantz le bohémien, qu'il avait vue jadis sur le billet désespéré laissé dans la chambre du Domaine...»

1. « Je » ou « il » ? Dans un seul extrait, Meaulnes parle à la première personne : lequel ? Dans quelle mesure le narrateur, François, reste-t-il présent dans tous ces extraits ?

2. L'autre femme. Dans tous ces passages, Meaulnes et le narrateur livrent des informations sur un même personnage : lequel ?

3. La transmission de l'information. Dans chacun de ces extraits, identifiez les intermédiaires qu'il faut supposer pour que certaines informations soient transmises, depuis leur source jusqu'au lecteur :

– Extrait n° 1. « La jeune fille s'est mariée » : Valentine (parle à Meaulnes) → Meaulnes (entend de Valentine, écrit à François) → François (lit l'information et raconte) → le lecteur (lit le roman).

– Extrait n° 2. « Elle était fort jolie » : ....

– Extrait n° 3. « Vive la mariée » : ....

4. Fausse piste

– Parmi ces citations s'est glissée une information erronée : laquelle ?

– Quel personnage en est indirectement responsable ? Dans quel autre extrait retranscrit ci-dessus ce personnage intervient-il ?

– À quel moment le lecteur, comme le narrateur, comprend-il qu'il s'agit d'une fausse information ? Quelles conséquences cette information aura-t-elle sur l'aventure sentimentale de Meaulnes ?

5. Un journal intime ?

– Quel est le point commun entre la lettre et le journal intime ? Quelle est la différence essentielle ?

– Voici comment s'achève le journal de Meaulnes : « Ce manuscrit, que j'avais commencé comme un journal secret et qui est devenu ma confession, sera, si je ne reviens pas, la propriété de mon ami François Seurel » (p. 258). Dans quelle mesure s'agit-il d'un journal intime un peu particulier.

– Pourquoi Meaulnes ne fait-il pas à François le récit de sa relation avec Valentine comme il lui a raconté la fête étrange et sa rencontre avec Yvonne de Galais (dans la première partie) ?

Faisons le point

1. En vous appuyant sur ce que vous venez d'étudier, montrez que, à la façon dont il intervient dans l'ensemble du roman, Meaulnes apparaît à la fois comme un héros dont la voix s'éloigne et comme un homme rongé par la culpabilité.

2. Montrez que, en multipliant les sources des informations et les intermédiaires, le narrateur dynamise son récit et lui donne l'apparence d'une enquête.

La concurrence des héros

Voyons à présent quel rôle tient chacun des personnages dans la progression de l'intrigue. À y regarder de près, Meaulnes doit affronter une concurrence sévère...

Le trio héroïque

Augustin Meaulnes, François Seurel et Frantz de Galais sont non seulement trois doubles de l'auteur (voir *supra*, p. 269) mais encore trois protagonistes qui assument successivement la conduite de l'action.

1. Dans les extraits suivants, repérez lequel de ces trois personnages est présenté comme le meneur de jeu, et identifiez la partie d'où provient chaque extrait : que remarquez-vous ?

Extrait	Personnage meneur de jeu	Partie du roman
« Il était à la place habituelle de Meaulnes, le premier de tous, un pied sur la marche de pierre, une épaule et le coin du sac qu'il avait sur le dos accotés au chambranle de la porte. Son visage fin, très pâle, un peu piqué de rousseur, était penché et tourné vers nous avec une sorte de curiosité méprisante et amusée. [...] Je reconnaissais le chef de la bande, le jeune bohémien qui nous avait volés la nuit précédente. »	. . . .	. . . .
« Des semaines, des mois passèrent. Époque passée ! Bonheur perdu ! De celle qui avait été la fée, la princesse et l'amour mystérieux de toute notre adolescence, c'est à moi qu'il était échu de prendre le bras et de dire ce qu'il fallait pour adoucir son chagrin, tandis que mon compagnon avait fui. »	. . . .	. . . .
« Dès qu'il fut pensionnaire chez nous, c'est-à-dire dès les premiers jours de décembre, l'école cessa d'être désertée le soir, après quatre heures. Malgré le froid de la porte battante, les cris des balayeurs et leurs seaux d'eau, il y avait toujours, après le cours, dans la classe, une vingtaine de grands élèves, tant de la campagne que du bourg, serrés autour de [lui]. »		. . . .
« Après un instant d'hésitation, notre héros emboîta le pas au curieux petit personnage. Ils traversèrent une sorte de grande cour-jardin, passèrent entre des massifs, contournèrent un vivier enclos de palissades, un puits, et se trouvèrent enfin au seuil de la demeure centrale. »	. . . .	. . . .
« Autant j'avais été un enfant malheureux et rêveur et fermé, autant je devins résolu et, comme on dit chez nous, "décidé", lorsque je sentis que dépendait de moi l'issue de cette grave aventure. « Ce fut, je crois bien, à dater de ce soir-là que mon genou cessa définitivement de me faire mal. »	. . . .	. . . .
« À l'entracte, le meneur de jeu vint s'entretenir un instant avec M. Seurel, qui n'eût pas été plus fier d'avoir parlé à Talma ou à Léotard ; et nous, nous écoutions avec un intérêt passionné tout ce qu'il disait : de sa blessure – refermée ; de ce spectacle – préparé durant les longues journées d'hiver ; de leur départ – qui ne serait pas avant la fin du mois, car ils pensaient donner jusque-là des représentations variées et nouvelles. »	. . . .	. . . .

2. Par quelle aventure importante se distingue chaque héros : Meaulnes dans la première partie, Frantz dans la deuxième et François dans la troisième ? Pourquoi peut-on dire que chacun se retrouve au centre d'une fête différente ?

3. Montrez que chacun des trois héros donne son caractère à l'ensemble de la partie qu'il domine[1].

4. Quel héros domine l'ensemble du roman ? Montrez que plusieurs points de vue peuvent se défendre.

Le petit Meaulnes

1. Parmi les enfants du village se distingue un chef de bande qui prend de plus en plus d'importance au cours du roman : quel est son nom ?

2. Quelle place tient-il par rapport à chacun des trois héros reconnus auparavant : est-ce un rival, un ami, ou un ennemi ?

3. Par quelles actions affirme-t-il son rôle dans l'intrigue, prenant en quelque sorte le relais du grand Meaulnes ?

4. Dans les extraits suivants, montrez ce qui rapproche ce personnage de Meaulnes et ce qui l'en distingue :

A. «Jasmin Delouche, encore qu'assez petit, était l'un des plus âgés du Cours supérieur. Il était fort jaloux du grand Meaulnes, bien qu'il se donnât comme son ami. Avant l'arrivée de notre pensionnaire, c'était lui, Jasmin, le coq de la classe. Il avait une figure pâle, assez fade, et les cheveux pommadés. Fils unique de la veuve Delouche, aubergiste, il faisait l'homme ; il répétait avec vanité ce qu'il entendait dire aux joueurs de billard, aux buveurs de vermouth.» (p. 66-67)

B. «"Je savais bien, dit-il triomphant, ne trouver que vous deux. Tous les autres sont partis pour le bois des Communaux. En tête : Jasmin Delouche qui connaît les nids."» (p. 153)

C. «"Viens avec nous, François !" cria Jasmin, qui devait savoir déjà que Meaulnes était parti.» (p. 163)

D. «"C'était une noce, quoi !" dit Boujardon.

---

1. Sur le caractère des trois héros, voir *supra*.

«Delouche en a vu une, à Préveranges, qui était plus curieuse encore.» (p. 164)

E. «"Tu sais, dit Jasmin, en regardant Boujardon, et en secouant la tête à petits coups, j'ai rudement bien fait de le dénoncer aux gendarmes. En voilà un qui a fait du mal au pays et qui en aurait fait encore !..." » (p. 164-165)

F. «"Je n'aurais pas cru qu'elle serait rentrée si tôt", dit Jasmin tout bas.

«Je comprends, maintenant seulement, que nous étions là en fraude, à voler des gâteaux et de la liqueur. Je suis déçu comme ce naufragé qui croyait causer avec un homme et qui reconnut soudain que c'était un singe.» (p. 165)

G. «Il continuait, je ne sais pourquoi, mais certainement sans aucun désir de passer les examens, à suivre le Cours supérieur que tout le monde aurait voulu lui voir abandonner. Entre temps, il apprenait avec son oncle Dumas le métier de plâtrier.» (p. 171)

H «Il y avait d'ailleurs, chez Delouche, un désir très sincère d'être mon ami. Pour tout dire, lui qui avait été l'ennemi du grand Meaulnes, il eût voulu devenir le grand Meaulnes de l'école.» (p. 172)

I. «Il n'y eut, à l'aller, qu'une ombre à ce tableau innocent. Nous aperçûmes, marchant devant nous, Gilberte Poquelin. [...] Elle quitta la route et prit un chemin détourné, pour aller chercher du lait sans doute. Le petit Coffin proposa aussitôt à Jasmin de la suivre.

«"Ce ne serait pas la première fois que j'irais l'embrasser...", dit l'autre.» (p. 173)

J. «Et il se mit à raconter sur elle et ses amies plusieurs histoires grivoises, tandis que toute la troupe, par fanfaronnade, s'engageait dans le chemin [...]. Delouche lui-même paraissait peu soucieux de s'attaquer devant nous à la gamine qui filait, et il ne l'approcha pas à plus de cinquante mètres. Il y eut quelques cris de coq et de poules, des petits coups de sifflets galants, puis nous rebroussâmes chemin, un peu mal à l'aise, abandonnant la partie.» (p. 173)

K. «Alors Jasmin continua de décrire ce château, comme s'il y avait passé sa vie. [...] Je ne l'écoutais plus, persuadé dès le début qu'il avait deviné juste et que devant moi, loin de Meaulnes, loin de tout espoir, venait de s'ouvrir, net et facile comme une route familière, le chemin du Domaine sans nom.» (p. 175-176)

L. «"Et voilà, dit Meaulnes en l'apercevant, celui qui tenait la clef de tout, pendant que nous cherchions jusqu'à Paris. C'est à désespérer!"

« Chaque fois qu'il le regardait sa rancune en était augmentée. L'autre, qui s'imaginait au contraire avoir droit à toute notre reconnaissance, escorta notre voiture de très près, jusqu'au bout. On voyait qu'il avait fait, misérablement, sans grand résultat, des frais de toilette, et les pans de sa jaquette élimée battaient le garde-crotte de son vélocipède...

«Malgré la contrainte qu'il s'imposait pour être aimable, sa figure vieillotte ne parvenait pas à plaire. Il m'inspirait plutôt à moi une vague pitié.» (p. 198)

Questions de structure

Un roman par trois
Retrouvons dans ce qui a déjà été observé quelques effets de parallélisme et d'équilibre qui révèlent l'architecture essentiellement ternaire du roman. Complétez le tableau suivant :

	Première partie	Deuxième partie	Troisième partie
Un héros dominant			
Une fête			
Le récit de Meaulnes	Chapitres VIII-XVII		

Les rencontres et les adieux
Au sein de ce cadre bien structuré progressent parallèlement deux types d'intrigue qui s'entrecroisent : une histoire d'amitié entre trois personnages et deux histoires d'amour. Voici les étapes de ces intrigues, très grossièrement résumées. En ajoutant une ligne au tableau qui précède, que vous intitulez «les rencontres et les adieux», replacez ces étapes dans chacune des trois parties :

- Les amis se rencontrent
- Les trois amis scellent leur union puis se séparent
- Les femmes recherchées, les fausses pistes
- Les amis se retrouvent
- Les femmes rencontrées et aussitôt perdues
- Les femmes retrouvées

Les amours contrariées

Deux événements majeurs viennent fausser ce schéma : la mort d'Yvonne et l'intrigue amoureuse entre Meaulnes et Valentine :

1. Parmi les étapes de l'intrigue, laquelle faudrait-il reformuler pour prendre en considération la mort d'Yvonne ?

2. Dans quelle mesure la rencontre entre Meaulnes et Valentine constitue-t-elle un coup de théâtre ? Quelles sont les victimes de leur relation amoureuse ? Qui en est le bénéficiaire ? Que pensez-vous de la responsabilité de Frantz dans cette rencontre ?

Augustin Meaulnes au miroir de la chevalerie

À bien des égards, l'aventure du grand Meaulnes évoque celle de Perceval le Gallois, héros de l'un des premiers romans de l'Histoire, *Perceval ou le Conte du Graal*. Cette œuvre inachevée, écrite vers 1180 par Chrétien de Troyes, est l'un des plus énigmatiques récits de chevalerie. Après en avoir lu l'épisode central – la découverte par Perceval du château du Graal –, nous essaierons de comprendre comment Alain-Fournier a pu, sinon s'inspirer directement de ce texte, du moins se souvenir de bien des motifs présents dans tous les contes de fées et les romans de chevalerie, dont *Le Conte du Graal* est un exemple emblématique.

Perceval chez le Roi Pêcheur

Perceval est un chevalier d'une nature singulière. De caractère naïf, aux mœurs paysannes, il a grandi dans le pays pauvre et sauvage de la Gaste Forêt. Son père et ses deux frères aînés sont morts à la guerre, et sa mère, craignant de perdre son dernier fils, l'a tenu dans l'ignorance du monde de la chevalerie. Mais un jour, parti chasser dans la forêt, Perceval y rencontre une troupe de chevaliers : ébloui par leur équipement, il décide aussitôt d'aller se faire armer par le roi Arthur. Lorsqu'il part, il voit sa mère, au désespoir, s'effondrer sur le pont-levis de son manoir mais, trop impatient, le jeune homme poursuit sa route. Après une visite rocambolesque à la cour du roi Arthur, dont il ignore tous les usages, il se fait adouber par un seigneur qui lui recommande d'observer de la retenue dans son discours. Perceval se révèle alors d'une prouesse extraordinaire, délivre le château de Beaurepaire assiégé par un prince redoutable et promet à la dame du lieu, Blanchefleur, de l'épouser. Mais, avant cela, rongé par le remords d'avoir abandonné sa mère, il veut aller la retrouver pour savoir si elle est en bonne santé. Sur la route, il est arrêté par un cours d'eau et aperçoit, dans une barque, un pêcheur qui lui propose de l'héberger pour la nuit ; il lui indique le chemin de sa demeure.

[L'arrivée au château]

Ainsi se dirige-t-il vers la porte devant laquelle il trouve un pont-levis qui était abaissé. Il passe le pont, et des jeunes gens viennent à sa rencontre au nombre de quatre. Deux le désarment ; le troisième emmène son cheval et lui donne du fourrage et de l'avoine ; le quatrième le revêt d'un manteau d'écarlate[1] flambant neuf. Puis ils l'emmènent jusqu'aux galeries : sachez-le, jusqu'à Limoges on n'en aurait pas trouvé ni vu d'aussi belles, quand bien même on les eût cherchées. Le jeune homme se tint dans les galeries jusqu'au moment de venir auprès du seigneur qui lui envoya deux valets, et en leur compagnie il se rendit dans la grande salle qui était carrée et aussi longue que large.

---

1. *Écarlate* : étoffe précieuse, généralement rouge.

Au milieu, sur un lit, il vit assis un beau gentilhomme aux cheveux grisonnants. Sa tête était couverte d'un chaperon, d'une zibeline[1] noire comme mûre, avec un bandeau de pourpre ; et il en allait de même de tous ses vêtements. Il se tenait appuyé sur son coude, devant un grand feu de bois sec qui brûlait clair entre quatre colonnes. On aurait pu faire asseoir bien quatre cents hommes autour du feu, et chacun y aurait été à son aise. Les colonnes massives soutenaient le manteau de la cheminée en airain épais, haut et large.

Devant le seigneur se présentèrent ceux qui lui amenaient son hôte qu'ils encadraient. Quand le seigneur le vit venir, il le salua aussitôt et lui dit :

« Mon ami, ne soyez pas fâché que je ne me lève pas à votre rencontre, car je n'ai pas la possibilité de le faire [...] ».

[Le cortège du Graal]

Le seigneur fait asseoir Perceval à son côté et lui offre une épée de grande valeur.

Pendant qu'ils parlaient de choses et d'autres, un valet sortit d'une chambre, avec une lance blanche qu'il tenait par le milieu, et il passa entre le feu et ceux qui étaient assis sur le lit ; et tous ceux qui étaient là voyaient la lance blanche et son fer tout aussi blanc. Une goutte de sang perlait de la pointe du fer de la lance, et jusqu'à la main du valet coulait cette goutte vermeille[2]. Le jeune homme, qui était arrivé la nuit même en ces lieux, vit cette merveille, mais il se retint de demander comment se produisait cette aventure, car il se souvenait de la recommandation de celui qui l'avait fait chevalier : il lui avait enseigné et appris qu'il se gardât de trop parler. Aussi craignait-il que, s'il posait une question, on la prît pour une grossièreté : c'est pourquoi il ne posa pas de question.

Alors survinrent deux autres valets qui tenaient en leurs mains des chandeliers d'or fin incrustés de nielles[3]. Très beaux étaient les

---

1. *Zibeline* : fourrure précieuse.
2. *Vermeille* : d'un rouge éclatant.
3. *Nielles* : incrustations d'émail noir.

valets qui portaient les chandeliers. Sur chaque chandelier brûlaient dix chandelles à tout le moins. Un graal[1] entre les deux mains, une demoiselle venait avec les valets, belle, gracieuse, parée avec élégance. Quand elle fut entrée dans la salle avec le graal qu'elle tenait, une si grande clarté se répandit que les chandelles en perdirent leur éclat comme les étoiles ou la lune quand le soleil se lève. Après celle-ci, il en vint une autre qui tenait un tailloir[2] d'argent. Le graal, qui venait en tête, était d'or fin très pur ; des pierres précieuses étaient enchâssées dans le graal, des pierres de toutes sortes, les plus riches et les plus rares qui soient dans les mers et sur terre : toutes les autres pierres étaient dépassées par celles du graal, sans aucun doute. Tout comme passa la chance, ils passèrent devant le lit et passèrent d'une chambre dans une autre. Et le jeune homme les vit passer, sans qu'il osât demander au sujet du graal à qui on le servait, car il gardait en son cœur la recommandation du sage gentilhomme. Je crains que ce ne soit fâcheux, car j'ai entendu affirmer qu'on peut aussi bien trop se taire que trop parler à l'occasion. Mais que ce fût pour son bien ou pour son malheur, il ne leur posa aucune question.

[Un réveil solitaire]

On sert alors un repas abondant et raffiné au cours duquel passe à nouveau l'étrange cortège ; devant ce spectacle, Perceval demeure muet mais se promet d'interroger le seigneur le lendemain matin. Des serviteurs préparent le lit du jeune homme et l'aident à se déshabiller.

Il dormit jusqu'au matin. C'était déjà l'aube, et les gens de la maison étaient levés. Mais il ne vit personne à l'intérieur quand il regarda autour de lui. Aussi lui fallut-il se lever tout seul. Quoi qu'il doive lui en coûter, du moment qu'il voit qu'il faut le faire, il se lève, faute de mieux, et met ses chausses sans attendre d'aide ; puis il va prendre son

---

1. *Graal* : objet de nature mystérieuse, ayant la forme d'une coupe, d'un plat, ou d'une corbeille. Une tradition rapporte qu'il s'agit de la coupe dans laquelle Joseph d'Arimathie recueillit le sang du Christ crucifié.
2. *Tailloir* : plateau servant à découper la viande.

armure qu'il a trouvée au bout de la table où on la lui avait apportée[1]. Une fois son corps bien équipé, il se dirige vers les portes des chambres que, cette nuit, il avait vues ouvertes, mais c'est pour rien qu'il s'est dérangé, car il les trouve fermées à double tour. Il appelle, il pousse, il frappe tant qu'il peut : personne ne lui ouvre ni ne lui dit mot.

Quand il eut appelé tant et plus, il s'en va à la porte de la grande salle qu'il trouve ouverte, et il descend toutes les marches jusqu'en bas : il trouve son cheval tout sellé, il voit sa lance et son bouclier appuyés contre le mur. Alors il se met en selle et parcourt tout le château, mais il ne rencontre aucun serviteur, il ne voit ni écuyer ni valet. Il va tout droit à la porte et il trouve le pont-levis abaissé : on l'avait ainsi laissé pour lui, afin que rien ne le retînt de le franchir d'une seule traite, à quelque heure qu'il y vînt. Il pense que les valets ont été dans la forêt relever collets[2] et pièges, à cause du pont qu'il voit abaissé. Loin de vouloir s'attarder davantage, il se dit qu'il s'en ira à leur suite pour apprendre de l'un d'eux à propos de la lance pourquoi elle saigne – et si c'est possible, il ne reculera devant aucune fatigue – et, au sujet du graal, où on le porte.

Il sortit alors par la porte, mais avant qu'il eût passé le pont, il sentit que les pieds de son cheval se soulevaient, et la bête fit un grand bond : si elle n'avait pas si bien sauté, tous deux auraient été mal en point, le cheval et son cavalier. Le jeune homme tourna la tête pour voir ce qui s'était passé, et il vit qu'on avait relevé le pont. Il appela sans que personne lui répondît.

« Eh ! bien, fit-il, toi qui as relevé le pont, viens donc me parler ! Où es-tu pour que je ne te voie pas ? Avance-toi, je te verrai et je t'interrogerai sur quelque chose dont j'aimerais avoir des nouvelles. »

C'est folie que de parler ainsi, car personne ne veut lui répondre. Il se dirige vers la forêt et s'engage dans un sentier où il découvre des traces toutes fraîches de chevaux qui avaient passé par ici.

« C'est de ce côté-ci, fait-il, je crois, que sont allés ceux que je cherche. »

---

1. Cette absence de serviteurs, chez un hôte aussi riche, est un affront, voire une punition pour Perceval ; l'armement était lourd et les chevaliers se faisaient généralement aider pour s'en revêtir.

2. *Collets* : lacets destinés à piéger les animaux.

[La jeune fille éplorée]

Perceval s'élance alors dans la forêt et rencontre sous un chêne une jeune fille en larmes qui tient dans ses bras le corps décapité de son amant.

«Mademoiselle, qui a tué ce chevalier qui est couché sur vos genoux?

– Cher seigneur, un chevalier l'a tué, fit-elle, ce matin même. Mais ce qui me frappe du plus grand étonnement, c'est une chose que je constate : en effet, Dieu me garde! on pourrait chevaucher, tous l'attestent, vingt-cinq lieues[1] tout droit dans cette direction d'où vous venez sans rencontrer un seul hôtel qui fût sûr, bon et convenable. Or votre cheval a les flancs si dodus et le poil si bien lustré que, si on l'avait lavé et étrillé[2] et mis sur une litière d'avoine et de foin, il n'aurait pas eu le ventre plus plein ni le poil mieux peigné. Et vous-même, il me semble que vous avez profité d'une bonne nuit de repos.

– Ma foi, répondit-il, belle amie, j'ai eu cette nuit toutes mes aises, et si on le voit, c'est bien normal, car si on criait bien fort à cet instant ici même où nous sommes, on l'entendrait distinctement là où j'ai passé la nuit. Vous n'avez pas sillonné ni parcouru tout ce pays, car j'y ai trouvé sans doute le meilleur hôtel de ma vie.

– Ah! sire, vous avez donc dormi chez le riche Roi Pêcheur?

– Jeune fille, par le Sauveur[3] je ne sais s'il est pêcheur ou roi mais il est très riche et très courtois. Je ne peux rien vous en dire de plus, si ce n'est que j'ai trouvé deux hommes hier soir, très tard, dans une barque qui avançait paisiblement. L'un des deux hommes ramait, l'autre pêchait à la ligne; celui-ci m'indiqua sa maison hier soir et m'y hébergea.

– Cher seigneur, reprit la jeune fille, il est roi, je puis vous l'affirmer; mais il a été dans une bataille blessé et mutilé si grièvement qu'il est devenu infirme. Il a été blessé par un javelot entre les deux

---

1. **Vingt-cinq lieues** : environ 100 kilomètres.
2. **Étrillé** : brossé.
3. **Le Sauveur** : le Christ.

hanches, et il en souffre encore tellement qu'il ne peut pas monter à cheval. Mais quand il veut se distraire et prendre quelque plaisir, il se fait porter dans une barque et il pêche à la ligne. C'est pour cette raison qu'on l'appelle le Roi Pêcheur. Il se distrait ainsi parce qu'il ne pourrait d'aucune manière supporter ni endurer d'autre plaisir. Il ne peut chasser en forêt ni en rivière, mais il a ses chasseurs de rivière, ses archers, ses veneurs[1] qui vont tirer à l'arc dans ses forêts. C'est pourquoi il aime à résider en cet endroit, ici même, car dans le monde entier, pour son usage il ne peut trouver meilleure résidence, et il y fait bâtir la maison qui convient à un riche roi.

– Mademoiselle, par ma foi, fit-il, c'est bien la vérité que je vous entends dire, car hier soir j'en fus frappé d'émerveillement aussitôt que je vins devant lui. Comme je me tenais un peu à l'écart de lui, il me dit de venir m'asseoir à ses côtés et de ne pas prendre pour de l'orgueil s'il ne se levait pas à ma rencontre, parce qu'il n'en avait ni la possibilité ni la force ; je suis donc allé m'asseoir à côté de lui.

– Assurément, c'est un très grand honneur qu'il vous fit en vous plaçant à ses côtés.»

[La malédiction]

Perceval raconte à la jeune fille qui l'interroge la scène étrange du cortège. Il avoue ne pas avoir demandé pourquoi la lance saignait ni à qui on portait le graal.

«[...] Quel est votre nom, mon ami ?»

Et lui qui ne connaissait pas son nom le devine et dit qu'il s'appelle Perceval le Gallois. Il ne sait s'il dit vrai ou faux, mais il a dit vrai sans le savoir. Quand la demoiselle l'entend, elle s'est dressée contre lui et lui a dit comme une femme en colère :

«Ton nom est changé, cher ami.

– Comment donc ?

– Perceval l'Infortuné ! Ah ! malheureux Perceval, quelle malchance que tu n'aies pas posé toutes ces questions car tu aurais si

---

1. *Veneurs* : chasseurs.

bien amélioré l'état du roi, qui est infirme, qu'il aurait retrouvé tout l'usage de ses membres et le gouvernement de sa terre, et qu'il en serait advenu de grands biens ! Mais sache maintenant que de grands malheurs en adviendront à toi et aux autres. C'est, sache-le, pour le péché que tu as commis contre ta mère que cela t'est advenu, car elle est morte de chagrin à cause de toi. Je te connais mieux que tu ne me connais, car tu ne sais qui je suis. J'ai été élevée avec toi chez ta mère pendant de nombreuses années. Je suis ta cousine germaine et tu es mon cousin germain. Je souffre que tu aies eu la malchance de ne pas savoir, au sujet du graal, ce qu'on en fait à qui on le porte tout autant que je souffre de la mort de ta mère ou du sort de ce chevalier que j'aimais et que je chérissais tendrement, d'autant plus qu'il m'appe-lait sa chère amie et qu'il m'aimait en noble et loyal chevalier.

– Ah ! cousine, dit Perceval, si c'est la vérité que vous m'avez dite, dites-moi comment vous le savez.

– Je le sais, répondit la demoiselle, avec la certitude de celle qui l'a vue mettre en terre.

– Que maintenant Dieu ait pitié de son âme, fit Perceval, dans sa grande bonté ! Mais puisqu'elle est mise en terre, pourquoi chercher plus avant, puisque je n'y allais pour personne d'autre que pour elle que je voulais revoir ? C'est une autre route qu'il me faut prendre. ».

Perceval ou le Conte du Graal,
trad. Jean Dufournet, GF-Flammarion, 2003.

[Après un nouveau passage à la cour du roi Arthur, Perceval repart pour cinq ans d'errance, cherchant à obtenir la réponse aux questions qu'il a omis de poser. Il rencontre dans un bois un ermite qui se révèle être son oncle – le frère de sa mère. Ce personnage confirme les paro-les de la cousine de Perceval : c'est parce qu'il a fait mourir sa mère que Perceval n'a pas posé les questions salutaires ; le jeune homme apprend en outre que le Roi Pêcheur est son cousin, et que l'homme à qui était porté le service du Graal est le père du Roi Pêcheur, frère de l'ermite et oncle maternel de Perceval : il s'agit d'un saint homme vivant reclus dans sa chambre depuis quinze ans et ne se nourris-sant que d'une hostie par jour, apportée dans le Graal. À la suite des reproches que lui fait l'ermite, Perceval revient à la religion, qu'il a depuis longtemps abandonnée. Le conteur délaisse alors l'histoire de Perceval, pour suivre les aventures de Gauvain, le neveu du roi Arthur.]

Questions

1. Qu'y a-t-il de surnaturel dans cette histoire ? Qu'y a-t-il de seulement étrange ?

2. Retrouvez les points communs entre l'aventure de Meaulnes et celle de Perceval :

	Perceval	Meaulnes
La situation familiale du héros	Fils unique d'une veuve ; a perdu ses deux frères	Fils unique d'une veuve ; a perdu un frère
Son enfance et son éducation		
Ses vertus		
Le cours d'eau périlleux		
L'accueil réservé à l'inconnu		
Le caractère de la cérémonie		
La richesse des châtelains		
La misère des châtelains		
La fête tourne court		
...		

2. Comme Perceval, au cours de la fête étrange, Meaulnes a omis de poser une question simple mais décisive ; laquelle ?

3. Dans les deux romans, un même mystère entoure la localisation du château : lequel ?

4. Quelle est la différence essentielle entre les deux types de « magie » que l'on rencontre chez Chrétien de Troyes et Alain-Fournier ?

Table du *Grand Meaulnes*